每个人都能成为在自己世界里创造奇迹的"钢铁侠"

马斯克逻辑

陈 言 / 著

记录一位时代冒险家的传奇故事

浙江教育出版社·杭州

图书在版编目（CIP）数据

马斯克逻辑：记录一位时代冒险家的传奇故事 / 陈言著. -- 杭州：浙江教育出版社，2023.2
　　ISBN 978-7-5722-4362-2

Ⅰ．①马… Ⅱ．①陈… Ⅲ．①传记文学－中国－当代 Ⅳ．①I25

中国版本图书馆CIP数据核字(2022)第167086号

策　　划	周　俊	责任校对	余理阳
责任编辑	吴颖华　傅　越	责任印务	陆　江
美术编辑	韩　波	封面设计	张志浩　刘亦璇

马斯克逻辑——记录一位时代冒险家的传奇故事
MASIKE LUOJI —— JILU YIWEI SHIDAI MAOXIANJIA DE CHUANQI GUSHI

陈　言　著

出版发行	浙江教育出版社
	（杭州市天目山路40号　电话：0571-85170300-80928）
图文制作	杭州林智广告有限公司
印刷装订	浙江海虹彩色印务有限公司
开　　本	710 mm × 1000 mm　1/16
印　　张	24
字　　数	406 000
版　　次	2023年2月第1版
印　　次	2023年2月第1次印刷
标准书号	ISBN 978-7-5722-4362-2
定　　价	68.00元

如发现印、装质量问题，影响阅读，请与承印厂联系调换。
电话：0571-85095376。

自　序

美国当地时间2022年3月3日，中国驻美大使秦刚访问了位于美国硅谷的一家工厂——特斯拉。参观后，秦刚与这个工厂的老板进行了一场深度对话。话题涉及汽车发展、太空探索、人脑研究、地球上生命的意义与人类进入太空的未来。会谈时间比原计划延长了一倍。之后秦刚在海外社交平台上分享了这次会谈，称这是一次鼓舞人心的谈话。他同时勉励大家："向上看，想得更远！"

其实，如果要列一个当下最具影响力或未来最具潜力的科技企业名单，特斯拉（Tesla）、太空探索技术公司（SpaceX）、太阳城公司（SolarCity）、马斯克脑机接口公司（Neuralink）等名字恐怕不能被漏掉。原因很简单，它们不仅创造了充满科技含量的炫酷产品，更是从某种意义上重新定义了人类文明的未来。

这样的评价并不过分。当其他企业也在标榜同样的

马斯克逻辑
——记录一位时代冒险家的传奇故事

理念时,它们正以辟疆者的姿态猛冲直撞、攻城略地,迅速开拓出连缀成片的商业帝国,将那些浮华的噱头和怠惰的口号统统击碎。在这个想象力定义一切的时代,"它们"拥有一个共同的缔造者——硅谷"钢铁侠"埃隆·马斯克(Elon Musk)。

埃隆·马斯克是这个时代非常受人关注的人物之一。或许有一天,"伟大"这个词都将不足以称颂他的功勋。倘若马斯克的"火星移民"计划真的能够成功,届时人类文明将跃迁至地外文明阶段,人类将进化为跨星球物种,埃隆·马斯克也将被永久载入星际文明的史册。

不同于过往无数伟人,埃隆·马斯克跟我们同处一个时代,甚至有可能出现在你我身边。遥远的时空是伟人们最好的滤镜,去除这层滤镜,人们在看待身边的伟人时难免陷入短视与偏见的藩篱。马斯克和他缔造的科技公司毁誉参半,经常被炒作、神化,也常常被唱衰、诋毁。当然,你可以认为这是每一个疯狂的冒险家所必须承受的考验,毕竟马斯克的所有"作品"骨子里都浸透着"颠覆传统"的基因。但也不必急于下定论,尤其是对一个虽然喜欢"吹牛"但又拼尽全力去兑现的人,这不仅意味着宽容和理解,也意味着客观与公正。马斯克是他所缔造的商业帝国的灵魂,这个灵魂散发着可贵的光芒,也闪烁着孩童般的狡黠;他乐于炫耀,但不擅欺骗;他会自相矛盾,但不故弄玄虚;他追求绚烂,不甘沉寂;他坚如磐石,稳如泰山……

在此我要感谢陶琳,特斯拉25位全球合伙人中唯一的一位华人,而且是一位记者出身的美女。感谢这位曾经的同行给我这个机会,能如此系统地梳理出马斯克的主要作为,而不是仅仅停留在浏览有关他的新闻上。在本书的写作过程中,陶琳更出名了,因为特斯拉在上海车展中引发的风波以及陶琳解决风波的方式。这也使我对她、对特斯拉、对马斯克有了更多、更深的了解和理解。因为陶琳在领导团队处理事件的过程中,没有用她一贯擅长的方法,而是更加"特斯拉化"。当有人评价陶琳缺乏情商或不够圆滑的时候,马斯克对她的评价是:

自　序

她有什么地方做得不对吗？

这也是我希望借这本书来回答清楚的问题之一——从普通人的视角看，马斯克是一个思维缜密的理工男，还是一个浪漫单纯的工程师，抑或是一个杀伐果断的掌舵者？又或者，他其实是这些角色的综合体，只不过是从不同的侧面呈现出来，从而给人以不同的印象。那么，马斯克到底是怎样一个多面、多态、多彩的人呢？

他是一个典型的理想主义者。马斯克现在所做的事，基本都是他上大学时候的梦想，甚至可以追溯到他封闭而又充满幻想的童年。年少时，他就立志做五件事：让人类可以在多个行星上生活，加速可持续能源的普及，涉足互联网、基因和人工智能领域。后来，朝着这些人生目标，他全情投入、直面挑战，创新技术、工程、产业，即使争议不断，始终不为所动，展现出的商业逻辑让人瞠目结舌。

他是一个疯狂的冒险王。普通人常常难以理解他，都说他傻了，疯了。这是因为冒险王吸引的，往往也是天性爱冒险的人。马斯克绝不计较一时一地的得失，他将金钱财富视为实现目标的工具。当年猎鹰1号发射成功后，全世界都惊叹于SpaceX的商业价值，大量订单纷至沓来，但他却不为所动，毫不犹豫地向下一代运载火箭——可回收、大运载量的猎鹰9号进发。他不想浪费时间和精力，也不曾被沿途的风景羁绊，因为他的目的地是"地球之外"，是开拓地外星球，延续地球文明。他心中最期待的风景，是站在那颗红色星球——火星上所看到的风景。为此，他天马行空地思考、疯狂忘我地工作，敢冒天下之大不韪，无畏质疑、嘲讽、背叛、欺骗，只为了踏上星辰大海这个永恒的征途。

他是一个义无反顾的激进者。当几乎所有人都认为，化学燃料火箭和现有的技术不可能让人类走向星际文明时，他却固执地相信，消极的等待只会浪费人类和地球文明的生命，不走出第一步就永远不会有下一步。必须利用现有技术迈出关键的一步，进入商业太空时代，

马斯克逻辑
——记录一位时代冒险家的传奇故事

其他的一切才会加速演进，更先进的推进技术和解决方案才会浮出水面。在等待观望和激进探索之间，他选择了后者。有时候他的行为看起来"浮夸""莽撞"，但如果因此认为他是狂悖之徒，那就大错特错了。恰恰相反，这只是他的行事方式——以一种桀骜不驯的姿态去挑战传统羁绊——或者直接打碎，或者以智取胜。

他是一个不折不扣的创新者。他的所有作品，必须是炫酷科技的代表，也是创新时尚的代表。他的每一次创业，都不是用传统的方式在传统的地盘里抢食，不是为了收割大众的财富和追捧，而是利用第一性原理在传统的根基上钻洞，极致地追求技术的经济性和高效率，从而颠覆整个行业。他不会因为这个行业能赚到大钱而去投资，更多是因为这件事能改变世界，改变未来人类的生活面貌。"他所做的事，我们都不敢做。"这是同行对他的评价。创新是从 0 到 1，这个过程最艰难，马斯克的特别之处就在于他的先行性，无论看起来多么不现实，他就那么去做了，而且做得还不错。单论促进科技发展和人类社会进步方面，他已经超越了很多同时代的佼佼者。

他是一个独一无二的商业天才。2021 年，50 岁的马斯克已经建立起了一个版图巨大的商业帝国。要不是特斯拉的横空出世，谁能想到纯电动汽车能真正革了传统汽车工业的命？马斯克所涉足的每一个行业，都因为他的入局而改变了产业格局。他的商业逻辑堪称完美无缺，营销手段更是前无古人。看看特斯拉有趣而张扬的"SEXY"系列，SpaceX 的星舰和星链，Neuralink 的脑机芯片，以及那些奇奇怪怪却又让人竞相购买的周边产品，你会发现他既善于游说商界，又善于取悦粉丝，将公司品牌和个人品牌完美结合，与时俱进。他对技术产品的极致性价比的追求，塑造了独特的商业伦理精神。这种伦理观不去纠结所谓的"商业道德"与"利润至上"的冲突，而是从最基础的提高经济效益的角度入手，营造低成本、高效率、可持续的商业经济环境，从而造福更广大的群众。他正在塑造一种强调经济效率和发

自 序

展质量的商业文化与伦理，谁掌握了这样的商业文化与伦理，谁就会处于金字塔的顶端。

他是一位杰出的工程师、企业家，更是一位叛逆者、冒险家，或者不如说是个"外星人"——外星球派来帮助地球人实现特殊使命的人。不了解他的人，会觉得他疯狂而怪诞，信口开河；了解他的人，认为他腼腆、思维敏捷又充满激情，但他们都不会否认他拥有深邃的视野、伟大的雄心和惊人的意志。他说话时经常会停顿几秒钟，要么是在寻找措辞，要么是在思考该透露哪些内容，然后对简单的问题给出烦琐的答案，他高速运转的思维远远超过语言表达的效率，就像外界对他的认知无法追赶他疾进的脚步一样，这也恰好给外界提供了洞察他的底层逻辑和思维方式的机会。

需要强调的是，这样一个不同寻常的人，肯定有令人无法忍受的一面，毋庸讳言。但我们依然衷心祝福他，希望他遵循自己的心愿去驰骋、翱翔，不为别的，只为他让我们看到了不一样的未来。

目 录

第一章
是时候扔掉你的油箱了 /1

第一节　特斯拉时代 /2
第二节　穿破长夜 /26
第三节　极速狂飙 /52
第四节　中国故事 /72

第二章
我们的征途是星辰大海 /87

第一节　太空俱乐部 /88
第二节　航天"异数" /106
第三节　星际争霸 /133

第三章
给你的大脑装个芯片 /183

第一节　对抗人工智能 /184
第二节　赛博格 /200
第三节　改造人类 /208

马斯克逻辑
——记录一位时代冒险家的传奇故事

第四章
把高铁开到地下怎么样 / 229

第一节　霍桑试验 / 230
第二节　押注赌城 / 247
第三节　是成是败 / 262

第五章
"我是一只单纯的羊" / 275

第一节　天赋异禀 / 278
第二节　我行我素 / 296
第三节　一鸣惊人 / 311

第六章
冒险才是人生原本的样子 / 331

第一节　让冒险成为一种生活方式 / 332
第二节　活要绚烂，死要安然 / 346
第三节　我的思想早已到达火星 / 358

后　记 / 368

第一章

是时候扔掉你的油箱了

马斯克逻辑
——记录一位时代冒险家的传奇故事

第一节　特斯拉时代

"王"的诞生

汽车是个从诞生起就承载了许许多多故事的物件，见证了几乎所有的悲欢喜怒。一代又一代的痴迷者前赴后继，不断创造着车与人的历史。

汽车蕴含了人类的智慧，也丰富了人类的生活。

电动汽车的出现，对于人类的意义非常重大。当人们试图了解清楚电动汽车到底是一种怎样的存在时，他们其实是向未来发出了新的挑战。

电动汽车的历史不长也不短，论资排辈起来，它其实是和内燃机汽车同时代诞生的，堪称汽车行业的元老之一。只不过，它更像一个典型的"穷小子"，因为时运不济而起起落落，一度落寞无闻。

从19世纪80年代世界上第一辆可充电的电动三轮汽车的出现，到20世纪30年代电动汽车因为干不过燃油车而逐渐消失，再到70年代石油危机的爆发让电动汽车重回汽车世界，然后到八九十年代小众高端电动汽车昙花一现，一百多年来，电动汽车如流星般一闪而过，留下淡淡的印记。

进入21世纪，随着科学技术的飞速发展和环保意识的不断增强，制造高续航、高性能的环保电动汽车的呼声越来越高。尽管电动汽车在成本、技术、续航能力和安全性等方面仍然面临许多棘手的问题，但社会期望和市场需求的汇合已不可阻挡，不断推动交通运输和人们出行方式的跨越式变化。

这也意味着，新一轮能源革命时代终于到来。这，就是特斯拉诞生的时代。

交通，是人类文明的标志物之一。对电动汽车行业来说，特斯拉的出现，意味着一个新的"王者"的诞生，不仅代表了时代滚滚向前的方向，更为人类创造出一个充满想象和更多可能的未来。

它的主要缔造者就是埃隆·马斯克——一位来自硅谷的科技狂人、商业"巫师"和"外星文明"的狂热分子。早在读大学时，马斯克就开始关注人类可持续发展问题，并将解决方案"押注"在清洁能源上。他在大学里的两篇论文，一篇是预测太阳能将被人类利用，另一篇是研究超级电容器用于电动汽车储能。

21世纪初，燃油汽车仍然占据着汽车行业的绝对主导地位。电动汽车发展的道路上有两座"山"：一座是动力问题，另一座是消费者的观念问题。电动汽车就像一个新手探险家，必须翻越这两座"山"，才有机会与燃油车一较高下。

马斯克逻辑
——记录一位时代冒险家的传奇故事

马斯克也知道，攀越高山本就不易，还想开辟出一条新路，更是难上加难。

就在那时，一个叫马丁·艾伯哈德（Martin Eberhard）的家伙闯进他的视野。

2003年7月1日，两位工程师艾伯哈德和马克·塔潘宁（Marc Tarpenning）在家乡加利福尼亚州成立了特斯拉公司，这是一家致力于制造高端电动跑车的公司。两位工程师分别担任新公司的首席执行官（CEO）和首席财务官（CFO）。

公司的名称，取自著名的发明家和电学先驱尼古拉·特斯拉（Nikola Tesla）。一次，艾伯哈德在迪士尼游玩的时候，灵光乍现，向女友（也是他后来的妻子）提出了"特斯拉"这个名字。

他的女友听后不假思索地回应道："完美！"

公司成立大约一年后，他们找到了"Tesla"名字商标的拥有者，通过软磨硬泡，花7.5万美元买下了这个商标。至此，这家电动汽车制造公司有了属于自己的、"完美"的名字。当时，称霸世界的通用汽车公司刚刚结束了其延续十多年的纯电动汽车EV1计划，并决定放弃电动汽车市场。EV1电动车已经生产了两代，在当年也是叱咤风云的时髦车型。

然而，由于电池技术的限制，EV1的成本一直居高不下，在销售方面基本上是赔钱的，所以只能以租赁为主，最后不得不退出市场，最终沦为汽车史上失败产品的典型。

第一章 是时候扔掉你的油箱了

早在通用汽车把研发重心从纯电动汽车转向混合动力汽车时，艾伯哈德和塔潘宁就认为此时研发纯电动汽车是个机会，于是创建了特斯拉公司。

不得不说，他们的嗅觉非常敏锐，后来特斯拉汽车公司崛起，一个非常重要的因素就是EV1对用户和市场进行了难能可贵的启蒙探索。

甚至马斯克后来在回忆特斯拉的早期历史时也承认："特斯拉的起步是为了应对通用汽车取消EV1计划。"

言外之意，你没完成的，我们帮你完成！

艾伯哈德曾为造车的资金缺口而犯愁。两个特斯拉创始人拿着生产超级电动跑车的计划，拜访了硅谷几乎所有的投资者，但由于他们的想法过于超前，大多数投资者都不看好。直到他俩"遇见"马斯克。

2001年，马斯克在斯坦福大学作演讲，介绍他的太空探索梦想。那时艾伯哈德曾见过他，但没有留下太多的印象。

3年后，马斯克和他的SpaceX越来越有名，这引起了艾伯哈德和塔潘宁的注意："这个家伙挺狂啊，有点意思，要不要拉他入伙？"

抱着试试看的态度，他们写信给马斯克，热情推介了研发电动跑车的计划以及特斯拉的情况，并发出邀请。

几番邮件往来后，双方都觉得志趣相投，于是，三个技术大咖决

马斯克逻辑
——记录一位时代冒险家的传奇故事

定见面详谈。

基于对科技商业化的共同狂热,他们的会谈热烈而奔放。马斯克对这个商业项目很感兴趣,他一直在思考解决人类能源问题的方法,造电动汽车正是一个理想的选择。

传统燃料汽车已经发展了一百多年,形成了完备的产业链体系,但对于能源以及环境的不利影响也日益凸显。同时那些汽车企业变得越来越故步自封:一方面,他们为自己的技术设置了严格的壁垒;另一方面,他们又对新技术怀有敌意。

这是一个急需"革命性创新"的领域。

艾伯哈德和塔潘宁的想法与马斯克不谋而合。或者说,他们几个人,都想向世人证明电动汽车的巨大潜力。

"以往很多人都认为,电动汽车速度太慢、跑不远、外形又丑,跟高尔夫球车没两样。"马斯克说,正是为了改变这种刻板的印象,他们才开发出了特斯拉Roadster——一款速度快、跑得远、造型拉风的电动跑车。

2003年,马斯克参观了一家名为AC推进器的公司。这家公司正是当年那帮创造了EV1的通用汽车的工程师们,怀揣着梦想(不到黄河心不死)创建的公司。该公司生产了一款以玻璃纤维为车体的原型组装车Tzero,可以在4.9秒内加速到60公里每小时。

马斯克试驾了一下Tzero,顿时被这款电动跑车高速启动的性能以及酷炫灵巧的车型所吸引。这次试驾带来的深刻印象，使他后来愈加坚持轻量化电动汽车的发展方向。

经过一番研究和实地考察后，2004年2月，马斯克决定成为特斯拉的第一个天使投资人，向特斯拉投了750万美元。

这是特斯拉公司发展历史上一个重要事件，马斯克一跃成了特斯拉的大股东，后来又成为公司董事长。

马斯克对特斯拉的投资不是一时兴起。事实上，他一直对锂电池技术感兴趣。

马斯克的好友斯特劳贝尔（J.B.Straubel）曾跟他吹牛说，18650锂电池的潜力很大，"如果把一万枚18650锂电池串联起来，可以让汽车行驶1000英里（约1609公里）"。

斯特劳贝尔是斯坦福大学毕业的硕士，对锂电池有着独特的理解和研究。他曾找到马斯克，想让马斯克投资他的电动飞机项目，马斯克不感兴趣，反倒是他在斯坦福大学时做的小项目——把18650锂电池串联起来就能让汽车开很远——让马斯克眼前一亮。这个疯狂的点子，在马斯克心里生了根。

后来，斯特劳贝尔带着马斯克去AC推进器公司取经，再后来，他以首席技术官（CTO）的身份加入特斯拉。

按照常规思路，马斯克应该先向老牌汽车制造商学习，借着他们的肩膀站稳脚跟，然后徐徐图之。但他说"NO"，当跟班有前途么？

马斯克逻辑
　　——记录一位时代冒险家的传奇故事

　　况且还不见得有人愿意收他。他希望另辟蹊径。

　　执掌特斯拉时，马斯克已经形成一套自己的创新创业价值观，其核心逻辑就是要敢于颠覆传统，探索新领域。风险越大，未来回报越高！

　　思路有了，下一步就是招兵买马了。

　　虽然招聘工作有专人负责，但马斯克坚持亲力亲为，直接和应聘者见面。特别是一些有技术背景或天赋的年轻人，有时只经过一次交流，他就向对方伸出橄榄枝。他还向斯坦福大学的同窗发出邀请，尽可能把他们招揽到特斯拉来。

　　显然，他在创业初期的人才选择上表现得灵活高效，但也有点随意且忽略了规则。当然，有些人甘愿加入特斯拉，固然有对于行业前景的乐观，不过也有对马斯克个人崇拜的因素。

　　特斯拉的团队不断壮大，让办公空间显得越来越局促，而且他们还需要一个像样的厂房——不是用来安装生产线进行规模化生产，而是仅仅用于研发并制造出原型车。因为初创期的特斯拉并不专注于生产。

　　马斯克和其他人四处寻找，最后选定了一条商业街上的两层楼作为工厂。

　　然后，他继续为特斯拉募集资金。他加入特斯拉时投的那笔钱远远不够，2005年，他发起了由他领投的第二轮融资，共募得1300万美元；2006年，他个人又投了4500万美元；2007年，再投4000万美元……

为什么保持一年一投的节奏？可能是研发需要，或者是一种投资策略，由此可以看出研发环节有多烧钱。

有了足够的启动资金，制造什么类型的车成为马斯克要考虑的问题。

他们分析当时的汽车市场，发现跑车造型的汽车是每个车迷都喜欢的车型。为了细分市场，特斯拉为不同人群设计了由低端到高端的3款车型：一款2万美元的大众车型，一款5万美元的中级四门轿车和一款10万美元的高级双人座跑车。

首先研发生产高端超跑，看一看市场反应，特别是消费者的接纳程度，要改变他们对电动汽车"昂贵又缺乏实用性，而且外观可笑"的刻板印象，然后再逐步向中低端市场扩张。

马斯克还制订了时间表，计划在两年内完成所有研发工作。

五年磨刀

那么，要如何将电池动力和跑车的性能完美结合？

将一辆成熟的燃油汽车改装成电动汽车（油改电），自然是当时最直接和有效的选择了。

马斯克逻辑
——记录一位时代冒险家的传奇故事

油改电的通常做法，就是把你的爱车送到原厂改装升级，在不破坏原厂电路、不影响原车质保的前提下，采用原厂配件或其他优质配件，一顿操作下来，让"旧车"达到相当于"新车"的标准。

一些功能也跟着升级，比如从标配升级到次顶配或顶配车型的功能。当然，外观上的变化可能并不明显，包括汽车的前后包围和轮毂以及部分电气产品都会保留原样。

一开始马斯克就想用这样的思路，利用AC推进器公司成熟的产品，经过改造升级，就能批量生产电动汽车了。

理想很丰满，现实却很骨感。造车计划刚一展开，双方就因为设计思路上的问题互怼起来。

马斯克认为AC推进器公司过于关注电动汽车的外观，在核心部件的开发上却缺乏特色，简直没有能拿出手的过硬技术。

AC推进器公司听到这么直白的意见当然不干了，心想我即使没有有竞争力的技术，好歹有款成品车搁在那里，你一个初出茅庐的小子，恐怕连车上的零件都认不全，居然来跟我谈核心技术研发，简直不知天高地厚。

总之，特斯拉团队年轻气盛、口无遮拦，AC推进器公司则自诩大佬、不容置疑，双方的合作不欢而散。

其实，这事不怪AC推进器公司托大，毕竟人家在汽车研发制造方面经验丰富，相比特斯拉团队中那些对汽车的传动、底盘等基础结构都一窍不通的电池工程师来说，他们在技术问题上更有发言权。

几番周折，特斯拉还是从AC推进器公司那里获得了现成的电动汽车技术方案。下一步，再从传统汽车制造商那儿买到传统技术，就可以"齐活开干"了。

有了与AC推进器公司合作时双方互不买账的前车之鉴，特斯拉在寻找下一个合作伙伴时多了一些稳重。经过调查，马斯克他们决定与英国路特斯汽车公司签署合作协议。

路特斯公司早在1952年就开始生产赛车，1995年推出的入门级小型跑车Elise大受消费者欢迎。Elise整车为流线型，刚好适合特斯拉对电动汽车的外形要求。

当时，路特斯经营欠佳，特斯拉让其提供车身及组件的业务好比雪中送炭，能够帮它度过经营困难期。因此两家公司一拍即合。

仔细分析，Elise确实有作为"油改电"的原型车的有利条件，最典型的是它采用了盆式座舱结构，车辆后部有足够的空间容纳电池和电机。

而且，正因为Elise结构简单，为后面的改造留下了很大空间，非常有利于降低研发和生产成本。

此外，减重也是电动汽车必须考虑的关键因素。Elise车身由玻璃纤维制成，底盘由超轻环氧基黏合铝合金冲压成型，因为尽可能多地采用了轻质材料，所以比传统跑车轻得多。

马斯克逻辑
——记录一位时代冒险家的传奇故事

在这么多有利条件下,似乎只要给Elise装上自制的电力驱动系统,就是一款现成的电动跑车了。

然而,当特斯拉的工程师全面了解Elise的整体设计之后,发现Elise除了优点多,缺点也不少,而且还很扎眼。

首先,它的车门大约1英尺(约30厘米)高,驾驶员在进入车内时会感到很别扭,个头稍高一些的尤其难受,需要蜷缩着身体钻进去,不仅不方便,甚至还有点屈辱的感觉。

其次,电动汽车对电池组的存放位置要求很高,虽然Elise有个"大屁股"座舱,但这个结构仍然需要彻底修改。

最后,它的重量还有较大的压缩空间。和传统燃油跑车相比,它确实"迷你",但和马斯克设想的电动超跑相比,它还是太"胖"了。最直接的"瘦身"途径,就是用碳纤维车身替换玻璃纤维车身,使整车重量再降一个量级。

看了又看,选了又选,总有美中不足,也总有绕不过去的瓶颈。

既然借鸡下蛋的成本一点也不低,那么自己养鸡产蛋呢?没错,马斯克决定跳过"油改电",直奔纯电动汽车——自己生产一辆原型车。

半导体、电子产品和互联网的崛起,正对以内燃机为价值和创新源泉的传统汽车产业产生深远影响。马斯克敏锐地意识到了这个机会,但与其试图向他人解释或证明,不如自己尝试一下。

"想要开公司,你必须实实在在地做出产品原型。因为,再怎么精彩的纸上作业、PPT报告,都比不上拿出实际产品有说服力。"成功后的马斯克如是说。

这个选择让特斯拉获得了先发的窗口期优势,也意味着特斯拉放弃了省事的改装策略,而不得不从零开始,坚持正向研发,一步一步积累自己的核心竞争力。

今天,汽车行业电气化、智能化和网络化的发展趋势,恰恰证明了马斯克高超的预判力,而传统车企依然深陷"油改电"的伪命题中,纠结是走"抄作业"式的改装道路还是走自研纯电动汽车的道路。

马斯克决心"闭门造车"。为了优化驾驶体验,特斯拉先制造了几十种专门用于试驾的模具,然后经过一年的调试,终于完成了电动汽车的设计工作。

下一步就准备制造原型车了。

电动汽车最主要的三项技术是电池、电动机和传动系统。特斯拉的研发团队将主要精力放在了电动机以及电池系统的设计上。至于其他零部件比如变速器,就从美国购买,或者转包给亚洲厂商生产。

于是,特斯拉原型跑车Roadster的主要构成来源就清晰了:传动技术来自美国AC推进器公司,电池采购自日本松下公司生产的18650锂电池,电动机则采用中国台湾地区的富田电动机。

电池组是电动汽车的核心部件,也是检验特斯拉设计和研发能力

马斯克逻辑
——记录一位时代冒险家的传奇故事

的关键。以往，电动汽车的发展习惯性地依赖于电池技术的突破。然而，特斯拉换了一种思路，绕开了这一难题。

马斯克大胆地设想，把所有能容纳进去的锂离子电池整合为一整个电池组，不仅节省空间，还能发挥最大的功效。这种锂电池就是我们笔记本电脑中使用的电池，其电控技术已经非常成熟。

相比笔记本电池，电动汽车电池系统最大的考验，是在对多路电池信号的采集和控制算法上，毕竟对数千节电池的监控和对笔记本电脑 10 节左右的电池监控不在一个数量级上。

这很像是网络控制领域用程序控制上万台服务器的模式，特斯拉把它搬到了电池系统控制领域，用分层次管理的办法进行控制——69 个电池单元并联成一个电池砖，9 个电池砖串联成一个电池模组，最后 11 个电池模组再串联成整个动力电池系统。

据说，这样一种"最佳组合结构"是特斯拉员工用一年多时间反复试出来的。这样做的好处是可以将电量集中到一起，而且如果一块电池坏了，车载电脑能很快查明位置，并不影响其他电池的使用。

最终，由 6831 块小型圆柱锂电池组成的电池系统被嵌入车座椅后面的后备箱中，重达 450 千克，每小时可产生 53 千瓦的电。

这种做法之前并不是没有人试过，但特斯拉不同寻常的地方，不在于把这些电池简单地串联或并联起来，而是设计了一套独一无二的电池管理技术，从而保证了电池并联的稳定性。这才是特斯拉的秘诀所在。

后来，这种靠串联或并联方式化零为整的思路还被马斯克用在了猎鹰重型、超重型火箭推进器的研发上——为了显著提升火箭的运载力，马斯克给猎鹰火箭"并联"了从几台到数十台不等的发动机，使其成为史上最重的火箭。

那么，这套电池管理技术有多厉害呢？比如电池的散热问题，马斯克曾为之焦虑了好一阵子。电池散热不好会直接影响性能，还增加了安全风险，因此必须采取有效的温度管理措施。

特斯拉的工程师们历经4个多月反复试验，终于攻克这一问题，设计出了一套行之有效的热管理系统。其大致原理是：在27平方米的电池系统中，每个18650电芯都被冷却管路环绕，管路中是水和乙二醇1∶1混合的冷却液；冷却管路与电芯之间有绝缘导热介质材料相隔，冷却液的进出管路交叉布置……

这种设计保证了电芯可以将热量快速传递到外部环境中。依靠热管理系统，Roadster电池组内各单体电池的温度差能控制在±2℃内。

此外，为了防止6831块电池发生爆炸，杜绝"让电动汽车像火箭一样冲出去"的极端情况发生，特斯拉专门成立了测试团队，经过多次爆炸试验，反复研究电池内部的工作原理，找到了防止爆炸的办法。

特斯拉的神奇之处就在于，它从最基础的电芯，一直到整车设计，将电池的安全和效率上升到一个崭新的高度。

总之，电池系统是电动汽车的核心部件，更是特斯拉着重创新的部分。随着容量、续航、性能等方面的挑战一个个被战胜，马斯克终

马斯克逻辑
——记录一位时代冒险家的传奇故事

于看到了他梦想中的电动汽车的样子。

2005年1月,第一辆Roadster的原型车诞生。马斯克为此振奋不已,立即提议董事会追加资金投入。

2006年5月,第一辆Roadster的工程原型车EP1诞生,不过EP1离量产还有不少距离。2006年末至2007年初,特斯拉构建并测试了10个带有微小变化的工程原型(EP1至EP10),生产了至少26个验证原型。

2008年2月,仅有5年历史的特斯拉终于推出了其首款量产电动超跑Roadster。第一辆Roadster的主人当然非马斯克莫属,车辆交付地点就在他家里。喜提新车的马斯克,开着这辆电动超跑四处宣传,向外界以及那些车企大佬们宣告他的心血结晶终于诞生了。

这款电动超跑的续航里程为390公里,百公里加速不到4秒,基准价为9.8万美元。虽然这些数据在现在看来几乎都是电动汽车的标准配备,但在当年却足以震撼全世界。

它的内饰几乎沿用了Elise的风格,还没有后来的大屏和轻触式按键,手刹也是传统的拉杆式,和"科技风"几乎没什么关系。

同年3月,特斯拉以10.9万美元的价格卖出第一辆单排座敞篷车Roadster。这款Roadster很快受到了欧美国家一些社会名流、精英的追捧,成为这些人士彰显身份地位以及社会形象的时尚产品,更成了环保主义者眼中的新潮流先锋。

同样是在 2008 年，中国在北京奥运会期间推出了示范运行的纯电动公交车，使用的也是锂离子动力电池。

大约有 50 辆"零排放"电动公交车 24 小时不间断地穿梭在奥运村、媒体村等核心区域内，为奥委会官员、各国运动员和记者等提供出行服务。这些电动公交车充一次电大概最远可行驶 300 多公里，可以开空调运行 130 公里，时速可达 80 公里，电池可以使用 1000 次左右。

这些电动公交车虽然运行里程还比较短，但完全可以满足北京市内的公交线路里程需求。

这也预示着，以锂电池为重点的动力电池技术的发展，将使纯电动汽车日益成为主流汽车产品，并不断扩大车型应用范围和市场份额。

虽然到 2012 年停产时，Roadster 的全球累计销量仅有 2450 辆，似乎并不算成功，但它为特斯拉赢得了品牌知名度和研发、制造经验，因而具有无法替代的价值。

而且，正是因为有了 Roadster 这个特斯拉"老大"的冲锋陷阵，撬动了全球电动汽车市场，才有了后面的老二、老三、老四……因为它，更加坚定了马斯克在电动汽车领域深耕下去的决心。

Roadster 面世后掀起了一股追逐电动跑车的消费热潮，但质疑的声音也随之出现："就算做得出昂贵的限量跑车，你们有本事做真正的量产汽车吗？"

马斯克逻辑
——记录一位时代冒险家的传奇故事

这时候的马斯克已经对造车有了完整的认识和充足的信心。他心想,这些问题早就在计划中了,会很快证明给你们看!

灵魂所在

很多人都是被时代改变的,只有极少数人是可以改变时代的。

就在所有人都认为马斯克将带领特斯拉大步向前的时候,特斯拉内部炸了一颗雷——核心管理层积蓄已久的矛盾爆发了。

最开始,马斯克与艾伯哈德对发展电动汽车的方向、看法一致,但到了生产环节,两人之间的理念分歧开始出现。这些分歧和矛盾就像一点一点在积蓄能量的火山,就等着最后一次扰动而彻底爆发。

例如,在电动汽车设计上,马斯克希望将车把手设计成电动形式,但艾伯哈德认为这会增加成本而拒绝了这个方案;马斯克希望将下方车体侧梁进一步降低,但艾伯哈德又以这会增加工作量为由再次拒绝……

三番五次遭到拒绝之后,马斯克不得不重新审视公司内部高层管理者的角色分工问题。

那段时间,虽然两人的矛盾并未公开化,但这两个决策者经常为一些技术细节问题辩论不休,难免会让整个团队产生困惑和担忧之情。

一次,马斯克找外部专业团队对特斯拉的供应链进行"诊断",

以便全面了解特斯拉的运营状况。外部团队调查评估后反馈的结果让他大吃一惊。

调查报告显示，特斯拉的物料成本控制几乎完全失控，导致生产一辆Roadster的成本高达20万美元，即使后续实现量产，每辆Roadster的生产成本也不低于17万美元，而它的售价只有10万美元左右。

要命的是，即使是这个亏掉底裤的售价，客户也未必买账。

这时，特斯拉已接到大量订单，这些客户很多都是社会名流。如果怠慢了他们，那对处于品牌初创期的特斯拉来说，无疑是可怕的打击，更不用说造什么电动跑车了，直接挖坑把自己埋了得了。

马斯克想死的心都有了。

但作为CEO的艾伯哈德并没有拿出有效的解决方案，只是一个劲地督促员工提高生产效率。

艾伯哈德还拖延着，一直没向董事会报告特斯拉正处于严重亏损的情况。

令人窒息的操作，如烈火烹油！马斯克的怒火被彻底点燃了……

客观地看，马斯克并不是仅仅对艾伯哈德有意见，他是对当时特斯拉的整个管理层感到不满。

马斯克逻辑
——记录一位时代冒险家的传奇故事

作为特斯拉最早创始人的艾伯哈德,和马斯克一样都是工程师出身,他们都非常重视技术研发。按理说他俩之间应该存在很多共同之处,但问题或许就出在这里。

作为一家科技公司的主要决策者,如果一心只扑在技术上,却对管理及发展战略等重大问题关注不够,那是会出问题的。至少,从对决策者的素质要求方面来看,这是职业能力上的一种缺陷。

而对于起步之初的特斯拉来说,最能衡量高层管理能力的指标无疑是"降成本"了,这是马斯克安身立命的根本。

以"极低的成本"和"超高的技术"颠覆传统行业——这是马斯克立的军令状,是他"吹牛"的资本。

自己立的目标,怎么能轻易倒牌子!

所以,他对整个管理层在降低造车成本这件事上的"力不从心"不只感到不满,简直是出离愤怒了。触人逆鳞,必遭反弹。被直接打到软肋的马斯克,怎能不反击回去!

客观地看,所谓成本的问题,体现在特斯拉这两位创始人身上时,是充满了矛盾的。例如,马斯克希望Roadster车身用当时时髦的碳纤维材料,底盘、门锁、座椅等也要有更好的设计,而不至于"让一辆10万美元的车子看上去像一堆垃圾"。面对这些建议,艾伯哈德反而成了"控制成本"的坚定执行者。

看似一地鸡毛的分歧冲突,根本上还是特斯拉到底"谁说了算"

的问题。仔细品，还真是这个道理。

结果可想而知，马斯克采取了果断的措施，直接将艾伯哈德降为技术总监。这让两人的矛盾冲突不断升级，直至艾伯哈德被辞退。

艾伯哈德为此把马斯克告上了法庭，指控马斯克诽谤并违约。这个轰动一时的案件最终以双方"和解"告终，但旷日持久的官司还是对特斯拉的发展带来一定的不利影响。

刚一开始，马斯克为了减少负面影响，暂时空缺了特斯拉的CEO一职，但很快他发现这也不是办法。

早年创业时，马斯克裁掉一个职员后，会一并把其岗位的工作接手过来，然后证明给大家看：看吧，这个岗位不是非谁不可，我照样能干，而且干得更好。

但这次情况不同了，他虽然能兼任CEO，却忙得分身乏术，于是不得不赶紧物色继任者。

这时，特斯拉的早期投资者迈克尔·马克斯（Michael Marks）走进董事会的视野。他曾出色地完成了特斯拉的订单，具有优秀的执行力和领导力。

对于任何继任者来说，要稳住当时持续动荡的特斯拉，都将是一个巨大的挑战。

马克斯一上任，便召集管理团队总结问题，落实责任，特别是建

马斯克逻辑
　　——记录一位时代冒险家的传奇故事

　　立了极其严格的规章制度。他还果断决定，把设在泰国的电池组工厂撤回美国。

　　尽管马克斯推行的一番改革措施缓解了特斯拉的困境，但马斯克对进度仍不满意。经过一段时间的磨合，马斯克认为马克斯也不能胜任CEO一职，而且"他的理念有悖于硅谷精神"。

　　于是，马斯克在2007年又聘用泽夫·德罗里（Ze'ev Drori）出任CEO。德罗里上任后，对公司业绩重新进行了评估，他拿那些工作效率不高的员工开刀，掀起了一场裁员、整顿的风暴。

　　裁员的举措一开始遭到了员工们的普遍抵制，但马斯克支持德罗里的做法，在他的强力背书下，员工们的不安情绪得以控制，各项措施总算推进了下去。

　　那段时间，除了要应对管理改革和人事调整带来的压力，马斯克还必须直面产品研发中出现的各种技术挑战，以及社会上对特斯拉第一款电动超跑的不同声音。

　　例如，Roadster的变速系统是马斯克对外极力宣传的卖点之一，但这一卖点却在研发过程中不断"掉链子"，马斯克为此大为恼火。

　　按照最初的设计，Roadster采用麦格纳的两款双速手动变速器，其中一款可在4秒内加速至60公里每小时。这与马斯克预设的目标符合，而且相关技术也比较成熟。

　　然而恰恰是这个不应该担心的环节，却出了问题：当两款变速器

第一章 是时候扔掉你的油箱了

搭载上车后,第一款变速器仅运行了4秒就"歇菜"了;第二款性能也不稳定,小毛病一个接一个。

工程师们经过一通研究,发现可能是变速齿轮在高速状态下发生了故障,电动马达的高扭矩会烧毁变速箱,而且变速箱也无法达到预期的加速度和续航里程。也就是说,双速手动变速器不仅没能发挥出预期的作用,还降低了车辆的安全性。

马斯克非常清楚,变速器的稳定性关乎特斯拉第一款车的命运,他不敢懈怠。但交货在即,留给他的时间不多了,必须立即解决这一致命问题。

找承包商重新设计替代产品?这是传统汽车厂商的做法,但对特斯拉来说根本不现实,因为当时没有生产商愿意为特斯拉专门设计变速系统。

换用其他公司产品?那样还得经历一整套严格的测试,来不及。

不得已,马斯克想到一个折中的办法:第一批订单的电动汽车继续使用改进后的麦格纳变速系统,第二批订单再更换其他公司的产品。同时,他找到一位在咨询公司任职的变速器专家,请他研发一种全新的、更有效率的变速系统,即后来的单速变速系统。

此举虽然暂时缓解了特斯拉的交货危机,却明显增加了制造成本。

这时候,特斯拉在国外的供应链也开始不断"爆雷"。

马斯克逻辑
　　——记录一位时代冒险家的传奇故事

　　起初，为了减少成本，马斯克设计了一套全球供应链：在中国台湾地区生产电动机，在法国生产车身面板，在泰国生产电池组。前两个地区的生产进展顺利，在泰国的电池组生产环节却出了问题。

　　特斯拉团队在泰国选择的合作伙伴并不靠谱，那家电池供应商既没有过硬的生产能力，内部管理也堪忧，工作效率低，眼看着无法保证订单按时交付了。

　　真是干啥啥不行，吃啥啥没够！没办法，特斯拉只得拿出7.5万美元，专门支援这家供应商继续生产。

　　早期的特斯拉，为供应链的问题伤透了脑筋。毕竟，对于一家处于电动汽车这样一个新兴汽车领域，并且疯狂追求科技潮流的造车公司，世界还没有准备好去接纳它，更别说众星捧月般围着它转，为它提供配套服务了。

　　为了应对内外交困的形势和种种质疑声，马斯克展示了他疯狂而又顽强的"救市"攻势。

　　他一方面向外界解释公司进行的管理调整以及改革的必要性，坦承特斯拉遇到了问题，安抚已交付订金的客户；另一方面不断重申2008年交付的目标不变，表明未来的开发、生产计划。

　　这些行动带来了直接的改变，那些听闻传言而取消订单的客户大大减少了。

　　接下来，马斯克又马不停蹄地乘坐私人飞机穿梭于特斯拉在世界各地的工厂，一边监督生产进程，一边寻找新的客户及投资方。

吸取了前期成本失控的教训，马斯克还在公司内部开展了一场"降本增效"的运动。所有员工都被要求"付出更多热情和智慧"以降低每一个零部件的生产成本，同时都收起懒散劲儿，准备迎接常态化的加班加点工作。

这个世界从来不曾对任何人温柔。在员工眼里，马斯克已经成了一个咄咄逼人的"暴君"，冷酷严厉，斤斤计较，而且在处理"不能解决问题的人"时毫不含糊。

就这样，在马斯克对每个细节近乎苛刻的要求下，特斯拉慢慢地被拉回正轨。

其间，有不少老员工离开特斯拉，但仍有不少能力出众的年轻人，被马斯克的个人魅力和特斯拉的品牌效应所吸引，投身到这个不稳定的"大熔炉"中，不断被锻打、塑造。

对于特斯拉的高管频繁更替的这段历史，很多人把其原因归结为马斯克雷厉风行的管理风格和特斯拉独特的企业文化，这无疑是比较客观的评价了。

但这样的评价又有些表面化。无论马斯克天马行空也好，苛刻要求也罢，再或者我行我素惯了，我们都不应该忽略这样一个事实，那就是：他对技术产品有着极致的追求，并因此承受了巨大压力。

或许正因为如此，后来即使马斯克一直被诟病、质疑，他作为特斯拉的主要创始人和真正灵魂的地位，始终不曾被撼动，甚至在他一度辞去CEO职务时也是如此。

崇拜马斯克的人相信，只要马斯克还在，特斯拉的灵魂就会永远在那里，而灵魂的力量比任何力量都强大。

第二节 穿破长夜

崩盘倒计时

2008年，全球金融危机爆发，制造业成为受冲击最严重的行业之一，特斯拉也面临资金链断裂的危机。虽然特斯拉不断在设计并制造出有竞争力的原型车，但因为盈利模式不清晰，一直徘徊在破产的边缘。

3月，第一辆单排座敞篷车Roadster以10.9万美元售出，但直到9月，特斯拉只生产出了27辆Roadster。10月就是批量下线的时间，眼看着产量达不到要求，特斯拉不得不做出延期交货的决定。

这是一个连锁反应，延期交货意味着资金回流速度放慢，而公司运营以及后续研发一刻也不能停，于是资金压力骤增。当时有媒体爆料，特斯拉的账户上只有900万美元，已经撑不了多长时间了。

造成资金危机的主要原因并不仅仅来自特斯拉，成立于2003年的SpaceX，它的火箭发射任务才是更烧钱的项目。当时，猎鹰1号火箭连续 3 次发射失利，这让外界对马斯克的信心跌至最低点。

马斯克开始变卖私人财产，包括那辆承载着他第一次创业记忆的、意义非凡的迈凯伦 F1 限量版跑车，以换取更多的资金。他亲自监管名下各公司的每一笔大额支出，对一些具体采购项目变得斤斤计较。

有一次，采购部门报上来的清单中有一个售价 2000 美元的配件，被他毫不犹豫地划掉，他觉得还能找到更便宜的。

而"压垮"他的最后一根稻草则是他的婚姻。

2008 年 6 月，马斯克和妻子贾斯汀办理了离婚手续。贾斯汀是他的大学同学，两人的 8 年婚姻谈不上一帆风顺，有美好的经历，也有难以治愈的伤痛，比如他们第一个孩子的不幸夭折。而随着创业压力不断增大，马斯克和妻子之间的交流越来越少，矛盾和冲突开始加剧，分分合合的婚姻不可阻挡地堕入深渊。

他们的离婚案备受关注，主流媒体公开谴责马斯克对前妻过于苛刻以及在财产分配上存在不公，大众也不厌其烦地"八卦"他的隐私。虽然最后他和贾斯汀达成和解，但马斯克也因此"自毁形象"，遭到不少人的舆论攻击。

唱衰特斯拉的声音越来越多，甚至有家名为"汽车真相"的网站开设了"特斯拉死亡倒计时"栏目，抨击马斯克，否认他是特斯拉创始人，号召大家等着给特斯拉"收尸"。闹剧演到高潮时，一天竟然同时出现 50 篇谈论特斯拉如何灭亡的文章。

马斯克逻辑
　　——记录一位时代冒险家的传奇故事

　　其中,有媒体发表了一封特斯拉员工匿名写的公开信。该员工在信中说,特斯拉有超过1200份订单,这意味着客户的几千万现金已经到账,但现在特斯拉却没钱了,那很可能这些到账的现金都被挥霍一空了。

　　这名员工还称,他曾经帮助一位好友仅花6万美元就购买了一辆特斯拉跑车,因此他有理由相信特斯拉对顾客和广大民众存在欺骗行为,他因为不愿违背良心而决定站出来揭露事实。

　　尽管这封信件以及报道与事实有较大的出入,但马斯克迅速成了众矢之的,尝到了一种"被枪轮番扫射"的感觉。

　　公开信的"背叛行为"伤害不大,但侮辱性极强。马斯克对于躲在背后射冷箭的做法非常不齿,发誓要找到那个不负责任、恶意中伤公司的员工。他将那封信件的内容复制到Word文档,确定了文件大小,并把文件提交打印,然后通过打印机的打印记录找到同样大小的文件,最后顺藤摸瓜,找到了打印原文件的员工。后来,这名员工写了一封道歉信并主动辞职了。

　　这样的小插曲接连发生,对马斯克造成一轮又一轮打击,他像一叶孤舟在波涛翻滚的海面上漂荡,随时有倾覆的危险。

　　为了解决资金问题,马斯克彻夜难眠,常常被噩梦惊醒,特斯拉和SpaceX就像两个嗷嗷待哺的孩子,等着他尽快找到钱来"续命"。

　　除了变卖私人财产,他继续对自己狠下心来,节约一切开支,如不再乘坐私人飞机,而是改乘有着"全球廉价航空始祖"之称的美国西南航空公司的航班。后来他声称要将SpaceX打造成"太空行业的西南航空",就是取其"廉价"的意思,意即SpaceX要做廉价而高效的太空技术供应商。所谓由俭入奢易,由奢入俭难,可见那段经历给他留下了多么痛的记忆。

这时候,弟弟金博尔帮了他一把。当时,金博尔的大部分资产也因金融危机而变成泡沫,但他仍然变卖资产,把为数不多的资金借给哥哥,虽然这些钱对马斯克来说不过是杯水车薪。

随着不景气的形势不断蔓延,特斯拉的员工纷纷离职,办公室里变得越来越冷清。但也有一些铁杆员工选择继续坚持。

有几个留下来的员工,自愿借钱给公司渡过难关。他们后来都变成了特斯拉的投资人,随着特斯拉的市值攀升而飞黄腾达了。惊不惊喜,意不意外?不知那些选择放弃的员工,会作何感想?

最绝望的时候,马斯克常常盯着特斯拉和SpaceX的财务报表发呆,或者对着电子邮件愁眉不展,那意味着又收到了一些坏消息,"他在脑海中与自己对话"。

他把所剩的资金归拢测算了一下,发现可能只够一家公司活命。也就是说,如果把资金分成两半给两家公司,两家公司都可能关张,只有将资金全都给其中一家,生存的概率才会更高,但这也意味着另一家公司大概率将倒闭。

这是一个艰难的选择,因为马斯克两个都不想放弃。他为此思考了很久,看着最后期限一天天逼近,却一直没有想好哪一个方案更有

马斯克逻辑
——记录一位时代冒险家的传奇故事

利,或者有没有第三种方案。

马斯克从没想过会精神崩溃,但他真的崩溃了。没有资金,再宏伟的计划、再巍峨的商业大厦都会瞬间土崩瓦解。

2008年,马斯克经历了人生中最为痛苦的时刻,尤其到了夜深人静的时候,他感到难以言说的煎熬,凝视着窗外黑黢黢的夜空,仿佛要被沉重的黑幕压迫窒息。即使是疲惫而又清醒的浅睡也不停被打断,直到天空逐渐露出鱼肚白。

他翻转有些僵硬的身体,感觉脸颊湿冷冰凉,原来是枕头湿了,那是他在睡梦中的哭泣所致。

我们常说,创业的成功率非常低,用九死一生来形容也不为过。马斯克在早期创业中曾一鸣惊人,但当大家以为他会暂缓脚步或者专注于一个领域的时候,他又同时创办并运营了包括特斯拉在内的数家公司,这恐怕是让他的职业生涯频繁陷入巨大挑战和危机的一个主要原因。

为了梦想,他赌上了全部身家,难道只是因为财务危机就功亏一篑、折戟沉沙?他绝不甘心,饮恨吞声、缴械认怂可不是这个南非男人的风格。后来回忆起2008年,马斯克说那是他"生命里最灰暗的一年""一边嚼着玻璃,一边凝视死亡的深渊"。

即使一切都向着深渊坠落,马斯克也绝不轻言放弃。对他来说,放弃信念,无异于向死亡俯首。一个人的性格决定着他的命运,而一个天才,绝不遵循常人的思维路径。

马斯克常常引用丘吉尔曾说过的一句话"既然必须穿越地狱，那就走下去吧"，用来表明他穿越漫漫长夜的决心。的确，开弓没有回头箭，有时候多想无益，干就行了！

他再次以个人名义投资特斯拉。在美国商界，尤其是在硅谷，鲜有企业家以个人名义承担企业债务的，但马斯克总是敢于挑战传统、打破规则。

他的投资逻辑是，如果想让投资人投资，那么从道义上说，他应该首先把自己的钱投进去。"如果我自己都不愿意从水果碗里吃东西的话，那么我就不应该让其他人从水果碗里吃东西。"他如是说。

这种行为承担的巨大风险和压力是不言而喻的，但只有这样才会让其他投资人感到一丝欣慰和放心，这也是不少人对他肃然起敬的原因之一吧。

绝处逢生

"我要么看着它发生，要么参与其中。"这是马斯克的行事风格，抑或是马斯克逻辑。

2008年12月，为了挽救特斯拉、SpaceX以及SolarCity公司，马斯克同时启动了几项计划。

他听说美国航空航天局（NASA）即将为国际空间站签订一份价值约为10亿美元的补给合约，于是动用各种资源关系向华盛顿方面积

马斯克逻辑
——记录一位时代冒险家的传奇故事

极争取。幸运的是，猎鹰1号火箭第4次发射终于取得成功，这为他游说政府以及NASA增加了筹码。

同时，他尝试卖出自己手上SolarCity公司的股份，但还没卖出，他就意外从戴尔公司收购自己参与投资的Everdream公司中赚到了1500万美元。Everdream是一家远程服务管理软件公司，由马斯克的堂兄林登·莱夫（Lyndon Rive）于1998年创办，主要提供基于网络的一系列服务。马斯克曾在该公司第4轮融资时投了一笔钱进去。

戴尔为了拓宽其面向商务台式电脑和笔记本电脑的远程服务项目，在2007、2008那两年展开了密集的收购活动，其中就包括收购Everdream。这笔买卖无意中拯救了马斯克。

有钱人的生活充满机会，不经意的一次投资，就可能赚得盆满钵满。

"这听起来像是黑客帝国"，马斯克自己都觉得有些神奇，倒霉的时候虽然诸事不顺，但也有意外惊喜。

马斯克将获得的资金投入到特斯拉的新一轮融资中。一轮运作下来，他为特斯拉筹集了近2000万美元，但这依然不够，特斯拉每个月要烧掉400万美元，所以还必须筹到更多的钱，以满足这个"饕餮之徒"的胃口。

为此，马斯克要求特斯拉的其他投资人再拿出2000万美元。大家都爽快地答应了。

第一章　是时候扔掉你的油箱了

这些投资人一方面被马斯克的决心和诚意感动，另一方面的确不好意思见死不救，如果看着特斯拉就此倒掉，那岂不是坐实了"这是家骗子公司"的传言，而且前面投的钱都会打水漂。

作为投资人而不是大众投机者，他们选择特斯拉，可不仅仅是出于对于它的掌舵人的信任，更是出于对新能源及电动汽车行业的长期价值的笃定。"放长线钓大鱼"的道理好理解，但真正做到却并不容易。

当融资进行到最后关头，就差签署关键文件的时候，一家主要的创投机构又出了幺蛾子，找种种理由拖延签字。马斯克找这家机构的负责人多次沟通，甚至苦苦哀求，但没有什么明显的效果。

他猜测，对方这是在故意拖延，目的是想取代他成为特斯拉的最大股东。然后，特斯拉就可能被卖给底特律的汽车制造商，去卖电子动力传动系统和电池组，而不是造电动汽车了……

就这招？他们真是低估了马斯克的能力和智慧，还把他当作当年那个毛头小伙儿！想让他屈服，甚至妄想把他按在地上摩擦的人，最终只能自取其辱。

在早年的Zip2和PayPal两个创业项目中，马斯克可是有过"公司易手"的痛苦经历的，他不会再重蹈覆辙了。

马斯克打算换一种思路，把原计划的股权融资变为债务融资。这样做虽然会冒很大的风险，但却可以绕过那家创投机构的阻挠。他还放出消息说，可以从SpaceX借4000万美元来完成这轮融资。

33

马斯克逻辑
　　——记录一位时代冒险家的传奇故事

　　果然，投资人"中招了"。

　　"SpaceX肯定是从NASA方面拿到了订单，那就是说马斯克可以从中抽出一笔钱来给特斯拉'回血'。"

　　"不能放过这个增加控制筹码的机会！"

　　大家都这么想，不愿错过这一投资机会。显然，马斯克的策略奏效了。这轮关键融资最终在2008年圣诞节前夕完成，而这距离特斯拉宣告破产只有几个小时了。

　　身处绝境的马斯克爆发出巨大的潜能，包括超强的游说天赋以及在重压下冷静应对复杂问题的能力。

　　他和NASA前后谈判了十几次，终于拿到了为国际空间站提供12次运输服务的订单，并在圣诞节前两天收到了16亿美元的款项。

　　成为NASA国际空间站的供应商，不仅意味着SpaceX成功化解了这次危机，也意味着特斯拉的现金周转危机得以解除。因为马斯克可以从SpaceX借笔钱资助特斯拉。

　　当时马斯克正和金博尔一起在美国科罗拉多州度假，听到这个好消息后，他激动地不能自已。他立即跑到街上，想为女友妲露拉·莱莉（Talulah Riley）（后来成为他的第二任妻子）买一件圣诞礼物。

　　马上就到圣诞节了，街上的店铺基本都关门了。马斯克好不容易找了一家快要打烊的杂货店，进去挑了一个玩偶。这是他俩认识以来，

第一章 是时候扔掉你的油箱了

马斯克第一次正式送礼物给莱莉。

在他最焦头烂额的时候,莱莉悉心陪伴、照顾他,和他一起承受苦闷,熬过那些不眠之夜。

这份感情是黑夜笼罩下的微光,给了马斯克光明与温暖。

所以,当厄运消散的一刻到来时,马斯克做的第一件事就是为爱人挑选一件圣诞礼物。

总之,这个圣诞节简直是马斯克的超级幸运日,走霉运的日子终于到头了,而且一个个关键性的转折相继出现。

美国当地时间2008年11月4日,美国民主党总统候选人贝拉克·奥巴马(Barack Obama)成功当选第56届美国总统。奥巴马在竞选中以"变革"为主题,意图改变美国在战争、经济、能源等方面面临的困难局面,恢复主导地位。他在能源政策方面提出的"到2015年让100万辆插电式电动汽车上路"的宏伟目标,引起各方的广泛关注。

2009年1月,美国总统奥巴马和能源部部长朱棣文参观了特斯拉的工厂,认可了以特斯拉为代表的汽车制造业的发展前景。

2009年6月,美国能源部将特斯拉纳入先进汽车制造技术贷款项目(ATVM)第一批资助名单,决定为其提供4.65亿美元的低息贷款。该项目总额度为250亿美元,旨在通过补贴和低息贷款支持当地先进汽车技术和零部件研发。第一批获得贷款的企业还有福特(59亿美元)和日产(14.5亿美元)等。美国政府还从中斡旋,帮助特斯拉

马斯克逻辑
——记录一位时代冒险家的传奇故事

以 4200 万美元的"白菜价"收购了丰田价值 10 亿美元的美国工厂。

这家工厂位于美国加利福尼亚州弗里蒙特县,最初为通用汽车与丰田公司合资的新联合汽车制造公司(NUMMI)所有,鼎盛时期的汽车年产量达 50 万辆。2009 年双方合作结束后,这座具有优良制造能力的工厂,正面临何去何从的问题。

这给了特斯拉捡漏的机会。

马斯克以他高超的公关技巧和商业谈判能力,争取到美国总统和政府官员的一次短暂参观。这次富有成效的现场公关,不仅帮他拿到了大笔资金,还搞定了特斯拉一直悬而未决的制造工厂的问题。之后,特斯拉的旗舰全电动汽车将从这里走向世界。

那时,传统车企如克莱斯勒,依然在为平衡燃油经济性的问题苦苦挣扎,它们采取的策略大多是推出"折中"性质的混合动力汽车,而不是像特斯拉那样专注于纯电动汽车研发。这种有限度迎合的策略,也反映出行业以及市场对奥巴马政府能源经济政策的真实态度。

政府的支持,不仅使马斯克得到了资金和政策上的扶持,也带动了汽车消费市场对电动汽车的关注度。

丰田公司看到特斯拉惊人的成长速度,在 2010 年斥资 5000 万美元收购了特斯拉 3% 的股份,与其一道开展电动汽车方面的研发合作;作为锂电池生产大户的松下电器,也对特斯拉投资了 3000 万美元。

一系列战略投资使特斯拉获得了资金与品牌的双重背书。

此前，马斯克一直邀请戴姆勒公司的人能去他的工厂看看。架不住马斯克的热情以及自己的好奇心，戴姆勒公司终于派出了代表，并且在参观特斯拉的工厂后感到非常震撼。

为了促成合作，马斯克让工程师们用8周时间，将一辆戴姆勒旗下公司生产的Smart（精灵）燃油车改装成电动汽车。改装后的Smart电动汽车拥有了许多与众不同的性能，这些炫酷的技术打动了戴姆勒。

2009年1月底，世界四大车展之一——底特律北美国际车展在寒冬中拉开帷幕。由于当时汽车市场仍处于油价攀升和金融危机带来的持续低迷中，这次车展办得相当冷清，许多汽车厂商都缺席了展会。

特斯拉在展会上展出了Roadster车型和纯电动动力系统。戴姆勒也来参展并预订了4000套特斯拉的电池系统，迈出与特斯拉合作的第一步。

5月，戴姆勒又出资5000万美元收购了特斯拉10%的股份，双方正式建立战略合作关系。

与传统车企的战略合作不仅解了特斯拉资金方面的燃眉之急，更让特斯拉快速学习到系统、先进的生产模式和管理经验。

美国当地时间2010年6月29日，特斯拉于纳斯达克成功上市，共募集资金2.26亿美元，这也是继1956年福特汽车上市之后第二家美国汽车企业成功上市。一路跌跌撞撞走来的特斯拉，迎来了成长历程中的高光时刻！但它的未来依然充满挑战。

马斯克逻辑
——记录一位时代冒险家的传奇故事

特斯拉首次公开募股当天,纽约市晴空万里,元气满满的马斯克,在纳斯达克证券交易所前接受媒体采访,旁边停着代表当时最前沿的汽车制造技术的产品——一辆闪亮的红色特斯拉 Model S 量产车。

马斯克向前来采访的媒体记者吹风儿说,首次公开募股将给特斯拉量产 Model S 争取到更多时间,他的目标是在 2012 年推出这款新车。他重申了特斯拉的梦想是制造大众市场的电动汽车,并希望 Model S 成为实现这一梦想的开端。

向大众靠拢

2012 年 6 月,当第一台 Model S 量产车在弗里蒙特的特斯拉工厂下线时,立即被评为世界上加速第三快的量产汽车。当时,地球上能击败它的只有法拉利和保时捷 918 Spyder 微型跑车。

特斯拉第一批 Model S 交付,意味着燃油车称霸天下的时代结束了!

这款车价格不菲,在享受联邦税减免之前,售价高达 10.69 万美元。

10 万美元是个什么概念?你几乎可以在所有豪华品牌中任选一辆大型旗舰座驾。

Model S 或者特斯拉品牌,深深刻在消费者脑海中的只有两个字——"豪华",普通人想要问津,几乎不可能。

Model S是特斯拉第一款真正意义上的量产车型，也是其"SEXY"产品矩阵——Model"S、E（3）、X、Y"系列中的开山之作。当时共推出三款，分别配备40kWh、60kWh、85kWh的锂电池，其百公里加速最快达4.4秒，续航里程最高可达483公里。

Model S首次引入17寸中控触摸屏，集成了车辆信息查询、导航、音乐等多种功能，同时配备4G LTE无线网络，使车主可以免费享受系统OTA（Over the Air，空中下载技术）空中升级服务，如特斯拉后来推出的自动驾驶系统Autopilot辅助驾驶功能。

它紧凑流畅的车身设计，据说是从参加环法自行车赛的运动员身上获得的灵感。因为那些自行车骑手都是身材紧致匀称、手脚灵活的家伙，是爆发力和持久耐力的完美结合体，看上去非常养眼。作为首款高端电动汽车，Model S一经推出便大受好评。2012年末，Model S的预订量从推出时的520辆上升至15000辆。2013年Model S在美国中大型豪华轿车（售价在7万美元以上）市场的占有率超过奔驰S系、宝马7系等老牌豪车，排名第一。

Model S因此荣获著名汽车杂志《汽车趋势》(*Motor Trend*)"2013年度车型"、《时代周刊》(*Time*)"2012年25项最佳发明之一"、美国极具声誉的《消费者报告》(*Consumer Reports*)"2017年度10款车主最满意车型之首"等荣誉。

马斯克务实，注重长远规划，其超强的成本管控能力，帮助特斯拉的盈利性和生产效率大幅上升。Model S交付后，特斯拉的收入成倍增长，很快于2013年第一季度扭亏为盈，净利润达1125万美元，成为第一个还清美国能源部低息贷款的汽车制造公司。

马斯克逻辑
——记录一位时代冒险家的传奇故事

2014年底,特斯拉发布了双马达全轮驱动配置的Model S,这是世界上首款双电动马达汽车。

特斯拉在这款车上首次推出自动驾驶系统Autopilot。由于Autopilot拥有较为完善的功能定义,通过众包数据能够不断提升算法能力,还可以通过空中下载技术实现软件升级,使得它立即成为特斯拉每辆出厂汽车的默认配置。

Autopilot,是特斯拉的无人驾驶梦的开始。

它是一款L2级的自动驾驶系统,也就是说,可以在特定条件下协助车主完成基本的驾驶任务,并非具有完全自动驾驶功能。

尽管如此,初次体验的人还是被Autopilot的功能惊艳到了:除了上下匝道需要人为控制,在高速上的其余行程几乎都可以通过它来完成,不管是转弯、变道、加速或减速,Autopilot都能应付自如,活脱脱一个老司机!

2016年,特斯拉的自动驾驶系统Autopilot实现了大规模升级。司机无须输入指令,Autopilot就能控制汽车自动改变车道、驶离高速公路以及自动泊车等。甚至,它还能响应司机的召唤,在复杂的环境中绕过障碍物,移动到司机身边。

特斯拉的自动驾驶系统不使用激光雷达,这是马斯克明确坚持的技术路线。

他认为,自动驾驶的未来必定是商业化,而激光雷达机器昂贵,很难实现商业化，因此任何依赖激光雷达的做法都注定要失败。

用他的话说，就是"人类靠视觉可以完成驾驶任务，为什么机器不行？""激光雷达是个愚蠢的解决方案，谁依赖激光雷达谁就完蛋！"

当然，马斯克之所以这样说，并不仅仅是从技术的层面来论断，还出于商业和营销方面的考虑。马斯克拿视觉与激光雷达做比较，更容易在营销层面为产品造势，加速其商业落地进程。

事实的确如此，围绕自动驾驶中这两种技术路线的争论延续至今，并没有压倒性的结论，而作为"视觉派"的马斯克和特斯拉电动车，则始终处于行业风潮的中心。马斯克对激光雷达的"厌恶"态度，也一度成为热点话题。他后来解释道："我没有从根本上反对激光雷达。我们自己制造的激光雷达在SpaceX飞船与空间站对接时派上了用场。"

Autopilot的意义不仅仅在于为用户提供一种全新的驾驶体验。这种智能体验简直刷新了行业从业者的过往认知，极大推动了世界范围内智能汽车和自动驾驶技术的发展。

为了推进Model S的生产和尚在研发中的Model X项目，特斯拉决定再次改造其加州弗里蒙特工厂。

2016年12月，弗里蒙特县政府批准了特斯拉的工厂扩张计划。该计划包括建设若干新建筑，新建成区域面积达83万平方米，几乎是原来工厂面积的两倍。

马斯克逻辑
——记录一位时代冒险家的传奇故事

其实早在2010年收购该工厂时，特斯拉就曾对其进行过大规模升级改造。但随着Model S开始量产，工厂基础条件落后的问题开始暴露出来。

工人们抱怨厂区采光不好，昏暗而且封闭，糟糕的卫生环境和不完善的生活配套设施也让人感到不爽。还有员工甚至在社交网站上吐槽厂区充电桩瘫痪以及车位紧张的问题。

工人们的抱怨，终于引起了资方的重视。特斯拉为此重新设计改造了工厂，完善了基础设施，增设了天窗，用白色环氧树脂喷涂了地面，还在厂区建设了培训中心、食堂、健身房、卫生中心以及户外休闲区。

扩建后的弗里蒙特工厂，软硬件环境都得到明显升级，成为举世瞩目的汽车工厂之一。

特斯拉还与松下达成合作协议，2014年就在美国内华达州以博彩业闻名的里诺市（Reno）开始建造超级工厂Gigafactory1，以应对未来5至10年的生产计划。

Gigafactory1主要负责生产特斯拉所有的动力系统，包括Model系列车型配套锂电池、太阳能蓄电池Powerwall和Powerback，以满足2020年50万辆特斯拉汽车配套的动力电池年产能需求。

在2016年7月底的超级工厂开幕典礼上，马斯克对来自世界各地的特斯拉用户分享说，你们现在所处的地方，只是这个工厂占地面积的14%，工厂建成后将使电池产量较最初设计时增加3倍，预计可以提供总计超过 1.5 亿千瓦时的产能。

这个超级工厂全部建成后,规模仅次于西雅图的波音飞机制造工厂。

有趣的是,据说工厂里的设备大部分都是松下公司负责采购,由特斯拉进行组装的,然后一个出技术、一个出工人,就这么开工生产了。

马斯克的目标是,全球各大洲都能有特斯拉的工厂。

2015 年 7 月,特斯拉发布 Model S 的新车型 Model S P90D,该车型有一项特殊功能——Ludicrous 模式(荒唐模式)。在"荒唐模式"下,P90D 只需 2.8 秒就可以将时速从 0 公里加速到 96 公里。

类似的新功能让消费者为之痴迷,而且新版 Model S 的起售价已经降至 6.8 万美元左右。

同年 9 月,特斯拉在弗里蒙特的工厂开始向全球发售中型全电动豪华 SUV Model X。马斯克称 Model X 是有史以来"最安全的 SUV",据说这是美国国家公路交通安全管理局(National Highway Traffic Safety Administration,NHTSA)给出的评语。NHTSA 在对 Model X 的安全性进行了全面评估后,打出了全五星的综合评分。

其安全性体现在设计上,包括没有前置发动机,汽车重心足够低(全是电池组,能够避免碰撞后翻滚),配备领先的主动安全系统(Active Safety)以及超级空气过滤系统(据说具有"生物武器防御"

马斯克逻辑
　　——记录一位时代冒险家的传奇故事

的功能）。

　　它的百公里加速仅需4.4秒，堪称百公里加速最快的SUV，可以充分满足追求爽爆速度体验的用户需求。如果仍觉得欠一点意思，那就去挑战"Ludicrous"加速模式，体会该模式下速度"质的突破"（把你送走）的感觉。当然，这得加钱升级才能体验到。

　　鹰翼门是Model X的标志性设计，惹眼却又问题不断。

　　设计鹰翼门的初衷，是为了在安装好第二排婴儿座椅之后，还可以方便乘客进入第三排，这需要一个足够大的车门开口。但由于生产商研发的鹰翼门液压系统出现缺陷，导致漏油和过热等问题，Model X不得不延期交付，特斯拉为此还将生产商起诉至法院。

　　相较Model S，Model X在功能上并没有太多的创新，两者的用户定位与价格也相仿，依然属于豪华车系列，都带着浓浓的未来科技既视感。

　　中型轿车是规模最大、最具性价比的细分市场。Model X的上市，对特斯拉而言意味着真正跻身主流车企的行列，因此具有不一般的意义。

　　与此同时，特斯拉还进行了一系列行业垂直整合。除Gigafactory 1外，特斯拉还在全球范围大量修建超级充电桩和目的地充电桩，并增加门店展区和服务中心的数量。

　　Model S、Model X车型推出后收获了不俗的市场反响，但马斯克并没有沉浸在喜悦之中，而是选择乘胜追击。

2017年，特斯拉的粉丝们期待已久的Model 3终于问世了。

Model S和Model X的定价与定位都相对高端，是给富人准备的高级电动车。而Model 3则是特斯拉推出的首款大众电动汽车，在首批新车交付之前，它已经收到了高达32.5万辆的订单。

这款车型可在6秒内将时速从0公里提高到96公里，续航里程354公里。Model 3的起售价定为3.5万美元，虽然在享受税收优惠前仍有点小贵，但已经进入大众汽车的价格范畴，因而迅速成为电动汽车市场上最具竞争力的产品。

在Model 3的交付仪式上，马斯克向那些排队提车的用户致谢，他深情地说："你们对特斯拉的忠诚，会让我们夜以继日地工作。"

他宣布特斯拉在未来6～9个月将进入"生产地狱"模式，同时还将在全球范围内成倍地增加超级充电桩的数量。

而认同马斯克理念和愿景的拥趸们，将继续用实际行动来支持这位个性鲜明的企业家。

自2016年3月发布、2017年7月交付后，Model 3在美国的销量持续攀升，至2019年已称霸美国中小型豪车市场。

Model 3的大获成功，也令特斯拉的营收更上台阶，净利润从2017年亏损19.6亿美元，缩窄至2019年前三季度亏损9.7亿美元。

马斯克逻辑
——记录一位时代冒险家的传奇故事

2020年，特斯拉迎来上市以来首个实现盈利的财年。至此，特斯拉的发展战略逐渐明晰，即从高端切入、自上而下，以电动化为主体，逐步融合智能化和网联化。

而具有转折意义的Model 3，不仅标志着特斯拉开始向大众消费领域渗透，还被马斯克赋予了不同的历史使命：加速人类能源消费向可持续能源转型。

在进入电动汽车领域时，马斯克就梦想着打造一款公众可以消费得起的车型。他认为当智能电动汽车普及率达到一定程度，电池储能成本降到足够低时，以光电、风电为代表的新能源将具备和火电等化石能源一较高下的能力，并最终成为人类能源消费的主体。

向新能源进发，马斯克的布局远远不止于电动汽车。

转战"太阳城"

为了实现向可持续能源转型，马斯克加速从电力生产到能源存储运输的新能源产业链布局，包括在全球主要市场建造工厂、充电网络，还建立了以太阳能发电覆盖家庭储能和大型光伏储能系统的商业帝国，希望通过储能推动全球能源转型。

马斯克认为，只有储能业务的加入，才能让特斯拉从一家汽车公司跨越为能源公司，而这才是特斯拉的终极形态。

2004年，马斯克就告诉表弟林登·赖夫"赶紧去做太阳能！"，并提出了SolarCity的初步概念。

对于这个"工作狂"表兄的建议，赖夫非常认可，因为这可以说是他俩共同的梦想。"如果是马斯克看好的，那就尽管去做吧。"赖夫心想。

2008年10月，SolarCity成立，马斯克成为公司的最大股东和董事，赖夫担任CEO和联合创始人。

SolarCity主要向分散的家庭用户提供太阳能电池板出租业务，一方面向用户收取租金，一方面还能与用户共同享受联邦政府和州政府的补贴以及税收优惠，而用户可以享受低于平时用电成本15%的价格。

这种双赢的模式立即吸引了大量用户，随后几年，包括谷歌在内的多家企业也看好这一模式并对其进行了投资。SolarCity的市场规模不断扩大，到2016年其家庭用户数量突破30万，成为全美最大的家庭太阳能服务提供商。

然而，尽管光伏发电是一件很有前景的产业，但它也有一个致命的短板，即投资回报周期长，而且市场需求增长缓慢。

很快，随着太阳能产业供大于求，以及太阳能电池面板成本不断下降，消费者发现租不如买划算，于是转而选择其他太阳能光伏产品，这对以租赁模式为主的SolarCity带来巨大的挑战。

而且，SolarCity还犯了一个严重的错误，就是一直给外界尤其是

马斯克逻辑
　　——记录一位时代冒险家的传奇故事

投资者过高的"承诺",而对自身兑现承诺的能力和由此带来的风险缺乏正确的认识。例如,为了建厂而给联邦政府和州政府"画饼",无论是扩大就业还是增加税收,后来都没有完全兑现。这让投进大量补贴以及提供各种优惠政策的地方政府及曾信服SolarCity的民众感到非常失望,一些曾经力挺SolarCity的人转而成了怨气冲天的抗议者。

接二连三的爽约,直接导致SolarCity的各项补贴被取消,投资者和分析师对其的信心也一降再降。

但SolarCity也并不是没有坚定的支持者,包括马斯克在内,他们更愿意拿其他一些事实来反驳市场的唱衰。他们会说,当初那些质疑特斯拉造电动汽车的实力和盈利能力的人,在Model 3问世后几个月就销声匿迹了。而现在那些唱衰太阳能与电池设备的人也是如此,因而唱衰者的话不值得相信。

这种"偏执"让马斯克不惜站在特斯拉全体股东的对立面,决定收购SolarCity。当时SolarCity的安装量持续下滑,亏损达8.2亿美元,已经资不抵债。对于这次收购,特斯拉发布的公告给出了3条理由。

首先,有了SolarCity,特斯拉将成为全球唯一的垂直一体化能源公司,能为用户提供包括汽车、家用电池、太阳能屋顶等在内的,端到端的一站式购物体验。其实,SpaceX、特斯拉和SolarCity的业务一直存在交集的部分,有着共享资源的先例,而马斯克正处在交集部分的中心。因此他一直希望能促成特斯拉和SolarCity合并,以此来进一步加深这种关系,垂直整合所有流程,共享理念并交叉销售给他们的客户。

其次，与 SolarCity 合并后会给公司带来巨大收益，如未来 3 年内有望获得 5 亿美元现金，以及可用一站式销售带来的巨大利润回笼冲抵此前的债务。

最后，此举可以帮助特斯拉的超级工厂 Gigafactory1 消化产能。马斯克的想法更加直奔主题，他希望把太阳能电池板放到特斯拉的门店销售，终止租赁模式，同时补齐特斯拉上游的充电业务，解决电动汽车普及初期充电难的问题。

但股东们不这么想。

"我们承认太阳能或许是公司未来不可避免的一部分，但未必是 SolarCity 啊。""选一家'落魄'的公司，将来要是成为巨大负担呢？"

对此，马斯克表现得非常笃定，试图通过富有魅力的演讲和沟通来说服大家：要敢于下赌注，特别是那些你明知不可避免的未来。

最终，股东们的极力反对仍没能阻止收购进行。

2016 年 11 月，特斯拉以 26 亿美元收购 SolarCity 22% 的股权，并计划在纽约州水牛城建造超级工厂 Gigafactory 2，以便大规模量产太阳能电池板。

Gigafactory 2 是从一座废旧工厂脱胎而来的。特斯拉买下那座废旧工厂后立即对它进行了彻底改造，并对人员和业务方向做了全面调整。

马斯克逻辑
　　——记录一位时代冒险家的传奇故事

　　那段时间，尽管SolarCity的高管纷纷离职，前景仿佛一片黯淡，但垂直整合的效果却非常明显。据悉，收购之后的第一年，特斯拉就节省了1.5亿美元的成本。

　　然而，这一收购交易引发了巨大争议，所引发的诉讼也还没有定论。时至今日，太阳能业务依然被外界视为特斯拉的一个包袱，这场交易带来的安全风险调查、市场看空以及股价动荡、新增装机有限等问题仍困扰着这家全球新能源企业。

　　根据近些年披露的信息，马斯克为了挽救SolarCity而采取的一些做法，在有关程序及规定范围内未必毫无瑕疵，但从长远战略看，收购本身无论对于特斯拉，还是马斯克想要打造的新能源产业帝国来说，都是必须要走的一步。

　　特斯拉、SolarCity和SpaceX相当于马斯克建造的一座金字塔，马斯克认为，金字塔内部出现连锁反应是再正常不过的事情了，这是不可避免的。

　　收购SolarCity之后，特斯拉很快就推出了第二代能源墙（Powerwall 2）和太阳能屋顶（Solar Roof）——将光伏发电装置放在瓦片当中，使得瓦片成为太阳能瓦片，这样用户在铺设房屋屋顶的同时，也相当于铺设了一排排的光伏面板。

　　这种太阳能瓦片是先在太阳能电池板上覆盖一层有色透光膜，然后再盖上高强度的钢化玻璃作为保护。这层钢化玻璃和钢一样硬，强度超越了现有的所有瓦片材料，使用寿命可以长达50年，是普通瓦片使用寿命的2到3倍。

不同于装在屋顶的太阳能面板，特斯拉的太阳能瓦片直接替代了房子的屋顶，而且还有 4 款不同的外观设计，可以搭配不同的房子，使太阳能屋顶成为美观的房屋的一部分。

Powerwall 是特斯拉 2015 年 4 月推出的第一款家庭电池储能系统，同时推出的还有特斯拉第一款商用储能产品 Powerpack（100kWh）。

Powerwall 有 7kWh 和 10kWh 两个版本，能够在电力需求低谷的时候充电，在电价和用电需求高的时段输出电能。最大储能 10 千瓦，相当于一个普通家庭持续使用 10 小时的电量。

在美国、澳大利亚等国家，停电依旧是个大问题，而传统柴油发电机不但污染环境，而且用户体验并不好。有了 Powerwall 这么一块炫酷的超大充电宝，临时紧急供电的问题迎刃而解。

这样下来，一般家庭对于光伏发电/用电的需求基本能够得到满足了：太阳能屋顶发电，Powerwall 储能、供能，储供协同、削峰填谷，构成了一个完美的组合。

这也得益于特斯拉的 Model S、Model X、Model 3 等系列相继入市或进入快速研发阶段，使得马斯克有更多的筹码来规划他的储能产品线。

尽管外界对于马斯克的怀疑声从未中断，但他的新能源愿景始终没有动摇，他不仅善于宣传"超越商业利益"的理念，在果敢行动和创造奇迹方面也毫不逊色。

在积极应对全球气候变化，向可持续能源转型方面，特斯拉堪称这个星球上最重要的公司，几乎没有其他公司能够比特斯拉更具有影响力。

第三节　极速狂飙

步子迈大了

2016年4月，Model 3发布并开启预约时，特斯拉内部并没有想到这款面向大众市场的电动汽车会那么受欢迎。

他们期待的预约数是5万辆左右，因为当时的主推车型仍是Model S以及刚上市的Model X。谁知预约当日，Model 3的订单一下就达到了18万辆，而且在随后的那个周末飙升到32.5万辆。

每个人都感到不可思议，这意味着Model 3还没上市就已经成为特斯拉最畅销的车型，而且在未来可预期的盈利方面将远超传统汽车巨头。

马斯克也对Model 3寄予厚望，因为只要能够顺利交付，便可以一举解决特斯拉的财务危机。

当兴奋和喜悦的情绪迅速而广泛地扩散时，没有人能想到，这款热门产品将会成为特斯拉延续近两年的一大梦魇。

从 2017 年开始，Model 3 的产能问题开始变得尖锐起来，并很快演变为企业发展的最大障碍，一度决定了特斯拉的生死存亡。马斯克曾信心满满地认为，Model 3 的年产能达到 20 万辆问题不大，但实际产能只达到了他预想的十分之一左右。

之所以出现这种尴尬的状况，主要是 Model 3 的生产周期太短了，从设计、测试到制造大概只用了两年多的时间，而传统车企推出一款新车的时间往往要 4～5 年。

更关键的是，马斯克对这款车的设计要求很高：既要成本更低，又要性能更优，这让整个团队压力山大。

关于如何提高产能，马斯克首先想到通过生产线自动化提高生产率。理由很简单，不论多优秀的人都会在工作中出错，还需要支付其工资，但机器却不用，运行后就能自动完成工作。为此，特斯拉为每条生产线配置了大量机器人，使 Model 3 生产线的自动化程度达到 95%，涵盖了零部件的传递、装载及焊接等工序。

这其实是特斯拉一贯的做法，它更像一家软件公司，比如利用空中下载软件升级模式来提升车载固件的性能。生产线自动化的关键也在于此，编程人员通过软件来实现现实世界中的具体操作。

马斯克希望，利用编程语言来实现生产线上的物理操作，并且不局限于某一款产品，而是适合多种产品，还能够不断升级迭代。

对特斯拉来说，软件升级更新，就意味着产品在不断改进更新。

马斯克逻辑
——记录一位时代冒险家的传奇故事

特斯拉的自动化生产线开启了汽车制造的革命，但此举在当时更像是一个"早产儿"，带来了一系列意想不到的麻烦。

为了解决自动化生产线上时不时出现的技术故障，马斯克开启了"驻厂巡视"模式——在生产车间现场解决问题，甚至自己动手重新编写软件。工程师们开始变得战战兢兢，生怕哪个问题没有及时解决，或者被问及时没能给出马斯克想要的答案，下一秒就被炒了鱿鱼。

美国《连线》(Wired)杂志发表了一篇文章，对这段"生产地狱"的特殊时期做了生动而充满同情意味的深度报道。文中写道，部门经理会告诫工程师们远离马斯克的办公室，以免被他的"焦虑之火"殃及。

除了发泄情绪，马斯克也会在工厂里面即兴发表讲话，有鼓励，也有批评，更多的像是敲打。他告诉员工，前方还会有更多的工作和更大的挑战，每个人都需要努力和聪明地工作。"Model 3 是公司的赌注！"员工们都深刻体会到这位"暴君"，同时又是"救世主"所说的这句话的含义。

自动化生产线上线后，带来的最大的意外是，Model 3 的产能不仅没有明显提升，反而使成本翻了两番。更糟糕的是，自动化生产的产品品质一度难以保障，甚至不如工人生产的产品。

回过头来看，生产线自动化是马斯克迫于当时形势而不得不采取的行动，但业内人士分析认为马斯克步子迈得有点大了，如果等到技术成熟稳定后再大规模自动化，可能会更符合当时的实际情况。

第一章　是时候扔掉你的油箱了

马斯克本人对此也懊悔不已。

2018年一季度过完，特斯拉的季度产能只有1542辆，净亏损却达到创纪录的7.85亿美元。如同十年前一样，媒体再次给特斯拉下了"破产通知书"，认为特斯拉撑不到半年就会破产。

当时的危机还不仅仅在于产能滞后以及资金告急，雪上加霜的是，员工离职潮也爆发了。一方面自动化生产必然淘汰大量生产线上的工人；另一方面在看似不可能完成的目标前，人心惶惶，很多人的心态崩了，部分核心高管相继离职。

3月，一位车主在使用Autopilot自动驾驶功能时，忽略了警报而酿成车毁人亡的悲剧，让特斯拉不得不宣布召回八成已售出的Model S，并宣布停产一周。

随后，又有媒体发现有数千辆Model 3闲置在仓库无人问津。原来这批车是特斯拉提前生产的高配车型，价格为5万～7万美元，而他们收到的大多数订单是售价3.5万美元的Model 3基础版，产需错位，场面尴尬。

安全事故、离职潮以及财务危机，让特斯拉身处舆论风暴的中心，"含着金钥匙"出身的Model 3，可谓命途多舛……

这次生产瓶颈，对特斯拉堪称一道命运之门，跨过去海阔天空，意味着真正具备大规模生产的能力，并且获得健康的现金流；跨不过去就意味着倒退甚至失败，积累的问题将集中爆发。

马斯克逻辑
——记录一位时代冒险家的传奇故事

此时，特斯拉已经到了必须决断的时刻了。马斯克决定调整策略，首先要解决的就是机器人投放过多的问题。他亲自出面把一些工人请回来，让工厂的日常生产和管理恢复正常。他自己也在厂区安营扎寨，和大家一起加班加点，亲自监管生产流程。员工们都说"老板疯了"，因为这个家伙每天和他们一样玩命地工作。大家对"永不放弃"的精神有了更深切的体会。

功夫不负苦心人！在马斯克和员工们的疯狂努力下，幸运女神再次降临了。2018 年 6 月底，Model 3 实现了每周 5000 辆的产能目标。

产能提升的主要原因是特斯拉安装了在德国设计、制造的全新自动化生产线，解决了生产满足产能所需的电池模组的瓶颈问题。同时，针对工厂早期应用全自动化装配带来的问题，马斯克果断调整生产流程，以半自动化和半人工装配的模式取代全自动化，从而达到效率的最大化。

越是努力的人，越会受到命运之神的眷顾。

一旦跨过了生产瓶颈这道坎，产能增长的趋势愈发不可阻挡。到第三季度，特斯拉成功交付 5.6 万多辆 Model 3，同时还交付了 2.7 万多辆 Model S 和 Model X，特斯拉营收爆表，股票逆势翻盘。

连马斯克自己都不敢相信，特斯拉再次创造了奇迹！真是应了他所说的那句话，"要么死得安然，要么活得绚烂"。他在推特上庆祝特斯拉取得的胜利，并调侃所谓的"破产"再次与自己无缘。

或许是乐极生悲，后来，他还是因为自己的"大嘴巴"而遭了殃——由于在推特上随意发布有可能影响公司股票涨跌的信息，他遭到美国证券交易委员会（SEC）起诉，被控涉嫌证券欺诈。作为代价，马斯克为此支付了4000万美元的和解费，并辞去特斯拉董事长一职。

此前几年，SEC一直在试图让马斯克表现得更像一个标杆企业的领导人，但似乎丝毫没有效果。而经过这件事情之后，SEC要求特斯拉对马斯克发表的一些推文进行必要的监督，但这个要求遭到了特斯拉的拒绝。特斯拉回复称："他（马斯克）的信息（监管）不在协议范围内。"后来又经过几轮博弈和试探，最终，对于如何限制马斯克发推文的问题，监管机构和地方法官都选择了妥协，随他去吧。

而另一个利好消息是，特斯拉在中国上海建超级工厂的事敲定了。

2018年5月10日，特斯拉获得了上海浦东新区市场监管局核发的营业执照。10月，特斯拉以9.73亿元拍下了上海临港86.5万平方米的工业用地。2019年1月，特斯拉临港工厂正式开工建设。

对于特斯拉来说，2018年是极其艰难的一年。马斯克在年终接受采访时说，解决Model 3的产能问题之路简直是通向地狱之路，"我一年老了5岁"。

在特斯拉2018年财报会议上，马斯克说："2018年绝对是特斯拉历史上最具挑战性的一年，也是最成功的一年。"有媒体将特斯拉2018年的财报称为特斯拉的"成人礼"。确实，从此之后，特斯拉开始真正走向盈利之路，并长期保持着高歌猛进的姿态。

自动驾驶

马斯克的目标一个接一个。2019年，马斯克对外宣称特斯拉将在两年内丢掉方向盘、取消刹车，实现真正的自动驾驶。就当时而言，他提出的目标十分夸张，而且跳票的可能性极大，但特斯拉的拥趸们对此却翘首以盼。

2020年，在特斯拉推出Autopilot系统5年后，马斯克发推特称，特斯拉全自动驾驶系统（Full Self-Driving，以下简称FSD）Beta Version 9.0（FSD V9.0）软件已向部分客户推送。在2020年上海世界人工智能大会上，马斯克参与线上会议，表示对未来实现L5级别自动驾驶或是全自动驾驶满怀信心。

FSD V9.0没有使用高精度地图和激光雷达，它的感知功能主要依靠视觉传感器完成。马斯克坚持认为，在自动驾驶领域使用激光雷达注定是"竹篮打水一场空"。

在实际应用中，Model 3的中控屏上会显示道路的具体信息，而且画面模型由2D变为4D。它还支持红绿灯、禁令标志、路障、行人和非机动车等的识别和避让，处于环岛等复杂路况或夜间环境时，也基本能在少量延迟的情况下精准行驶。

实际上，Autopilot系统在最初并不完善，马斯克也清楚这一点。例如，2016年就发生了两起因Autopilot而导致的交通事故，并造成人员伤亡。直到Autopilot 7.1版本出现，他才对外宣传特斯拉辅助驾驶功能已初步实现，即达到了美国汽车工程师协会（SAE）对L2级别自动驾驶的定义标准。

特斯拉Autopilot辅助驾驶功能，带动了L2级别辅助驾驶的风潮。后来，许多车企纷纷跟进，在自己的中高端车型中配备这一功能，不过都只是远远跟在特斯拉后面模仿而已。

当然，激进的策略也为特斯拉招来了一些争议。因为即使现在特斯拉车辆的硬件升级到第三代，软件也日渐趋于完善，想要让司机完全脱离方向盘，依然是一件离谱而危险的事情。

FSD V9.0版软件成为马斯克带领特斯拉"狂奔"的又一根鞭子——马斯克希望特斯拉直接越过L3和L4，一次性奔向最高级别L5。

2014年，SAE制定了J3016自动驾驶分级标准，将自动驾驶技术分为L0~L5共六个等级。其中，L0代表没有自动驾驶加入的传统人类驾驶，L1~L5分别为辅助驾驶、部分自动驾驶、条件自动驾驶、高度自动驾驶和完全自动驾驶。

2016年，美国交通部决定采用SAE J3016作为自动驾驶分级标准，并将其确立为定义自动化和自动驾驶车辆的全球行业参照标准。当时，业界仍在努力实现L4级别，但马斯克就喜欢做"超前"的事。

在FSD V9.0版软件推出前，特斯拉做了不少准备工作，其中就包括硬件系统升级。

2014年至2016年，特斯拉Model S全部搭载Mobileye生产的EyeQ3芯片。Mobileye是一家研究汽车计算机视觉的以色列公司。2016年7月，Mobileye表示不再为特斯拉提供技术支持，特斯拉的芯片供应商更换为英伟达（NVIDIA）公司。为了保险起见，马斯克决定自行研

马斯克逻辑
　　——记录一位时代冒险家的传奇故事

制芯片。

2019 年，特斯拉推出自研 FSD 芯片以及基于该芯片构建的第三代硬件架构。这种针对硬件 3.0 的技术规格，被美国智能汽车媒体 Clean Technica 描述为"像一只猛兽"。

马斯克推介说，硬件 3.0 主板做了完整的冗余，也就是说，即使它的任何一个功能区损坏了，整套硬件依然可以保持正常工作。

无论是版本更新，还是硬件系统升级，种种迹象都在向外界暗示：特斯拉比其他车企更加接近真正的自动驾驶了。

2021 年 7 月，马斯克在社交媒体上再次表示，其最新测试版 FSD 系统即将上线。此前他已经公布过 FSD V 9.0 测试版将采用"纯视觉"方案，经过一个月左右时间内测，就可以向公众推出了。

这一承诺依然反复跳票。

根据先前募集的测试车手反馈，FSD V9.0 比现有版本进步不少。但即便如此，这个版本仍旧无法真正达成全自动驾驶的理想。

特斯拉解释，之所以会在最终版本前流出，是因为需要获得更多用户数据以此改进系统，直到评估显示 FSD 系统能够比手动驾驶更安全为止。

马斯克用他强大的个人影响力吊足了公众对自动驾驶的胃口和期望，甚至让公众产生了错觉——特斯拉在完全自动驾驶技术上已经跨越了所有障碍，不需要人类控制的自动驾驶时代已经到来了。

马斯克曾宣传特斯拉将在2020年底实现完全自动驾驶。可事实上，特斯拉没有做到，距离完全自动驾驶的时代还十分遥远。之后，马斯克终于承认自动驾驶技术仍然面临许多难题，"广义的自动驾驶是一个难题，因为它需要解决非常多的现实世界的人工智能问题。此前没想到这么难，但回想起来难度是显而易见的"，他在推特上回复网友时说。

他的"反省"让一度狂热的自动驾驶的拥趸们恢复了一些理智，更让其他车企大松了一口气：原来（马斯克）又在吹牛！幸好是在吹牛啊！毕竟，鉴于目前尚不成熟的自动驾驶技术，完全自动驾驶不是简单的软硬件升级就能够实现的。

事实上，尽管很多车企都在宣扬自己的自动驾驶系统，但是迄今还没有任何一套放之四海而皆准的全自动驾驶系统问世。这不仅因为普遍存在的技术难题，还在于不同国家和地区的情况各不相同。

即使如此，特斯拉的自动驾驶技术和水平仍处于领先地位，特别是它拥有的自动驾驶数据、算力和计算架构等，都远优于其他传统车企和造车新势力。

这些优势常常给特斯拉的车主们带来意外之喜：他们会惊奇地发现，平时都需要驾驶员接管进行干预修正的某个路口，在一段时间后，就不再需要接管修正也能顺畅地通过了。这是特斯拉通过在线收集数据的众包模式不断优化自动驾驶体验的结果。

马斯克逻辑
——记录一位时代冒险家的传奇故事

自动驾驶是一条潜力无限的新赛道，狭窄而拥挤，而最大的障碍就是如何保证绝对安全。因此，无论在技术上距离实现 L5 级别自动驾驶的目标还有多远，它始终面临一些底层的根本性挑战，而不仅仅是技术细节问题。

马斯克不是没有过困惑，不仅对于他多年来一直声称即将推出的自动驾驶技术，还包括建造完全可复用的星际飞船，这两件事几乎成了他"最大的认知负荷"。但他坚信自己对未来的判断，并找到了坚持到底的办法。

站在局外人的角度看，马斯克所秉持的无非就是"远见"与"毅力"这两项关键特质，他将这两者完美结合并达到了最佳效果，从而得以在科技、商业领域独领风骚。

电池革命

马斯克对于电动汽车的野心越来越被公众所熟知，但这种了解还远远不够。他深邃的思维和无畏的勇气，令他对电动汽车世界的探索与开拓能够与时俱进，甚至常常超出大家的预期。

对电池技术的追求，体现了这位疯狂工程师的勃勃雄心。这也比较容易理解，电池技术的发展，决定着电动汽车的发展，是影响电动汽车普及的重要因素，更决定着储能产业的拓展前景，它几乎是马斯克可再生能源产业链中最关键的因素，怎么加大研发力度都不为过。

运用马斯克信奉的物理学第一性原理分析，电池技术的发展只有两个关键指标：提高容量，降低成本。

一直以来，马斯克对用在数码产品上的圆形电芯情有独钟，但这也是迫不得已，因为特斯拉在创业早期并没有太多选择。圆形电芯尽管体积小、容量小，但优点很突出，即电池的能量密度高。其锂电池的负极使用的材料是石墨和硅的氧化物，兼顾了化学性质稳定性、储能容量以及膨胀空隙等指标，而且18650型号的小单元组电池便于通过软件实现单一管理，能够有效延长电池使用寿命。

不得不说，敢将这种电池装载在汽车上，特斯拉是"第一个吃螃蟹的人"。这也成为了特斯拉的一项核心技术——管理数千个圆形电芯的电池管理系统和电池冷却系统。

动力电池既是电动汽车的核心部分，又是整车成本的大头，占比超过40%。而锂电池使用的稀有金属材料的价格又决定了动力电池的成本。

18650电池属于三元锂电池，即主要使用镍、钴、锰或铝三种材料组合而成，例如常见的镍钴锰（NCM）和镍钴铝（NCA）锂电池。为了从原材料上降低成本，业界一直在探索新的替代材料或不同的组合。

特斯拉的做法则是不断降低其中最贵的材料钴的使用量，这个尝试在2018年有了突破。这一年，Model 3的电池从18650电池升级成了21700电池，能量密度达260Wh/kg～280Wh/kg，而钴含量下降到约4.5kg每车。最早Model S使用的松下18650电池，其钴含量则高达11kg每车。

马斯克逻辑
——记录一位时代冒险家的传奇故事

制造"零钴"含量的下一代电池，成为特斯拉追求的一个小目标，马斯克为此专门跑到推特上mark（记录）了一下。

不得不说，在降低电池成本方面，特斯拉早期的技术革新取得了不错的进展，但距离马斯克的愿景——电池成本减半——还有较大的距离，特别是当成本下降的曲线开始变得平缓时，特斯拉不得不重新审视这个挑战。造价便宜、工艺简单的4680电池成为特斯拉再次破局的关键。

长久以来，马斯克都想要打造一台售价2.5万美元左右的特斯拉，让电动汽车的价格能够媲美燃油车，而4680电池的诞生似乎让这个目标触手可及了。

2020年9月，特斯拉的年度盛事——股东大会及首个"电池日"终于来了。受疫情影响，赶到活动现场的人们也只能待在车里，通过特斯拉汽车的中控屏观看发布会。特斯拉官宣了"比Model 3更便宜的特斯拉汽车"的计划，并称该款车很快将进入小型车市场。

压轴环节，特斯拉发布了一款足以颠覆汽车动力电池行业的全新产品——4680型无极耳电池。该电池的储电量提升了5倍，续航里程提升了16%，输出功率提升了6倍，并且成本还降低了14%。

所谓的4680电池，就是单体电芯直径为46毫米、高度为80毫米的圆柱形电池。相比起特斯拉原来采用的18650电池和21700电池，4680电池的外观就像是一个又高又壮的胖子。

按照官方公布的数据，4680电池的每一项提升都直指目前汽车动力电池的痛点。特别是它完全取消了电池模组设计，直接将960个4680电芯按照40×24的排列方式放入动力电池结构体中，使电池能量密度增加到300kWh/kg。单颗4680电池的电量为98Wh，是旧款21700电池18.875Wh电量的5倍以上，相当于"一节更比五节强"，但这也并不代表续航会多出5倍。

现场的观众对那些技术术语不感兴趣，却被这个黑科技的外观所吸引：真好看，像个艺术品！

因为4680电池要到2022年才能实现大规模量产，有人嘲讽这是一款"PPT产品"。马斯克听后立即反驳说4680电池已经用在特斯拉的车上，同时解释开发原型产品是琐碎的过程，量产更是艰难。

"将你的股票卖了吧，无所谓，事实会证明一切。"他对质疑者毫不客气。

马斯克的计划令特斯拉的铁粉们激动，一旦4680电池实现量产，产能将达到年产10千兆瓦时，足以让特斯拉跻身全球主要锂电池生产商的行列。

从技术路线上来看，4680电池同其他电池差异并不明显。但它有一项尖端技术，那就是激光无极耳。极耳是传统柱状电池电芯中间将正负极引出来的金属导电体，电池无论是充电还是放电都必须通过极耳才能与电池外部连接。

特斯拉的无极耳专利，是通过在无极耳电极一端涂覆导电材料，使电流直接在电极集流体、盖板、壳体之间传导。这样的设计不但增

马斯克逻辑
——记录一位时代冒险家的传奇故事

大了电传导面积，还缩短了电传导的距离，使其内阻减小为原来的五分之一。这就是4680电池之所以能够在成本降低14%的同时，还能够提升6倍输出功率的秘诀。

松下公司已经研发出采用了无极耳、新型硅材料、不含钴的原型4680电池，目前仍处于测试阶段，大规模生产预计要到2023年4月以后了。

对于马斯克来说，4680电池在能量密度和续航里程上的提升都是为了达成大幅降低成本和提高生产效率的目标的手段。

特斯拉作为全球新能源汽车的开路先锋，在如今强敌环伺的市场中，生存压力不仅没有减少，反而更加危机四伏。

在中国，特斯拉已有很长的一段时间无缘新能源汽车销售冠军的宝座了，即便采取疯狂降价的策略来刺激消费者，也依然没能在中国造车新势力稳步爬升的激烈竞争中占到优势；在欧洲，特斯拉在新能源汽车市场上的霸主地位同样受到威胁，竞争局面并不乐观。

在四面楚歌、八方受敌的情况下，马斯克没有理由不加快生产4680电池以拿回市场主动权。

在向可持续的能源转变的过程中，尽早实现电动汽车普及应用，既是特斯拉的愿景，也是马斯克的初心。然而这条道路充满荆棘与未知，需要特斯拉拿出更强的撒手锏，披荆斩棘，驱散迷雾，一路向前。

"人工智能日"大惊喜

2021年8月20日，万众期待的特斯拉"AI Day"（人工智能日）开始了。这是特斯拉举办的首个人工智能主题的主题日。就像2019年的"Autonomous Day"（自动驾驶日）和2020年的"Battery Day"（电池日）一样，这种做法非常"特斯拉"。

马斯克说，这次人工智能日活动的主要目的是吸引人工智能人才加入特斯拉，但这则关于招人的信息很快就被随后发布的内容淹没了。

特斯拉正在研发超级计算机芯片Dojo，FSD系统的功能将进一步提升，还有……还有，特斯拉要造机器人！

画风变得太快，所有人都始料未及，简直惊掉了下巴。造车的特斯拉，居然要造机器人了！

这不是开脑洞，而是整个脑袋被开瓢了吧？

放出这么惊人的消息，谁还会在意那句"我们是来招人的"广告词啊！

当天活动的主角是Dojo D1——特斯拉的自研芯片。马斯克几年前曾要求特斯拉工程师"设计一台超高速训练计算机"，于是就启动了Dojo项目。

Dojo是日语"柔道馆、训练场"的意思，词源是汉语的"道场"。马斯克对这个词情有独钟，他的团队开发的虚拟货币也叫"Dojo coin"

马斯克逻辑
　　——记录一位时代冒险家的传奇故事

（称作狗狗币/狗币）。按照马斯克的说法，Dojo coin 是未来新型的加密货币，其最大的优势就是不再存在传统加密货币技术能耗过高的问题。作为比特币的力挺者，马斯克不仅强推自家的狗币，还由特斯拉公司斥资 15 亿美元买入比特币，允许用比特币购买特斯拉。这为他赢得了另一个绰号——"币圈造车达人"。

　　言归正传。Dojo 芯片到底有什么神奇之处，让一贯挑剔的算法工程师和网络极客们也不由得大加赞叹？

　　它先进行了疯狂"换血"。能不要的功能模块就不要，腾出空间来加入更多计算模块。这么做虽然会损失掉一部分计算精度，但使计算效率得到几何级数的增长。

　　马斯克对 Dojo 芯片的要求，就是帮助人工智能模型识别特斯拉汽车上的摄像头收集到的视频内容。所以不需要什么鸡肋功能，最关键的是要能认识绝大部分物体，这才是自动驾驶的本质！

　　人工智能的世界目前就是这么简单又粗暴。

　　"大换血"之后是"大拼接"。

　　人工智能训练芯片 Dojo D1 基于 7 纳米工艺打造，在同一个晶圆上不做任何切割，直接光刻，搭载了 500 亿个晶体管、354 个训练节点，仅内部的电路就长达 17.7 公里，BF16 精度算力高达 362TFLOPs（每秒万亿次浮点运算）。

　　然后，将 25 个 Dojo D1 组成一个 Dojo 训练模块，每个芯片之间无缝连接，延迟极低，再配合特斯拉自创的高带宽、低延迟的连接器，算力增容至 9 PFLOPS（每秒千万亿次浮点运算）。

最后，将这些训练模块互相连接，进而形成一个超级计算机。比如特斯拉集合 120 个 Dojo 训练模块组成的人工智能训练计算机 ExaPOD，算力可以达到 1.1 EFLOPS（每秒万亿亿次浮点运算）。

如果你对这些数字没什么概念，那么只要明确一点：这些 Dojo 训练模块能够独立运行，而且可以无限连接，由其组成的 Dojo 超级计算机的性能拓展在理论上是无上限的，简直就是一台"性能野兽"。

作为一个超级芯片，Dojo D1 芯片已经足以傲视市面上的其他芯片。作为一个纯粹的"机器学习"机器，ExaPOD 已是目前世界上算力最高、人工智能训练速度最快的计算机。

"我们应该在明年让 Dojo 投入运营，"2021 年马斯克如是说，"Dojo 将会是世界上最棒的超级计算机。"

这次没有人认为他在吹牛。Dojo 坐上全球超算"铁王座"（超越目前排名第一的日本超级计算机"富岳"），看来只是时间问题了。而所需的，只是把更多 Dojo 芯片拼接起来！

大家都知道，实现完全自动驾驶一直是特斯拉追求的目标。2021年 8 月 1 日，特斯拉正式推送 FSD 系统的最新版本 FSD Beta V9.1，这是首个使用"特斯拉视觉"的辅助驾驶套件。8 月 16 日，特斯拉又推送了 FSD Beta V9.2 版本。

马斯克逻辑
　　——记录一位时代冒险家的传奇故事

　　FSD 系统新版本的最大亮点，就是基于摄像头和人工智能算法的纯视觉自动辅助驾驶技术，逐渐摆脱对雷达传感器的依赖。

　　从 Autopilot 系统迈向 FSD 系统是实现完全自动驾驶的关键一步。而 Dojo D1 的使命，就是帮助特斯拉走好这一步——全面提升特斯拉的"视觉感知能力"，最终实现真正意义上的自动驾驶。

　　FSD 系统，是特斯拉电动汽车的灵魂，而 Dojo 将不仅仅用于车辆 FSD 系统的训练，还可以应用于泛化的人工智能训练！

　　首个特斯拉人工智能日的活动上，正当人们还沉浸在技术输出的"沉闷"气氛中时，一名身穿白色连体衣、头戴面罩的人形机器人跑上了舞台。机器人跳着滑稽的舞蹈，扭捏摇摆，把大家都逗乐了。随后，马斯克阔步登场，告诉在座的各位，这是特斯拉研发的一款机器人——特斯拉人形机器人（Tesla Bot）。

　　彩蛋！新人类？

　　马斯克说，没开玩笑，这个机器人计划真实存在，虽然目前还只存在于幻灯片中。

　　Tesla Bot 身高 1.7 米左右，重约 57 公斤，躯体和四肢的人形特征明显，面部是一张屏幕。TA（指代 Tesla Bot）能够搬起 20 公斤的重物，移动速度约为 5 英里每小时（约 8 公里每小时）。

　　Tesla Bot 最早将在 2022 年面世，设计初衷是"解放劳动力"——帮助人们处理那些不安全的、重复的、无聊的工作。

第一章 是时候扔掉你的油箱了

马斯克的理念是,体力活应该只是一种选择:你如果想活动活动,就去做;如果想"葛优躺",就让TA去跑腿。

但是,如果有一天TA"造反"了,威胁到你,你得有办法收拾得了TA,或者至少能跑得过TA!

当然,目前这种情况还不可能发生,因为Tesla Bot距离全能机器人管家还比较遥远。

TA的直接应用之一,是成为特斯拉车机系统的一部分,比如参与辅助驾驶等。理论上,未来人类驾驶汽车的所有操作都可以交由TA执行。

看到这里,是不是感觉到一股熟悉的画风:Dojo芯片既安装在特斯拉汽车上,又装在机器人上;机器人既可以进入特斯拉车内参与驾驶,也可以成为电动汽车的功能延伸……特斯拉的电动汽车已经不是普通的电动汽车了!

马斯克的所有布局都是互相关联的,他在下一盘大棋。

当然,Tesla Bot不是安装了机械的"赛博格"(Cyborg,又称电子人、机械化人、生化人),而是十足的机器人。前者是将机器配件作为人身体的一部分,但思考动作均由人类神经系统控制,马斯克的Neuralink公司就是干这个的;后者是为机器配上如同人类神经系统那样的神经模块,现在,这也成为特斯拉的主攻方向之一。

正如马斯克所说:"我们几乎拥有制造人型机器人所需的所有零

件，因为我们已经制造了带轮子的机器人（特斯拉汽车）。"他说的没错，只不过我们很多人没有意识到罢了，特斯拉不正是"世界上最大的机器人公司"吗？

回到特斯拉的主业——电动汽车上，电动汽车不仅代表了人工智能的高级运用，也代表了新能源产业的制高点。人工智能＋电动汽车，是当下最有可能成为人工智能时代的定义性体验，或许将开启一个全新商业生态。一直对人工智能心怀警惕的"钢铁侠"，是要向人工智能低头了吗？

第四节　中国故事

落子上海

2018年7月10日，特斯拉与上海市政府及临港管委会、临港集团签署纯电动汽车项目投资协议，这意味着特斯拉首个海外超级工厂落户中国上海。特斯拉开始在上海设立集研发、制造、销售等功能于一体的子公司和研发创新中心，计划实现年产50万辆纯电动汽车的目标。特斯拉上海工厂，是上海有史以来最大的外资制造项目，也是首个在中国拥有100%自主运营权的外资工厂。

当时，外界关注的焦点集中在两个方面：一是在中美贸易战背景下，特斯拉何以敢违背美国政府的旨意来华设厂？二是中国何以允许一家美国企业独资、独营、独享，享受"超惠待遇"？归结为一点：时局不靖啊，凭什么特斯拉（马斯克）可以左右逢源，吃了独食？！

面对非议，估计马斯克也很心塞。当时的国际形势、市场环境的确复杂严峻，特斯拉必须绝境求生。还是那句话，谁行谁上！特斯拉确实被逼急了。

中国拥有全球最大的电动汽车市场，更是特斯拉第二大市场。2017年，特斯拉在中国的销售额已突破20亿美元。中国首批加征25%关税的美国进口商品就包含汽车，这意味着全球统一售价的特斯拉在中国也得跟着涨价。

这可不是个小数字。如果在中国热销的Model S和Model X售价都大幅上涨，特斯拉不仅每年要多支付数十亿元的关税，还面临丢失中国市场份额的危险。

要知道，特斯拉在华销售一直存在"市场错位"的问题，就像当初在欧美国家一样，特斯拉汽车更像富裕阶层的玩具，而不是一款大众消费品。这是特斯拉不愿意看到的，也是广大平民阶层的特斯拉铁粉不能够接受的。

因此，特斯拉在华建厂，一方面能够消解中美贸易摩擦对特斯拉全球供应链造成的压力；另一方面也能借助国产化稳住中国市场，还能利用中国的配套产业和劳动力资源优势大幅降低生产成本，好处不胜枚举。

事实上，受关税波动等政策影响的不止特斯拉一家，很多美国汽车制造商同样忧心忡忡。他们一方面担心销量下滑造成市场震荡或损失，另一方面又因为特朗普政府的对华政策心存纠结。

马斯克逻辑
　　——记录一位时代冒险家的传奇故事

　　除了"销售焦虑",不少国际车企加速布局在中国的电动汽车生产,再加上中国本土电动汽车造车力量快速崛起,中国电动汽车市场的角逐已趋向白热化。这一切,都让美国车企如坐针毡。

　　作为最主要的利益方之一,特斯拉大有时不我待之感,马斯克必须做中美贸易对垒中汽车行业的第一个挑战者和破局者。

　　对于中国而言,引入特斯拉,是推动逡巡不前的电动汽车产业冲出困境的重要手段。中国一直期望以"弯道超车"的形式实现国民经济重要支柱产业——汽车工业产业转型升级,引领制造业乃至整体经济的高质量发展。在此过程中,新能源汽车产业被寄予厚望。

　　中国大力推动新能源汽车发展,积极扶持国产品牌崛起,不断进行技术创新储备和市场培育,打造新能源汽车产业集聚区。可以说,天时地利人和逐一汇聚,只待投入一颗关键的石子,就有可能荡起圈圈涟漪,彻底激活产业。

　　特斯拉作为全球领先的纯电动汽车制造商,无疑具有引爆全球汽车市场的巨大潜力,当然也包括中国市场在内。

　　早先,马斯克曾透露过希望在中国建厂的想法,但随后几年却没了音信,直到2018年下半年,特斯拉在上海注册公司,然后是签约、贷款、拿地、开工建设,峰回路转,一路高歌猛进。

　　带来转折的关键一点,在于中国对外资进入的管理政策的重大调整。此前,中国对于新能源汽车领域的外商股比和外商合资数量均有严格规定,但是政策松动的计划一直在国家层面酝酿,有关方面都在等待一个契机，也在物色一个合适的破冰者或者新政试水者出现。

风雨欲来，马斯克嗅到了气息，并敏锐地把握住了中国政府的政策风向。

2018年4月，中国国家发改委明确规定，汽车行业从当年开始取消专用车、新能源汽车外资股比限制，计划到2022年彻底取消乘用车外资股比限制，同时取消合资企业不超过两家的限制。

就在特斯拉与上海市政府及临港管委会、临港集团签署纯电动汽车项目投资协议的前一天（2018年7月9日），上海市出台了进一步扩大开放的新政，包括5个方面的100条举措。其中规定，加快实施汽车、飞机、船舶产业对外开放，按照国家部署加快取消汽车制造业外资股比以及整车合资数量等的限制。

特斯拉抓住了机会。坊间传闻，特斯拉与上海市政府达成了一项上百亿元的"对赌"协议：特斯拉上海超级工厂从2023年年底起，每年需纳税22.3亿元人民币；如果做不到，就必须归还土地，但会获得相应补偿。另外，特斯拉未来5年在上海工厂的投资额必须达到140.8亿元人民币。

最终结果则是，特斯拉完全独资在上海建厂，独立经营，独享利润。

因缘际会，特斯拉上海工厂成为中国放宽汽车行业外资股比限制后第一家在中国设立的独资车企，最先拿到了中国对外开放政策持续落地带来的"红利"！

马斯克逻辑
　　——记录一位时代冒险家的传奇故事

　　马斯克看好中国，一直期待能在这个全球最活跃且广阔的市场上大展拳脚，让特斯拉演绎出中国故事；中国看重新能源汽车产业，希望打造一个引领现代制造的新引擎。双方相互契合，彼此成就，赋予特斯拉国产化非同一般的意义。

　　特斯拉就像一条鲶鱼，将可能搅动中国汽车产业生态，激活造车新旧势力竞争活力，重新聚焦技术创新、产业创新赛道，全面加速新能源汽车产业发展。

　　失之桑榆，收之东隅。特斯拉上海项目，中方看似"失"的是资金、利润和控制权，其实"收"的是理念、技术、标准、软件、研发、品牌等智力资源。

　　仁者乐山，智者乐水。是之谓也。

鲶鱼效应

　　特斯拉想讲"中国故事"，但和谁组成搭档来一起演绎故事，一开始并不明确。毕竟，有实力并且有意向的地方政府还是有不少的。

　　自从马斯克释放来华建厂的消息后，一时间，中国很多地方都想拿下这个项目。从北上广深一线城市，到宁波、苏州、重庆等二线城市，均在特斯拉的谈判名单中。

　　谈判就像相亲，讲究的是门当户对和实力对等。

第一章　是时候扔掉你的油箱了

特斯拉一开始"自视甚高",提的条件比较苛刻,于是遭到一些城市的拒绝,也让其他原本有意合作的城市望而却步。不久,特斯拉就意识到一味地"想当然"无助于达到目标,不得不回调了过高的期望值。

在谈判胶着的时候,一张疑似上海市政府和特斯拉签约的会议照片被传到网上,网友纷纷猜测议论,媒体捕风捉影。随即,涉事双方均出来否认有合作事宜,否认签署了任何协议。

这个"套路"马斯克玩得很溜,脚踩几只船,时不时地透露一些消息,让对手们相互博弈,为谈判争取更大的主动权。

最终,不是最佳"政策洼地"的上海拿下了特斯拉项目。据说,是这座城市的契约精神,说到做到的规则意识,在谈判的关键阶段打动了马斯克,完成了"临门一脚"。

从 2019 年 1 月 7 日,特斯拉上海超级工厂奠基,到 2020 年 1 月 7 日,特斯拉向 10 位中国用户首次交付中国制造 Model 3 以及 Model Y 投产,刚好一年时间。

国产特斯拉新车的尾标,也从"Tesla"变为"特斯拉"。

上海不仅要建成以陆家嘴金融机构和外企总部为代表的国际金融贸易中心,还要打造以高端制造业为代表的新型产业体系。而与特斯拉合作在一定程度上,就是上海发力先进制造业的一个缩影。

据中国媒体报道,特斯拉上海超级工厂一期项目的投产,和位于

马斯克逻辑
——记录一位时代冒险家的传奇故事

浦东金桥的通用汽车全球第二个动力电池装配中心，以及位于嘉定安亭的大众汽车全球首个 MEB 平台车型建造工厂，共同组成了上海未来新能源汽车（电动汽车）产业的布局。

特斯拉上海工厂投产后，别的不说，仅就达产率而言，便已惊艳全场。2020 年，特斯拉在中国市场交付 13.7 万辆 Model 3 汽车，其中有 7000 辆出口欧洲，标志着中国制造的 Model 3 的产品品质得到欧洲市场的认可。截至 10 月，特斯拉一期 Model 3 整车生产项目已达到预计产能，二期 Model Y 的生产线仍在建设当中。其间，特斯拉还多次下调 Model 3 的售价，其公布的国产 Model Y 的售价也明显低于市场预期。

这一年，中国新能源汽车销售量为 136.7 万辆，从 2019 年的全年销量同比下降 4% 逆转为同比增长 10.9%。新能源汽车中，按车型看，乘用车占据主要市场，产销占比均在 90% 以上；按能源供给方式来看，又以纯电动汽车为主，产销占比均在 80% 以上。

由负增长变为正增长，绝非时间上的巧合。

一直以来，国内新能源汽车行业看着很热闹，但很少能找到一款产品不错同时销量又拿得出手的新能源车型。特斯拉的入局，打破了"雷声大雨点小"的状态，也让自己成为其他车企对标、较量的对象。

彼时，中国新能源汽车市场新老车企两大阵营竞争比拼的态势已然凸显，传统阵营仍占据主导地位。如比亚迪、北汽新能源、上汽集团乘用车公司、奇瑞新能源、长安汽车等传统车企，凭借成熟的供应链体系，在销量上遥遥领先；新势力阵营中的蔚来汽车、小鹏汽车等，依托与传统车企开展代工合作等方式来寻求突破。

在以乘用车为主要产品的中国新能源汽车市场，2020年度销量超过10万辆的前三个厂家分别是比亚迪、上汽通用五菱、特斯拉。

一直以来，中国新能源汽车的发展主要依靠政策驱动。为了推广新能源汽车，中国逐步建立了完善的推进政策体系，但以财政补贴为特色的驱动机制也滋生了一些负面效应，不利于产业的长久发展。

特斯拉加快国产化进程，结合下调的财政补贴标准和日渐显效的"双积分"考核政策，让所有车企更加认清形势，有了更强的危机感，也更加坚定了新能源汽车的发展方向。

"双积分"考核的指标是平均燃料消耗量积分以及新能源汽车积分。实施该政策的目的是促进企业研发新能源汽车，提升乘用车节能水平，缓解能源和环境压力。

如今，一年一度的"双积分"考核已经成为车企们的年度大考之一。企业必须努力实现平均燃油消耗量积分与新能源汽车积分之和为零甚至是正积分，否则就会受到处罚。

2020年，中国新能源汽车乘用车市场净正积分328万分，平均燃料消耗量净负积分666万分，仍有负338万分的"双积分"缺口。

中国工信部发布的2020年积分情况显示，特斯拉以86万多的正积分成绩，位居新能源乘用车生产企业榜首；比亚迪以75万多的正积分排第二。

马斯克逻辑
——记录一位时代冒险家的传奇故事

这个冠军，特斯拉拿得几乎没有悬念，特斯拉国产化之后销量迅猛上涨，积分自然也蹭蹭暴涨。特斯拉也是21家进口乘用车企业中，唯一一家平均燃料消耗量达标的车企。

86万多"双积分"，按照每分3000元算，接近26亿元，这仅仅是特斯拉的新能源积分收入。算下来，差不多每辆车积分收入约2万元。

所以，兜里有钱的特斯拉，能够提前偿还上海超级工厂的6.14亿美元贷款。

总之，如果把特斯拉Model 3的正式交付看作"导火索"，2020年简直是新能源电动车最疯狂的一年——大家都跟着特斯拉"一起嗨"了。特斯拉全年股价涨了7.43倍，年底总市值达6689亿美元。

特斯拉股价涨幅令人咋舌，但还不是最夸张的。自2015年以来，中国诞生了不少造车新势力公司，截至2021年底发展最好的三家公司分别是蔚来、理想汽车、小鹏汽车。2020年蔚来股价全年涨幅高达11.12倍，上市不久的理想汽车和小鹏汽车股价也分别暴涨75%及102%。

特斯拉在上海展示了"特斯拉速度"，上海也因特斯拉创造了"上海速度"，形成双赢局面。毫不夸张地说，"特斯拉模式"在中国汽车制造领域掀起了一股巨浪。

2021年1月18日，上海世博特斯拉中心、向阳特斯拉中心、特斯拉上海森兰交付中心正式交付国产Model Y，由于国内用户对中型

SUV车型的需求一直居高不下，Model Y预订火爆，一月提交订单的用户得等到第二季度才能提车。

国产Model Y的交付，标志着特斯拉进一步夯实了国产化的脚步，对于特斯拉乃至整个中国市场来说都是双赢的局面。

2021年11月，在第四届中国国际进口博览会上，特斯拉全球副总裁陶琳表示："希望在不久的将来，不仅中国制造车型可以达到100%的本地化生产率，或许还可以见证完全由中国团队独立设计并生产制造的车型行驶在中国公路上。"这意味着特斯拉未来将实现100%国产化，整体成本也将大幅降低，旗下的Model 3、Model Y售价将继续下调。

毫无疑问，特斯拉上海工厂已经成为特斯拉在全球最重要的生产基地。中国市场的强劲需求，刺激特斯拉不断降低制造成本、提高整车性能，以更高的品质和更友好的价格面向中国消费者。

对于特斯拉的品牌定位，陶琳曾意味深长地说："汽车的高端不止在真皮座椅和游艇木地板，芯片、电池和软件程序将是未来高端的定义，这种高端，将在'摩尔定律'作用下走进千家万户。"

全面开火

对于特斯拉来说，2021年是一个"多事之秋"，一系列事件考验着马斯克。如制定了通过降价来和对手抢时间、抢市场的策略，不得不以牺牲质量的代价来提升产能；为了缓解用户的里程焦虑，保证高

马斯克逻辑
——记录一位时代冒险家的传奇故事

续航能力，不得不以压榨安全性为代价……由此引发的问题让特斯拉深陷一系列故障、事故的纠纷中。

在中国的相关事故案例中，尽管是否存在技术缺陷还没有定论，但特斯拉已经向有关政府部门备案召回计划，以消除部分车辆因巡航控制系统等问题而可能存在的安全隐患，并提出进一步的改进措施。

但这些问题似乎并没有阻碍中国用户追逐特斯拉的热情。2021年7月初，当特斯拉的Model Y标准续航版在中国一经推出，特斯拉的官网便被咨询和预订者挤瘫痪了。

也只有特斯拉才能产生如此奇怪的现象——刚刚经历过重大质疑和信任危机，然后立即走出一波漂亮的行情。

但似乎整体行情并不理想。随后公布的7月特斯拉在中国的销售数据显示：批发销量环比并没有太大的改变，零售量则出现大幅下跌。马斯克对此的解释是，特斯拉的新车主要用于出口了，今后会更多投放在中国本土市场。

2021年，也是新能源汽车市场好戏连连的一年。特斯拉上海工厂年产增至48.4万辆，为了打通产量这个"死穴"，超级工厂开启了全年疯狂生产模式。工业机器人挥舞着"手臂"，让人眼花缭乱；高速流水线上的工人紧张忙碌着，在"机械丛林"里辗转腾挪；还有"看不见"的日常管理，通过远程升级解决现场问题……

火力全开的特斯拉，不仅关注产能与销售，还着手对其产品结构进行了优化调整，其中最引人注目的当属下一款国产车型。全新国产车型于 2020 年 9 月立项,其间不乏各种猜测。比如这将是一款紧凑型纯电车,可能命名为"Model 2",更符合年轻消费者的审美需求,等等。

陶琳曾透露,新车型或许会出现一些中国元素,比如增设符合中国消费者习惯的功能,但不是专为中国市场设计的,而是面向全球市场的。

2021 年 9 月,马斯克在特斯拉全体员工会议上正式确认,新车型为一款售价约 25000 美元(约合人民币 16 万元)的中低端车型,最快于 2023 年推出,但为了满足中国市场的强烈需求,在中国市场的推出时间可能会提前一年。他同时澄清,即将推出的汽车不会被命名为"Model 2"。

在把握和引导市场需求方面,敏锐的马斯克一向未雨绸缪。中国市场销量最大的车型基本在 10 万~20 万元的价格区间,特斯拉推出 16 万元的车型,正挠到了中国消费者的价格痛点和提升生活品质的痒点。

"国产版"特斯拉,并不意味着品质就差,低价也并不代表廉价,这是特斯拉经营中国市场的基本原则。马斯克不仅是聪明的"生意人",更是大胆的冒险家,既懂得迎合大众口味,又善于引导大众需求。

对于包括中国消费者在内的用户而言,十几万元就能到手一辆特斯拉,不香吗?!

马斯克逻辑
——记录一位时代冒险家的传奇故事

而对于汽车制造业特别是新能源汽车产业来说，特斯拉放的大招，无异于开启了全面竞争的阶段。"到了正面肉搏的时候了？"造车新势力感受到了强烈的威胁。

从2021年第一季度特斯拉全球交付量来看，中国市场销量达到了6.9万辆，占全球销量的37%。2020年特斯拉全球近50万辆的销量中，中国市场贡献了30%的份额。截至2021年8月，特斯拉当年度累计销售超过25万辆，其中在中国市场销量达152531辆，超过2020年全年的销量。自特斯拉2021年7月底宣布将上海超级工厂转型为主要汽车出口中心后，特斯拉出口量一路突破，8月突破3万辆，创历史最好成绩。

同时，特斯拉在中国已建成较为完备、高效的充电服务体系，涉及920座超级充电站、7100多个超级充电桩和1730多座目的地充电站，覆盖330个城市。

在绿色生产方面，上海超级工厂造车过程中产生的废弃物回收率达96%。

由此可见，特斯拉的中国市场策略取得了极大的成功，先不顾一切抢占市场，等站稳脚跟后再进行差异化定价销售。

2021年11月，特斯拉批发销量约5.29万辆，同比增长111%，连续三个月销量超5万辆。1—11月，特斯拉上海工厂累计交付约41.33万辆，同比增长242%。

未来，如何更好地经营中国市场，对特斯拉来说仍将是一个重大挑战。特斯拉离不开中国市场，中国市场也需要特斯拉。竞争与发展的波动，并不影响这条"鲶鱼"搅动潮水、掀起巨浪，或者摇身化为鲲鹏直冲云霄。

"特斯拉现象"的背后到底隐藏着怎样的逻辑关系，或许只有通过理解其掌舵人马斯克的行事逻辑，才能一窥究竟。

对于很多普通消费者来说，他们对这家企业既感到神秘，也充满好奇，既有不少误解，又有太多期待。其中一些人看好特斯拉，理由或许很单纯，就是想看看在特斯拉手中，未来电动汽车的终极形态会是什么样子。

2021年6月28日，马斯克50岁生日那天，一批"铁粉"自发聚集到还在建设中的德国柏林特斯拉超级工厂前，用29辆特斯拉摆出"50"的数字为他庆生。而因为环保问题一拖再拖的德国工厂，也终于在2022年3月4日获得当地政府批准。这是继上海超级工厂后，特斯拉第二个海外超级工厂。特斯拉德国柏林超级工厂已于当地时间3月22日正式开业，马斯克亲临现场，为首批交付的30辆Model Y揭幕、演讲，同在上海超级工厂揭幕时一样，他再次上演了一段即兴"热舞"，令德国的特斯拉粉丝们一饱眼福。

特斯拉一直不缺乏故事，它的掌门人又是一个百年不遇的"故事大王"，未来还会有哪些精彩内容，让我们拭目以待。

第二章

我们的征途是星辰大海

马斯克逻辑
——记录一位时代冒险家的传奇故事

第一节　太空俱乐部

送老鼠上天

"你卖掉PayPal后想做点什么？"2001年的某一天，马斯克的朋友这样问他。

这个问题，马斯克早有了答案。"我在想眼前有哪些问题，最可能影响人类的未来？"他得出两个结论：一个是，地球面临的最大问题是可持续能源的问题，也就是如何用可持续的方式生产和消费能源。"如果不能在21世纪解决这个问题，我们将灾难临头。"而另一个则事关人类的未来生存，那就是到地球之外的其他星球生活。

第一个结论，促使他加入或缔造了特斯拉和SolarCity；第二个结论，让他创立了私人太空科技公司SpaceX。

每一次创业成功后，就立即投身于下一个更具挑战性的事业，这是马斯克敏感、独到的商业嗅觉使然，也显露出他桀骜不驯、胸怀四海的气魄——因为这些事业，往往是没有人涉足过的领域。

总之，他就是想做一些不朽的大事。

第二章　我们的征途是星辰大海

当马斯克把目光投向太空时,朋友们都觉得他疯了,纷纷质疑:怎么可能在私人火箭这个领域赢得财富?用重复使用的火箭完成航天任务谈何容易,为什么烧钱做这个东西?你是想最快花掉你的钱吗?

为啥对太空痴迷,马斯克不想向他人过多解释,因为有些东西的确是只有自己才能理解的。那是一本名为《银河系漫游指南》的科幻小说,为他打开了粲然星空,滋养了一个幼儿的童话、少年的梦幻、青年的野心。

好友收集了很多火箭发射失败、爆炸的视频给他看,希望他不要好高骛远,赶紧悬崖勒马,以免输得血本无归。

那时的马斯克刚过 30 岁,已经是一个亿万富翁,正所谓商界翘楚、财富新贵,最是踌躇满志的时候。虽然他素以敢想敢干而闻名,但他创立私人太空科技公司的这个想法仍然太令人震撼,把周围的人都整懵了。

当然,在一片惊诧怀疑声中,也有人满怀期待:不论能否成功,这的确是一个有趣而新颖的想法。

舆论纷杂,他自己也预想到失败的概率会很大。他估计 SpaceX 成立后活下来的可能性只有 10%～20%,特斯拉的概率也类似,SolarCity 的稍高些,大约为 50%。

但雄心勃勃的马斯克只做他认为该做的事情,明确方向之后,立即开始着手实施他建造私人火箭的宏伟计划。

马斯克逻辑
——记录一位时代冒险家的传奇故事

他和妻儿举家南迁,从帕洛阿尔托迁往洛杉矶。之所以选择洛杉矶,是因为这里是美国军事航空业的重要基地。在这里,他有机会接触到世界顶尖的航空业人士,从而可以深入了解这个领域。

他一向信奉通过读书以及和专业人士沟通能掌握绝大多数知识。这是他早期成长过程中形成的打开世界的方式。

他很快加入一个名为"火星学会"的太空爱好者组织。该组织致力于火星探索,比如他们开展的一项"生命迁徙实验",计划通过观察老鼠在太空舱中的活动,进而研究人类移居火星的难度。这些研究很合马斯克的胃口,他正准备开启自己的太空梦,而火星无疑是最具吸引力的目标。

自从20世纪80年代火星移民计划被公之于众,人们便对这个神秘的星球充满了好奇和期待,关于登陆火星以及向火星移民的进展,总能勾起大家的无限遐想。为此,很多爱好者创办了各类民间组织,来开展各自感兴趣的活动或者研究。"火星学会"就是其中之一。

于是,当他第一次接到"火星学会"举办筹款活动的邀请函时,马斯克没有太多犹豫,立即回函接受邀请,并附上了一张面额为5000美元的支票。

"火星学会"欣然邀请马斯克加入协会的董事会,希望利用他的影响力和实力更深入地开展活动。马斯克加入董事会后,再次慷慨解囊捐出10万美元,用于支持学会在沙漠建立科研工作站。

"火星学会"想把老鼠送入地球轨道,但马斯克希望把老鼠送上

第二章　我们的征途是星辰大海

火星。

在圈子外的人看来，不管把老鼠送去哪里，离开地球都意味着去送死，两者似乎没太大区别。为此，马斯克的朋友杰夫·斯科尔（Jeff Skoll）给马斯克送了一块奶酪，以嘲笑他的这个"荒唐"的计划，并对那只"火星老鼠"深表同情。

如果他当时知道马斯克最想送往火星的是人类的话，不知道他会送什么礼物。

马斯克后来退出"火星学会"董事会（但一直与"火星学会"保持关系，后来还通过该学会推出了一套火星移民计划），成立了自己的组织——火星生命基金会。

基金会招募了大量顶尖专家，马斯克让这些专家研究如何把一个机械温室发射到火星上去。他计划开展一个"火星绿洲"项目，简单地说就是把植物种上火星。

实现这个计划，就需要有火箭来执行发射任务。他首先想到的是购买火箭。那时他压根没想过要自己造火箭。

马斯克和专家们是在一次沙龙上构想出"火星绿洲"项目的。沙龙结束后，马斯克表示将投入 2000 万～3000 万美元来完成这一计划，并决定去俄罗斯购买火箭。

他找到了火箭专家吉姆·坎特雷尔（Jim Cantrell）和在宾夕法尼亚大学就读时期的创业伙伴阿迪奥·雷西（Adeo Ressi）等人一起去了莫

马斯克逻辑
—— 记录一位时代冒险家的传奇故事

斯科。他们的预算是，花 2000 万美元买下三枚弹道导弹。

但谈判进展得并不顺利。俄罗斯人开的价是一枚导弹 800 万美元，马斯克则希望花 800 万美元买两枚。双方的心理预期有"一枚导弹"的差距，一开始就谈崩了。

后面几个月内，双方又接触了几次。俄方照旧盛情款待，一路吃吃喝喝，然后彼此试探。马斯克一直觉得俄方在漫天要价，并对他们的招待礼仪感到难以忍受，认为那是在浪费时间。

最终，双方在价格上互不相让，谈判不欢而散。同行的伙伴对此倒没有感到太多的意外，毕竟这个计划太过异想天开，失败似乎是大概率的事情。

在从俄罗斯返回美国的飞机上，同伴们因为终于结束了令人抵触的行程而感到兴奋，他们要了一些饮料举杯"庆贺"，而坐在他们前排的马斯克却一直埋头在笔记本电脑上敲打着什么。

过了一会，他把电脑调整了一下角度，展示给后边的同伴。同伴们揉了揉眼睛望过去，然后僵住了！

他给他们看了一个火箭建造、装配和发射成本的表格。

大家问他这些数据是怎么算出来的。马斯克告诉他们自己在这段时间做了一些研究，然后详细给他们拆解分析了火箭材料的构成及市场价格。

第二章　我们的征途是星辰大海

"你们相信吗？火箭制作材料的花费仅仅是研发费用的2%。"马斯克指着屏幕兴奋地说："一枚火箭最大的成本在研发，材料和制造成本的比例很小，我们完全有可能自己造！"

同伴们除了吃惊，已经不知道该说些什么了。

看来，说什么都是多余的。俄罗斯之行还没有让这个家伙死心！

后来，马斯克又跑了世界各国的火箭市场，都没能购买到如意的火箭，但也并不是没有收获。他发现，如果说各国的火箭有什么共同点，那就是制造成本都很高。这让他更加坚定了"自己造火箭"的想法。

其间，马斯克一方面物色合适的火箭，一方面组织举办各种主题沙龙活动，四处兜售他的太空计划，并借机网罗顶尖的航天专家，以期待获得更多资本大鳄的投资。

他风格依旧，一点点积累起大众的关注度，为他的宏伟计划聚集能量。

在航天领域，只有美国、俄罗斯和中国实现了航天梦，但都是"国家行为"，庞大的航天项目也必须借助国家力量才有可能推动下去。

马斯克分析了美国制造的德尔塔IV型火箭的成本，发现研发费用高达25亿美元，发射还要再花1.5亿美元。这么高的成本，足以吓跑那些经济实力稍弱的国家。

马斯克逻辑
——记录一位时代冒险家的传奇故事

"如果能让火箭制造成本降下来，甚至变得非常经济，不仅将颠覆传统航天业，也必将改变整个世界！"马斯克坚信。

造成本更低的火箭，成了他接下来的主攻方向。

坎特雷尔后来形容马斯克当时的样子，"他会一字不差地引用这些书里面的话。他俨然已成为这方面的专家""（他是）到目前为止我一起共事过的最聪明的人"。

事实上，那段时间，马斯克不仅钻研了大量关于火箭的专业书籍，为了补充书籍以外的知识，他还向很多业内人士虚心请教，迅速搭建起自己的航天知识体系。

"借助专业人士的力量""简直就像要把这些专家的经验榨干"，是马斯克成功的秘诀之一。具体操作并不复杂：保持绝对的谦虚和低姿态，同时表达足够的诚意。他向那些大航空航天公司的工程师们发出邀请："你介意帮我做一项可行性研究，看看是否有可能在火箭技术方面取得重大进展吗？这需要你花上几个周末和晚上的时间。"当然，他会付给专家们一笔可观的咨询报酬。

就这样，他获得了那些陌生专家的热情回应和专业意见。马斯克和这些"外脑们"不断开会讨论，同时自己团队内部也密切研究分析，最后，综合内外部意见得出结论——造出更物美价廉的火箭，完全有可能！

2002年6月，马斯克拉着一帮志同道合的年轻人，成立了后来名扬全球的SpaceX。那段时期，一批太空探索初创公司登上舞台，前有亚马逊CEO杰夫·贝佐斯（Jeff Bezos）在2000年创办的蓝色起源（Blue Origin），后有英国富豪理查德·布兰森（Richard Branson）于2004年创办的维珍银河（Virgin Galactic），他们都将目光投向未来的商业太空领域，一时间载人航天群雄四起。

彼时，在洛杉矶郊区的一间旧仓库里，办公桌随意摆放着，角落里堆积着机械零件，一批名校毕业生、工程师、机械师正围拢在一起，听马斯克描绘公司的未来图景。

马斯克站在人群中，带着腼腆的微笑，向大家解释他们将要从事的这个"冷门生意"究竟是怎样一回事。他说，造火箭的事业的确冷门，但也足够伟大，"我知道我们一定能够做到，只是花多少时间和精力的问题"。

现场的人未必真正理解"冷门生意"的含义，包括马斯克本人在内。他也无法对未来做出保证，但坚信所有努力不会成为泡影，尽管SpaceX可能会在很长一段时间内非常孤独。

SpaceX的定位非常明确：一是自研火箭助推器，其他零部件采购；二是严格控制成本；三是生产速度要快。

那时，美国有航空航天业的领袖波音公司，也是NASA的主要服务供应商，负责国际空间站和航天飞机的运营服务；还有全球最大的国防工业承包商洛克希德·马丁（Lockheed Martin）公司，在信息技术、航天系统和航空等领域颇有建树。在这些行业巨头面前，一个刚成立不久的私人公司，他的创始人居然说要上太空，还要移民火星，简直像咿呀学语的小儿般天真。

马斯克逻辑
——记录一位时代冒险家的传奇故事

面对嘲笑，马斯克不为所动，在他看来，这是人类第一次有可能真正将自己的触角扩张到地球之外，他无论如何都要抓住这个机会。

探索新世界的欲望，源于人类繁衍生息的冲动与本能。大多数时候，人们试图压抑这种本能的驱使，以免为求之不得而痛苦。但总有少数天真而纯粹的人，选择在白驹过隙的时光中追逐一种不一样的人生，宁可像流星巡天一闪即逝，也要用刹那的璀璨照亮夜空。

三次失利

未来的航天市场上，谁的成本更低，谁就能走得更远。

凭借对商业太空领域的敏锐直觉，2002年7月，当eBay收购Paypal后，马斯克立即向SpaceX投资1亿美元。他担心这点钱不经花，又拉来2.2亿美元赞助，这回SpaceX可以体面开张了。

SpaceX在网站上宣布："SpaceX打算独立从事猎鹰号火箭的全部开发工作，包括两台火箭推进器、涡轮泵、低温贮罐结构和制导系统……为了降低登陆太空的成本，我们别无选择。"

马斯克的想法很明确，就是解决美国向空间站甚至更远的地方输送人员和物资的问题。解决得好，SpaceX将可能改变人类航天发展史。

为此，马斯克给SpaceX定了一个具体的目标：将商业发射市场的火箭发射费用降低90%，把10万人送上火星。用一个形象的表述是，SpaceX要成为"太空行业中的西南航空公司"。

第二章　我们的征途是星辰大海

SpaceX 研发的第一枚运载火箭命名为猎鹰 1 号（Falcon 1），取自《星球大战》中的千年隼形象。马斯克太爱这部科幻电影了，一下子就联想到了这个名字。

当时市场上发射一枚重达 550 磅（约 249 千克）的运载火箭，至少需要 3000 万美元。马斯克按照他的测算方法重新核定了成本——猎鹰 1 号火箭运载 1400 磅（约 635 千克）的物体，发射成本仅需 690 万美元。

这个成本令航天界的大佬们大跌眼镜。"这个年轻人简直不知道天高地厚！"大佬们悠闲地调侃着，懒得对这个"狂妄之徒"做出更多的回应。

2002 年下半年，当猎鹰 1 号还在研制中时，马斯克又发布了下一枚火箭——猎鹰 5 号的制造计划。SpaceX 的高调入市，引来众多议论。

SpaceX 的存在就是为了颠覆"传统航天"，所以马斯克对于非议并不介意。"还将有更多惊喜发生"，他心想，用不了多久，大家就会习惯这样的节奏。

按照马斯克的时间表，猎鹰 1 号将于 2003 年 5 月开始制造，8 月组装，11 月发射。然而事实证明他还是过于浪漫了，直到 2005 年 11 月，他们才等到一个合适的发射窗口。

大多事物的第一次都是命运多舛的，猎鹰 1 号也不例外。

当时 SpaceX 的团队在马绍尔群岛的夸贾林环礁夸贾林导弹靶场

马斯克逻辑
——记录一位时代冒险家的传奇故事

（现为马绍尔群岛里根试验场）已经待了半年，现场处理各种技术问题，为发射做准备工作。

终于可以点火发射了，然而在最后关头又冒出一个新问题：液态氧罐的一个阀门不能正常关闭。这是什么情况？不是说已经万事俱备了吗？马斯克瞪着他的工程师们，一脸的问号和惊叹号。

工程师们立即采取了补救措施，但已经无法在规定时间内完成发射了。马斯克虽然不爽，但还是一人顶住了外界的压力，宣布延期到2005年12月中旬发射。

然而到了12月，火箭上的配电系统又出现故障，发射时间不得不再次延后。直到2006年3月25日，猎鹰1号才终于踏实地立在发射台上。

猎鹰1号的"首秀"就要登场了，现场的每个人都在为之祈祷。很快，倒计时后火箭顺利点火，冲上云霄，10秒，15秒，20秒……

大概是在25秒时，火箭第一级的主发动机上方突然燃起大火，箭载摄像机显示箭体失去控制，随后画面一团漆黑。猎鹰1号随即坠毁在发射场，火箭搭载的美国空军学院的一颗研究卫星被毁。

尽管马斯克早有预感，但初战失利还是令人感到沮丧。他及时公布了下一次的发射时间，同时对内展开了紧张的失败原因排查工作。经过调查分析，猎鹰1号坠落的原因被认定为主发动机顶端燃油管上的配件未拧紧而发生燃料泄漏，引起的大火导致氦气系统瘫痪，最终导致发动机被强行关闭。

第二章　我们的征途是星辰大海

2007年3月20日，在太平洋夸贾林环礁的美国空军基地，猎鹰1号迎来了第二次发射，火箭顺利升空，飞行3分钟后，一、二级火箭分离，此时已进入太空的二级火箭突然失控，最终未能进入预定轨道。事后查明原因，是火箭自旋稳定出现问题，导致传感器提前90秒关闭了发动机。

2008年8月3日，猎鹰1号迎来第三次发射。点火升空都很顺利，数据显示火箭状态良好，一级火箭解体，整流罩张开，二级火箭准备进入轨道……大约2分钟后，火箭却忽然摇摆起来，很快所有设备都失控了，空中闪现出耀眼的火光，猎鹰1号再次爆炸解体。

这次失败，对于SpaceX的工程师来说无疑是致命一击！他们花了将近两年的时间往返于加州、夏威夷和夸贾林，可谓拼尽了全力，饱受煎熬，没想到还是失败了。

痛苦，不甘，绝望，迷茫……俨然到了世界末日！

"搞什么啊！谁来背这口'锅'！"美国国防部和NASA的人傻眼了，急得几乎要跳脚骂人了！

正所谓希望越大，失望也越大。期待的轰动效应没有出现，反而落得一个更加尴尬、悲壮的境地。他们不是心疼猎鹰火箭，而是火箭上搭载的3颗人造卫星以及208名在生前曾希望将骨灰撒向太空的客户的骨灰。

事后分析发现，此次事故原因主要是在火箭分离的过程中，新的引擎产生的推力超出预期，从而导致一级箭体和二级箭体相撞，造成

马斯克逻辑
——记录一位时代冒险家的传奇故事

火箭的顶端和引擎损坏。

马斯克也很郁闷,但这时候他必须扛住。他强颜欢笑,第一时间劝慰现场的员工:"我们体验到了火箭到达地球轨道的艰难,这就是火箭科学。"他同时强调,SpaceX不会采取缓慢向前的节奏,SpaceX必将成功发射,实现可靠的太空运输。

等员工们情绪稳定并返回岗位后,他又给大伙儿写了一封斗志昂扬的邮件。邮件历数了那些屡败屡战并最终取得成功的发射案例,并号召SpaceX全体员工,无论遇到什么困难,都要坚持下去。

对外,他同样以有计划的部署来积极回应社会各界的关注。他宣称将很快尝试第四次发射,第五次发射也在紧密计划中。

但这时候只有他自己清楚,SpaceX将面临成立以来最严峻的一次考验——没钱了!如果不立即想办法筹到足够的资金,SpaceX很可能会就此倒闭。

还有,猎鹰火箭这个"大炮仗"不能再炸了。再一次,估计是最后一次,不成功,便成仁!

到2008年7月,马斯克的财务状况几乎跌入谷底,SpaceX和特斯拉都急需资金注入,否则都将面临破产的境地。他自己也到了靠朋友接济才能维持生活的地步。

当时正遇全球金融风暴,没有人知道去哪里找钱。马斯克也是硬着头皮去找钱,这是一个需要"不断证明自己能行"的过程。

第二章　我们的征途是星辰大海

他一直希望通过成功发射猎鹰1号，进而获得NASA的信任，拿到他们的高价合约。

这是一场赌博，赌注大小决定了克服恐惧、坚持下去的动力有多少。为了增加筹码，马斯克不惜在第四次发射任务准备期间，还抽调力量着手研发装有9个梅林（Merlin）液氧煤油发动机的猎鹰9号火箭，以便将来能够取代猎鹰5号以及即将退役的航天飞机。

猎鹰5号的研制计划几乎与猎鹰1号同步，后来曾在夸贾林环礁和加州的范登堡空军基地发射过，但很快被猎鹰9号替代。而猎鹰9号才是马斯克希望重点向NASA推销的火箭，因为只有这种重型火箭才能承担起向国际空间站运送物资的任务。

马斯克在他人生中第一次感到被死神凝视着，他要么绝地反击，要么不得不臣服。

他选择奋力一搏，向失败和恐惧发起挑战。

一飞冲天

2008年9月28日，猎鹰1号被推上发射台进行第四次发射，这是SpaceX的背水一战，也是马斯克的"最后一击"。

发射前，一个专家委员会详细审查了SpaceX的发射工作流程，他们是按照马斯克的要求专门来"找碴儿"的。专家们提出了一些关键的改进建议，比如用梅林1C发动机替换原来的梅林1A发动机。

马斯克逻辑
——记录一位时代冒险家的传奇故事

梅林 1C 改变推力室冷却方式,实现再生冷却,解决了令人头疼的发动机烧穿问题,后来成为猎鹰 9 号的标配。

重整旗鼓的 SpaceX 团队,以一种近乎决绝的状态投入这次发射任务,每个人都心情复杂,精神既亢奋又不安。

马斯克也进入一种高度紧张的状态,他就像一头饥饿的狮子,匍匐着靠近猎物,既要非常小心,又要争分夺秒,因为机会稍纵即逝。

他必须成功一次,这样才能融到资金,否则只有死路一条了!

当进入发射前的最后准备阶段时,马斯克焦躁不安的情绪显露无遗。

为了节省时间,他一改海上运输的惯例,租了一架军用货机将猎鹰 1 号的箭体从洛杉矶送到夏威夷。然而,运输过程中却发生了意外,因为舱压的原因,火箭箭体出现凹陷、断裂。

工程师评估后认为,重新修复大概需要 3 个月时间。

可哪里还有 3 个月时间?!

马斯克头都大了,不过还没失去理智。他当机立断,立即派出一个应急工程师团队飞赴现场。工程师们一头扎进临时搭建的飞机棚里,没日没夜地干,终于用两周时间修好了火箭。

2008 年 9 月 28 日,太平洋时间下午 4 点 15 分,北京时间 9 月 29

第二章 我们的征途是星辰大海

日 7 点 15 分，猎鹰 1 号运载火箭在夸贾林环礁发射基地发射升空。

火箭徐徐攀升，一级箭体脱离，大约 90 秒后二级箭体"茶隼"启动，一块重达 165 千克的虚拟配重货物成功抵达近地轨道。

"茶隼"开始燃烧，整流罩打开并落回地面。

这段旅途持续了 9 分钟，猎鹰 1 号完全实现了计划目标，并安全停止工作。

世界上第一枚私人建造的火箭发射成功了！马斯克和他的团队耗时 6 年，创造了现代科技和商业的奇迹！

这次发射，SpaceX 还开了直播。当成功的一刻到来时，场内场外的所有人都沉浸在喜悦和兴奋之中。

马斯克是在发射前几分钟赶回发射控制室的，此前他正带着孩子们在迪士尼游玩。他本想借此躲开这样一个令人紧张焦虑的时刻，但还是没忍住，又回到现场。

发射成功后，他走出控制室，在工厂的走廊上接受员工们的热烈祝贺。大家击掌拥抱，合影留念。

"那是我人生中最激动的一天！"马斯克如是说。

猎鹰 1 号一飞冲天，终于完成了 SpaceX 的绝地反击，让那些之前根本瞧不上它，或者一直说风凉话的竞争对手们，不得不重新审视这

马斯克逻辑
——记录一位时代冒险家的传奇故事

个新手——全球第一家成功研发和发射液体运载火箭的私人航天公司。

猎鹰 1 号第四次发射成功，无疑为争取官方和客户的信任增加了筹码。但 SpaceX 依然没有走出资金断裂的阴影，马斯克也仍在惶恐中度日。

曙光何时到来？所有人都在祈祷。

或许是他们的努力感动了命运之神，SpaceX 竟然接到了一份商业合同——为马来西亚政府发射一颗卫星，但是发射和付款都得到 2009 年年中才能完成。这个订单显然无法解决燃眉之急。

从 2008 年的 10 月到 12 月，马斯克的财务状况持续恶化，到了圣诞节前夕，他几乎陷入绝望。"奇迹还会发生吗？"这句话在他心底不断闪现。

奇迹真的出现了！他终于等到了那个期待已久的电话。

NASA 的人在电话中通知他，NASA 决定将一笔价值 16 亿美元的商业航天发射合同交给 SpaceX。这个从天而降的喜讯，把"濒死"的马斯克救了回来。

"I love you！"他在电话中忍不住对 NASA 的官员大喊道。

2009 年 7 月，SpaceX 用猎鹰 1 号火箭将马来西亚的微型遥感人造卫星——拉萨号（RazakSAT）送入轨道，成功完成其第一次商业发射。至此，猎鹰 1 号总共进行了 5 次发射，成功 2 次，创造了私人航

第二章　我们的征途是星辰大海

天领域的又一个纪录。

NASA的支持，不仅帮助SpaceX摆脱了困境，也让它站稳了脚跟，从而能够无所顾忌地在商业航天的赛道上一骑绝尘。

SpaceX接下来的一步，又让所有人都大跌眼镜。马斯克决定搁置大功臣猎鹰1号，而将研发重心放在猎鹰9号上。

猎鹰1号的成功，意味着滚滚而来的商业订单和巨额利润，现在却要砍掉这棵"摇钱树"，另起炉灶，这不是傻吗？

对于停售猎鹰1号发射服务，SpaceX的解释是：之所以放弃一个明星产品及其可能带来的巨额利润，主要是为了满足NASA的任务要求。至于那些小载荷（如1吨级别的载荷）的发射需求，未来可以搭载新的猎鹰9号中型运载火箭。

按照NASA与SpaceX签订的合同，SpaceX将主要为国际空间站运输商业补给，那就需要发射货运飞船，猎鹰1号这种小火箭无法胜任，至少得靠有5个发动机以上的中型火箭才行。

其实，SpaceX在研制猎鹰1号的同时也在准备猎鹰5号，后来随着形势的变化，又将重点从猎鹰5号直接跳跃到猎鹰9号，而且全部采用了梅林发动机。

外界猜测，猎鹰1号可能存在一个隐藏的功能，那就是检验猎鹰9号9台发动机组件的合格性。这个猜测并没有得到官方确认，但

SpaceX放弃其第一款火箭，以追求更远大的目标，这一点毋庸置疑。

第二节　航天"异数"

打破怪圈

一家民营航天公司，居然改写了人类航天史，这听起来匪夷所思。然而，事情似乎就是朝着这个方向发展的。

SpaceX这个另类的"小不点"，正在逆袭传统航天市场。

传统航天业的兴起，可以追溯到美苏争霸时期。当时，两国军事和科技竞赛进行得如火如荼，航天领域又是军事和科技的集大成者，自然成为双方角力的主战场。

最典型的就是星球大战计划。为了这个计划，美、苏两国将大量经费投入航天领域，带来了航天科技和产业的爆炸式增长。

然而，好景不长。一方面，星球大战计划拖垮了苏联经济，也让没了竞争对手的美国丧失了动力，不断削减对航天产业的投入，使航天业发展失去了强大的后盾。

另一方面，在美国国内，太空项目几乎完全由NASA垄断。这种模式曾经极大地推动了美国航天事业的发展，但随着各国在太空领域的竞赛愈演愈烈，其弊端也越来越明显。

最大的问题是，它拖慢了美国太空技术的进展，美国太空技术"几乎是原地踏步"。

对于这一点，马斯克可是有着切身体会的。

他早年曾在一次公开演讲中提到，他在浏览NASA的主页时，居然没有找到跟火星有关的研究资料！

"每个领域的技术都在进步，偏偏这个领域没有！"马斯克的发言总是极富煽动性。

他认为美国的情况太不妙了，而且陷入了一个被动、停滞的怪圈，必须打破怪圈，重展雄风。

经历了登月计划带来的巨大消耗，以及挑战者号和哥伦比亚号的发射失败后，美国对航天业的热情几乎消磨殆尽。就连NASA也风光不再，不得不像其他机构一样去竞争以获取联邦政府的财政经费。1977年至2012年，NASA的平均预算经费仅占非国防机动开支的5%，可见其影响力已经大不如前。

2000年以后，美国本土涌现出以SpaceX、蓝色起源、维珍银河为代表的民营航天公司。这些后起之秀意气风发、各有所长，无不计划在未来的美国航天版图中占有一席之地。

SpaceX在其中显得尤为"另类"，它像一个自由派激进分子，试图颠覆传统航天产业的一切习惯和规则。

马斯克逻辑
——记录一位时代冒险家的传奇故事

当然，NASA也在反思，凭什么我这么有钱的甲方，还要看乙方的脸色？

也难怪NASA不忿，实在是美国的"军工复合体"这个"怪胎"太强势了。

在美国众多利益集团中，军工复合体堪称最庞大的多方利益集合的存在，广泛渗透在军事、经济、政治、社会等方方面面，是任何一届政府都不敢轻视的对象。诸如波音、洛克希德·马丁、通用等公司，在政府内拥有很高的话语权，研发合同的条款经常被约定为按实际成本结算。这意味着即使预算超支，NASA也不得不继续付钱。

于是，在经费严重不足、研发持续低迷以及军工复合体独大的情况下，NASA开始考虑改变策略，进行一系列改革。

1984年，美国国会通过《商业太空发射法案》，允许私人发射火箭。同年，NASA修订宪章文件《政策与宗旨》，决定尽最大努力发掘太空的商业价值。

但新政归新政，太空项目垄断式的游戏规则并不会一夜之间就得到改变。

一次，NASA把一份价值2.27亿美元的合同给了一家实力不如SpaceX的公司，这让马斯克无比恼火。SpaceX之前做的公关一点作用也没有吗？连一个参与竞标的机会都没有！

腹诽是一定的，但对"钢铁侠"来说还太肤浅了。他毫不犹豫地诉诸法律。无论面对NASA还是竞争对手，当觉得遭遇不公正对待时，他都会用最激烈的方式予以反击。他甚至一度把那些老牌企业都告了个遍。

不过，当真的面对政府部门时，他又会注意分寸，尽量克制情绪，以一个委屈的受害者形象出现。

在一次参加参议院听证会时，马斯克借机大倒苦水，对于NASA操作中的程序不公痛心疾首，对SpaceX这个"有志青年"一心想重振国家航天事业却报国无门的遭遇顿足捶胸。

结合他一贯的夸张和富有煽动性的表达方式，在场不少人被他的"血泪控诉"打动了。

结果果然如他所期待的，NASA迫于压力撤销了此前签订的合同，并重新考虑除了波音、洛克希德·马丁这些老牌公司（供应商）之外，包含SpaceX在内的其他潜在竞争者的实力。SpaceX在马斯克的争取下，分得了一杯羹。

这正应了中国的一句俗话，"会哭的孩子有奶吃"。

"会哭的马斯克"不忘及时向美国政府部门释放善意，称SpaceX得到的正义说明体制内还是有一批诚实、坚毅的官员的。

按照惯例，几乎所有有实力的公司都会安排专项资金、聘请专业团队游说政府，以期获得商业上的回报。SpaceX也不例外，马斯克也聘过一名专业说客进行公关活动。不过，可能是对这种公关效果不甚

马斯克逻辑
——记录一位时代冒险家的传奇故事

满意,或者觉得这笔钱花得不值,这名公关人员很快就被解聘了。

后来,马斯克的所有企业都取消了公关部门或职能。因为他意识到,这项工作靠他一个人就能够完成了,而且很少有人能比他做得更好。

一个不可忽视的背景是,SpaceX的出现正好处于美国航天领域运行机制大变革、大调整的时候,新、旧力量相互碰撞,商业航天崛起之势已不可阻挡。马斯克恰恰是在合适的时机、合适的场合做了一次恰到好处的表演,不仅让SpaceX赢得了订单,更在政客那里留下了深刻的印象。

在商业航天的持续冲击下,NASA终于推出了供应链替代计划,即寻求传统供应商以外的新合作伙伴参与供应链,以此打破对传统供应商的过度依赖。这给了私营公司参与航空航天市场竞争的机会。

而真正打开大门的转折点是2003年哥伦比亚号航天飞机返回地球时爆炸解体,7名航天员全部遇难的事件。美国政府宣布终止航天飞机计划,可NASA还没有准备好替代方案,比如如何维持国际空间站的正常运转。

NASA只能求助俄罗斯,用俄罗斯联盟号飞船将美国航天员、物资送入国际空间站。而这正是马斯克曾担心的局面。2011年,美国最后一架航空飞机亚特兰蒂斯号退役。这意味着美国已无航天飞机可用,与外太空的"联系"将完全凭借其他国家的力量。

在尴尬的现实下,NASA正式公布了商业轨道运输服务计划

（COTS），希望有商业公司能够低成本地承担250英里（约402公里）高空轨道的往返运输任务。

此时，几乎所有传统供应商都把研发方向锁定在航天飞机上，对低成本可重复利用火箭鲜有涉及，这给了SpaceX绝无仅有的机会。

2015年堪称美国商业航天的"立法年"，一批影响深远的促进商业航天发展的法案获批通过。《2015年关于促进私营航天竞争力、推进创业的法案》（*SPACE ACT of 2015*）和《美国商业太空发射竞争力法案》（*U.S. Commercial Space Launch Competitiveness Act*）规定未来8年将陆续给国内商业航天公司派发执照，允许私营航天企业进入外太空探索，等等，从政策保障层面进一步刺激了整个商业航天行业的发展。

至此，美国航天业由最初的"国家主导"，到后来的"寡头主导"，最后终于从"寡头主导"的桎梏中解脱出来，走向了"新航天"时代！

正因为有了这样的时代大潮，让SpaceX日后能够不断从NASA那里获得巨额订单，以及技术、人才的支持。

尽管有人并不认可这个新时代的到来，或者不认可SpaceX是不同于以往"政府航天"模式的"新航天"的代表，但不可忽略的事实是，马斯克和他的SpaceX，的确开拓了一条连接自由市场和政府意志之间的有效通道。谁规定商业航天必然和国家航天泾渭分明呢？

对猎鹰1号的研发，是为了响应美国国防部对小型载荷的可靠、快速、廉价的发射需求。猎鹰9号以及重型、超重型猎鹰火箭，能够更加安全可靠地以极低价格运送超大载荷。它们的问世，是为了满足国际空间站运行以及其他大需求量的航天任务。

SpaceX的横空出世，打破了美国航天业的种种怪圈，颠覆了航天技术发展的一系列固有认知，重新燃起了普通民众对于星际探索、旅居火星的热情。

SpaceX这个"异数"之所以能够在航天领域横冲直撞，除了它出众的能力、服务、产品和富有感染力的愿景外，根本原因或许还在于它在技术、管理以及企业文化方面的极致创新，这些才是它的核心竞争力。

"鹰"与"龙"

2009年，拿着NASA价值16亿美元订单的SpaceX，开足马力研制猎鹰9号。猎鹰9号最重要的使命就是给空间站"送快递"。

按照合同约定，猎鹰9号要先完成3次演示飞行，并把货运飞船送入太空轨道，才能继续后面的任务，否则一切都还不好说。

马斯克赶紧跟NASA打包票称，年内就让你们看到满意的结果。

但技术和工程上的事往往不能说得那么死，即使马斯克这样的技术大牛也不行。他想给NASA的人吃个定心丸，但结果却成了给对方画饼。

第二章　我们的征途是星辰大海

猎鹰9号的首发时间一推再推，眼看一年时间过去了。

这一年时间，也是猎鹰9号版本1.0构型1定型的关键期。它是猎鹰9号系列所有故事的开端。

猎鹰9号版本1.0构型1使用梅林1C发动机，发动机在一级火箭底部呈3×3排列。火箭还设计了降落伞回收系统，这是验证火箭"重复使用"概念的一个典型设计。

按照设计，一级箭体将利用降落伞缓慢落入水中，但验证后发现这个设计有些天真了，因为箭体和降落伞在再入大气的时候就被摧毁了，海上回收船只回收到一些火箭残片而已。

猎鹰9号的进化史细碎漫长，经历的名字也多种多样，不容易记住。中国的航天爱好者将其最广泛的版本号归纳为：猎鹰9号版本1.0、猎鹰9号版本1.1、猎鹰9号版本1.2构型1-4、猎鹰9号版本1.2构型5。

猎鹰9号的每一次升级，包括版本甚至构型的改变，都伴随着梅林发动机的性能提升，火箭推力不断提高。

很快，猎鹰9号"首秀"的日子临近了。

雨季中的卡纳维拉尔角发射场，难得见到一次晴天，这对计划中的发射任务来说是不利的。

SpaceX的工程师们祈祷着不要出什么大麻烦，但麻烦还是找上

马斯克逻辑
　　——记录一位时代冒险家的传奇故事

门来——猎鹰9号二级火箭的无线电信号突然变弱，很可能是雨水造成的。

马斯克也在现场，看着被放倒等待检修的火箭，他必须快速做一个决断。要么更换受潮的电子仪器，回厂检修，推后发射时间；要么发射时间照旧，现场检修，解决问题……

他倾向于后面的方案。

没办法，猎鹰9号必须按时发射，而且必须成功，要不然NASA会不会继续投资就很难说了。

工程师揭开盖子，谨慎又谨慎地评估了损失，然后提出一个大胆的法子：要不咱们用烘干机把电子设备烘干？

一般人可能会觉得提这个建议的人要么疯了，要么没安好心，因为从来没人这么干过！不过这很对马斯克的"胃口"，他自己就是一个经验丰富而老到的工程师，是好点子还是扯淡，他能够分得清。这个解决方案虽然没啥技术含量，但很可能管用。马斯克选择相信他的工程师们。

于是，工程师们把火箭受潮部位拆开，取出电子设备逐一烘干，然后再小心翼翼地装回去，最后又仔细检查了一番：问题果然解决了，系统也恢复了正常。这回应该可以了吧？

大家在不安的气氛中度过一天。

第二章　我们的征途是星辰大海

2010年6月5日，发射时间比原计划推迟了一天的猎鹰9号运载火箭顺利升空。火箭一切指标正常，此次试射还成功将一个"龙"飞船的模型送入了地球轨道，可以说是超出了大家的预期！

猎鹰9号能够化险为夷、"首秀"成功，很大程度上得益于SpaceX的一个优良传统——在火箭设计研发时留出足够的冗余，这样即使出现一些不利条件，火箭也能保证达到基本的功能要求。

好事成双，祸不单行。更大的麻烦出现在12月上旬进行的第二次发射任务中。这次飞行的目的是测试火箭上的"龙"飞船的飞行和重返大气层期间的情况。

这是SpaceX自行研发的第一代货运"龙"飞船（Dragon 1），编号C101，高7.2米，直径3.7米，飞船增压舱部分的外墙有15°的倾斜角，能够运载6吨载荷到空间站，还能够从国际空间站带回3吨货物。

在临近发射的照片检查中，技术人员发现了一个严重问题：第二级火箭的真空版梅林发动机的喷管底部出现裂纹，而且裂缝沿着喷嘴向上延伸了近三分之一。经分析，可能是在向火箭两级之间添加氮气时发动机喷嘴振动导致的破裂。

而更换发动机喷嘴是一个烦琐的过程，至少需要一个月时间。

马斯克再次面临跟上次一样的选择：要么稳妥一些；要么激进一些，但后果自负。

马斯克逻辑
——记录一位时代冒险家的传奇故事

于是，这就发生了SpaceX历史上最为神奇、大胆的一次冒险，马斯克认为这是他对火箭干过的最疯狂的事。

他打电话给远在加州的公司王牌技术员马蒂·安德森（Marty Anderson），希望他能够把喷管裙部开裂的部分剪掉，并且不影响喷管的正常使用。

几个小时后，安德森乘坐马斯克的私人飞机从加州飞到佛罗里达。到了发射场，安德森乘电梯、再乘起重机来到二级火箭的喷嘴位置，然后用一把特殊的剪子，连剪带扯，扯掉了裂开的喷管裙部。

这么做，有可能破坏割口处的抗氧化涂层，导致火箭发射过程中产生一定程度的腐蚀。但马斯克认为，只要腐蚀速度不太快，就可以接受。

工程师的脑回路就是这样"粗暴直接"，一切以高效解决问题为目标。既然喷嘴的裙部有问题，那就剪短喷嘴，然后故障不就排除了。但是，这个结果还得让NASA接受，他们如果不认可，火箭就不能如期发射。

SpaceX的发射团队向NASA的相关负责人提交了整改评估报告，然后就是焦急的等待。

NASA的工程师也不是简单的毛头小子，他们虽然不理解SpaceX的同行到底对喷嘴做了什么，但在对这种彪悍的作风颇感惊讶之余，不免流露出惺惺相惜的兴奋感。

第二章　我们的征途是星辰大海

用剪子剪火箭喷嘴，哈哈，这也是前无古人后无来者了。牛气冲天！

在发射前一天的凌晨2点，NASA载人航天负责人一边骂娘，一边签字同意发射。拿到签字文件的马斯克，立即打电话给发射现场的负责人，告诉他这个好消息。

2010年12月8日，猎鹰9号第二次发射任务顺利进行。火箭把"龙"飞船送进了太空，二者进行分离之后再返回地球。二级火箭2次点火，把8颗小卫星送进了轨道。此次任务成功测试了"龙"飞船轨道操作和返回舱再入能力，飞船回收后被永久保存在SpaceX总部。

2012年5月22日，猎鹰9号再次搭载"龙"飞船进入太空。在近两个小时内，空间站的航天员第一次欣赏到这条"龙"与他们相伴而飞，"不远处"的地球在缓缓转动，随后，"龙"飞船成功与国际空间站完成了对接。

这是美国最后一架航天飞机退役以后第一次有美国飞船来对接，也是第一艘和国际空间站对接的商业飞船。这艘"龙"飞船回收后在肯尼迪航天中心被永久性保存。

经过两次成功测试后，第一代"龙"飞船终于正式开始为NASA执行国际空间站商业补给任务。

从2012年10月8日执行第一次发射任务（CRS-1），到2020年3月7日执行第20次发射任务（CRS-20），第一代"龙"飞船总计为国际空间站运送太空包裹超过43吨，运回物资33吨。SpaceX顺利完成了2008年与NASA签订的第一份商业合同（价值16亿美金，12次运输任务）的所有发射任务。

第一代"龙"飞船执行了20次国际空间站商业补给任务（其中仅2015年6月28日的CRS-7任务失败），可以说超额完成了任务，光荣退役。

此后，SpaceX推出第二代"龙"飞船（Dragon 2），分为载人版和货运版。载人"龙"飞船（Crew Dragon）可同时搭载7名航天员；货运"龙"飞船则是第一代"龙"飞船的升级版，其中一个显著变化就是不再通过机械臂与国际空间站连接，而是直接、自主停靠在空间站的轨道前哨站。

但第二代"龙"飞船仍限于近地轨道，还无法担纲往返地月间的深空快运，SpaceX为此启动了深空货运"龙"飞船的研制任务。深空货运"龙"飞船命名Dragon XL（特大号"龙"飞船），外形由目前的圆锥体改为圆柱体（更适合往返于地月轨道之间）。深空货运"龙"飞船设计载货量大于5吨，每次任务期长达半年到1年，设计使用寿命＞12个月，计划2024年前建造完成。

2020年5月31日，猎鹰9号火箭搭载第二代载人"龙"飞船成功发射，发射升空约19个小时后，"龙"飞船载着两名NASA航天员顺利抵达国际空间站。

此前，世界上能做载人航天的有三个"大佬"：美国、俄罗斯和中国。现在，又增加了一个"小弟"——SpaceX。

第二章　我们的征途是星辰大海

猎鹰"归巢"

马斯克之所以信心满满地要拓展太空，一个重要支撑就是他已经把SpaceX打造成为一家无论技术实力还是服务能力都超一流的航天科技公司。而SpaceX的独门绝技就是——便宜。

火箭可回收复用，并以更加低廉的成本把更大载荷运上太空，正是实现经济性目标的重要手段。

试想，不远的将来，一枚火箭可以在完成任务后安全回到地面，经过检查或者是快速翻修就可以再次发射，而不是用一次就报废了，这无异于人类航天史上的又一次革命！

要知道，自2011年亚特兰蒂斯号航天飞机退役后，可复用航天器的研发便陷入低谷，人们一度认为"太空时代已经终结"。

但马斯克不这么看，他要重拾人类的梦想，让航天器成为真正的运输工具。为了回收一级火箭，他想尽了办法。

SpaceX曾在猎鹰9号1.0版本构型1的基础上，开发过一个名为"蚱蜢"的小火箭（Grasshopper Rocket），专门用来测试火箭的垂直飞行。从2012年9月至当年年底，"蚱蜢"火箭先后进行了数次垂直起降试验（"跳跃"测试），最高一次（第八"跳"）飞至744米高并安全降落。

通过这些重复试验，SpaceX验证了可重复使用、垂直发射、垂直着陆技术。

119

马斯克逻辑
——记录一位时代冒险家的传奇故事

随后，SpaceX立即对猎鹰9号进行了两次发射，开始用真正的运载火箭测试火箭受控再入返回，即火箭回收技术，不幸的是均以失败告终。

第一次是在2013年9月29日，猎鹰9号火箭首次尝试受控再入返回。飞行中火箭完成了第二次点火减速，但第三次点火之后很快熄灭，最终以45米每秒的速度坠毁。

第二次是在2014年4月22日，利用猎鹰9号向国际空间站运送货物之机进行回收实验。这次，火箭姿态控制得不错，下落速度也不快，火箭落水后还发送了8秒的信号，但因为海上风浪太大，导致箭体被损坏。

两次回收失利，让马斯克意识到SpaceX遇到了技术瓶颈，必须对这款主打火箭进行技术升级了。好在，这项工作一直在进行着。

技术人员很快完成了对猎鹰9号版本1.0构型1的升级，设计出猎鹰9号版本1.1。这个版本的发动机由梅林1C改用梅林1D，延长了火箭第一、二级，并把一级火箭底部发动机从3×3排列变为环形排列，等等。

这些改进及新增的一系列技术设计，使得火箭运力提升了80%，目的之一就是突破火箭完全复用的瓶颈。

值得一提的是，在进行这些技术升级和验证的工作时，SpaceX采取了一种"搭便车"的策略，即利用每次发射商业载荷的机会试验自己的新技术。

第二章　我们的征途是星辰大海

这个做法有点像行业潜规则，可以偷偷地做，甚至得到某种默许，但是需要承担一定的风险。任务成功了一切都好说；不成功，就会成为攻击者的把柄。

SpaceX干的火箭回收的事是前人没干过的，一方面大家对它有期待，一方面也确实没多少人懂，所以它就这么干了。

为了在海上完成回收实验，SpaceX从船厂订购了两艘驳船，每艘船长90米、宽50米。

在英国作家伊恩·M.班克斯（Iain M. Banks）写的科幻小说名作《游戏玩家》中，有这么一个桥段：

"你的那些朋友是飞船，对吧？"
"是啊，"察木力斯说，"两艘都是。"
"它们叫什么？"
"'我依然爱你如故'和'先读说明书'。"
"不是战舰吧？"
"哪艘战舰会起这种名字？他们是外事舰。怎么了？"
……

于是，"我依然爱你如故"（Of Course I Still Love You，缩写OCISLY）和"先读说明书"（Just Read The Instructions，缩写JRTI）这两个名字被马斯克拿来用在了SpaceX的两艘驳船上。

后来，第三艘海上回收平台被命名为"缺少庄重感"（A Shortfall of Gravitas，缩写ASOG），灵感同样来自班克斯的科幻小说。迭代后

马斯克逻辑
──记录一位时代冒险家的传奇故事

的ASOG实现了全自动驾驶，不需要拖船，外观也有所变化。ASOG和JRTI部署在东海岸；OCISLY则部署在西海岸。

在浩繁宏大的太空项目中时不时地插入"科幻梗"，真是一场奇妙而又浪漫的体验！要知道，这部标杆性的系列科幻小说的主题正是"文明"，是马斯克所向往的"星际文明"。

除了用于回收一级火箭的海上平台，SpaceX团队还解决了整流罩回收的问题。相比于火箭回收，整流罩回收难度更大。为此，SpaceX首创了全新的整流罩回收系统，从依赖网捕船捕获，到使用回收船打捞，让整流罩海上打捞成为王道。

"树女士"（GO Ms.Tree）、"女酋长"（GO Ms. Chief，另译"首席女士"）网捕船、"谢莉亚·波德隆号"（Shelia Bordelon）、"无聊埃隆号"（Bored Elon）回收船……看看SpaceX旗下Guice Offshore船队这些回收船的名字，你会发现，每一个都不乏科幻的既视感，更充满了憧憬星际文明的情怀。

有了海上回收平台和整流罩回收船，再加上猎鹰9号升级后的强大实力，SpaceX的技术团队自信心重新满格，迫不及待地要投入新一轮火箭回收试验中。

2015年1月10日，猎鹰9号搭载"龙"飞船在卡纳维拉尔角空军基地发射升空。此次任务依旧是通过"龙"飞船向空间站运送货物，并借机测试火箭回收技术。

猎鹰9号上的一级火箭顺利把二级火箭和"龙"飞船送走，然后开始自由下坠，并准确命中目标——降落在JRTI驳船上。但由于下降速度过快，导致火箭在甲板上发生爆炸。

2月12日，猎鹰9号执行为美国国家海洋和大气管理局发射深空气候观测站卫星时，再次测试火箭回收技术。由于海上风浪大，驳船无法到达指定海域，不得不放弃计划，火箭坠入大海。

4月14日，猎鹰9号成功把26颗小卫星送入地球轨道，但在回收过程中，因推进器气压阀失灵，导致火箭减速不够而砸向海上平台，再次功亏一篑。

6月28日，猎鹰9号再次发射，升空2分钟后即分裂解体。计划给国际空间站补充的太空设备、宇航服、食品等也毁于一旦。

总之，在火箭回收的道路上，SpaceX屡战屡败，损失惨重；但又屡败屡战，不惜代价，坚信一定能跨过这道天堑。

功夫不负有心人。顽强的SpaceX，以及执着的马斯克，坚持等到了云开雾散的时刻。

2015年12月21日，美国东部时间20时29分（北京时间12月22日上午9时29分），因为天气原因而一再推迟发射的猎鹰9号火箭，再次从卡纳维拉尔角空军基地发射升空。这次使用的是猎鹰9号威力更大的变体，即猎鹰9号全推力版。

10分钟后，其一级火箭成功实现了一次可控着陆，返回地面。回收后的火箭伤痕累累，布满烟尘和焦痕，就像一个从战场凯旋的英雄。

马斯克逻辑
——记录一位时代冒险家的传奇故事

这个"面目全非"的功臣,是人类历史上第一个实现回收的一级火箭轨道飞行器。火箭回收成功,标志着人类走进全新的航天时代!

实际上,这次发射的首要任务是把通信公司OrbComm部署的11枚小型卫星送入太空,实现在陆地着陆只是SpaceX的次要任务。

任务成功后,马斯克在推特上庆祝道:"欢迎回来,宝贝!"

2016年4月8日,美国东部时间16时43分(北京时间4月9日4时43分),SpaceX公司猎鹰9号火箭搭载"龙"飞船从卡纳维拉尔角空军基地升空。起飞约9分钟后,火箭一子级稳稳降落在停在大西洋上的OCISLY驳船上。约10分钟后,"龙"飞船与二级火箭成功分离,进入预定轨道。

人类历史上首次在海上实现火箭回收!

这对于SpaceX来说也具有里程碑意义,表明其同时具备了陆地和海上火箭回收的能力。

马斯克曾为自己的火星移民计划设定了"三步走"目标:第一步,解决进入太空的工具。猎鹰1号火箭已经实现该目标。第二步,降低进入太空的成本,引领航天发射商业化,积累技术和财富。猎鹰9号就是SpaceX实现上述目标的代表作,而且仍在服役。第三步,移民火星。火箭在海上回收成功,意味着他移民火星的梦想变得更加清晰可见了。

2016年5月6日,猎鹰9号再次升空,把一颗日本通信卫星送入太空，并再次实现海上火箭回收，这距离 SpaceX 首次实现海上火箭回收不到一个月。

此次任务的特殊意义在于，这是全世界首次在大约 2.2 万英里（约 35405 公里）高度的地球同步转移轨道发射任务中实现火箭回收，而上一次任务则是在大约 250 英里（约 402 公里）高度的近地轨道（国际空间站的高度）发射任务中完成的。

这给 SpaceX 团队带来了更强大的信心。马斯克在这次发射成功后很快表示，将进一步加大任务密度（测试频率），在完成所有检查后的几个月内，再发射一次这枚火箭。

因为商业发射任务频频，猎鹰 9 号火箭进入了迭代升级的密集期。

继猎鹰 9 号版本 1.1 之后，SpaceX 很快推出猎鹰 9 号版本 1.2，使运力提升了 33%，允许完成同步转移轨道任务后使用无人拖船回收。

然后是过渡版本猎鹰 9 号版本 1.2 构型 4，最终升级到猎鹰 9 号版本 1.2 构型 5。

至此，猎鹰 9 号被 NASA 要求冻结设计，为满足载人"龙"飞船发射任务需求和火箭的快速可靠复用进行测试验证。

SpaceX 也决定，今后"少造新火箭，多发射二手火箭"。

猎鹰 9 号火箭之所以能够不断"升级打怪"，就在于 SpaceX 的工程师天才般的疯狂操作——挖空心思"榨干"火箭发动机的性能。

马斯克逻辑
——记录一位时代冒险家的传奇故事

特别是猎鹰 9 号版本 1.2 构型 5，其梅林 1D 发动机的总体推力提升至 86.2 吨（真空版推力更升至 93.2 吨），与最早的梅林 1A 型发动机的 34.6 吨相较，增幅高达 150%，这种推力增幅在世界航天史上前所未见。

如今，猎鹰 9 号的终极版本 Block 5（即 B5）运载火箭，依然是现役火箭中的主力。

猎鹰火箭鹰击长空、势如破竹，着陆回收之路虽然留下了些许遗憾，但总体成绩令人瞠目。

2020 年 3 月 18 日，猎鹰 9 号 B5 火箭（芯级编号 B1048.5）在执行第 5 批 1.0 版星链卫星发射任务时没能回收，止步于"一箭第五飞"的纪录。2021 年 2 月 15 日，猎鹰 9 号 B5 火箭（芯级编号 B1059.6）在执行第 19 批 1.0 版星链卫星发射任务，同时也是这枚火箭"一箭第六飞"时，再度迷失太空，未能成功着陆回收。

然而，作为 SpaceX 火箭家族迄今最成功的型号，猎鹰 9 号在为一级火箭回收刷新纪录的道路上愈挫愈勇。

2021 年 3 月 14 日，猎鹰 9 号火箭在美国肯尼迪航天中心点火升空，成功将第 22 批 60 颗星链卫星送上太空，再次刷新人类火箭重复利用的纪录。这枚芯级编号为 B1051.9 的一级火箭稳稳落在海上回收平台，成为第一枚"一箭九飞九回收"火箭。

这个纪录，距离马斯克三年前承诺的"一箭十飞"仅有一步之遥了。

第二章　我们的征途是星辰大海

赛道重启

SpaceX的异军突起和猎鹰9号火箭的成功回收，重启了火箭回收复用技术的赛道。

从根本上降低人类进入太空的成本，一直是航天人不懈追求的梦想，而运载火箭的回收和重复使用被认为是最佳办法之一。

为了回收火箭，人们曾尝试过种种办法，比如给火箭装上降落伞，使火箭或返回舱实现软着陆，等等。苏联就曾经用降落伞降落的方式成功回收小型气象火箭MR-1，并实现了小规模重复使用。或者如SpaceX的猎鹰9号、蓝色起源的新谢泼德号火箭，采用垂直动力回收的思路，在空中调整火箭姿态，让火箭"掉头飞回"。还有带翼火箭回收技术，即通过带展开翼的助推器来调节火箭姿态，让火箭像飞机一样"飞"回来。

那么，人类借助这些办法成功回收了多少航天器呢？答案是"屈指可数"。回收并重复使用的更是少得可怜，掰着指头数一数，就这么几个：美国航天飞机（Space Shuttle）的助推器，阿里安（Ariane）5号助推器，均使用伞降回收；SpaceX的猎鹰（Falcon）系列一子级，使用垂直动力回收。另有目前在研的俄罗斯安加拉（Angara）火箭，计划使用带翼飞回方式。

火箭回收涉及不同的目标，有的是回收整个舱段或整个一级，有的只回收关键部件，比如最昂贵的一级发动机，因而选择的方案也不尽相同。

马斯克逻辑
——记录一位时代冒险家的传奇故事

以再入方式的选择为例，可以采用气动升力的方式，如带翼滑翔、伞降或动力返回，也可以选择弹道式返回，不同方式对应不同的目标。

由此可见，火箭回收是一项非常复杂的技术，是衡量各国航天水平的一个重要指标，而且正变得越来越重要。

其实，上面介绍的方案，一些国家早就开始研究了，但真正像SpaceX这样付诸实践、实现商业化应用的，可以说全球只此一家、别无分店了。

在火箭回收的赛道上，世界主流航天国家和组织几乎都在踟蹰观望，习惯性地选择了一次性运载火箭的思路。射一次毁一次，而那些天价火箭、发动机、精细设备也随之付之一炬。

相比之下，中国航天在火箭回收复用技术的赛道上虽然起步较晚，但发展势头强劲，走了一条不同于其他国家的道路。

2018年9月，长征二号丙火箭首次进行再入回收测试，实现整流罩可控落点精准回收；2019年7月，芯一级箭体上首次安装栅格舵，成功实现该级箭体的定点下落，在有效控制残骸落区的基础上进一步探索了火箭回收技术。

2019年11月，长征四号乙火箭在执行发射任务中再次应用栅格舵装置，又一次完成芯一级可控落点下落任务。

2020年3月，中国使用与美国联合发射联盟公司（ULA）的"聪明回收"方案类似的方法，用长征三号乙运载火箭成功发射第54颗北斗导航卫星，之后用伞降技术成功回收了火箭助推器。不过，伞降回收只是一种补充方式，中国火箭回收复用技术的重点仍在垂直动力回收上。

2020年12月22日，中国新一代可重复利用的运载火箭长征八号首飞成功，芯一级YF-100液氧煤油发动机顺利实施推力节流控制，在提高火箭性能的同时，为突破垂直回收复用技术打通重要一关。

由此，长征-8R被寄望成为中国未来的可回收火箭、中国版猎鹰9号，预计到2025年可实现起飞级垂直回收复用。

长征-8R是在长征8号火箭基础上升级而来的，采用"两助推＋芯一级"集束式垂直回收方案，即一次实现3套箭体模块回收，而不像猎鹰9号只回收芯一级，因此技术难度更大。不过，增大回收箭体的重量，可以抵消发动机深度变推问题。这么做显然更具经济性，因为这些模块的成本占火箭总成本的70%。

而且，按照规划设计，火箭重复使用三次后，即可抵消由复用需求产生的附加费用成本。也就是说，复用三次即可保本。

长征-8R的另一个显著特点，是其起飞级采用了"漂移入库"的方式，而不像SpaceX、蓝色起源的火箭慢慢地"倒车入库"。

所谓"漂移入库"，包括上升、滑行调姿、动力减速、气动减速、垂直下降五个阶段。简单理解，就是火箭在空中有一段滑行过程，边滑行边摆pose，直到摆出一个美美的、舒服的姿势，才飘然落下。

马斯克逻辑
　　——记录一位时代冒险家的传奇故事

在中国航天制定的应对未来"智慧火箭"的目标中，针对重复使用的需求，将对集束式回收方案进行关键技术攻关和验证，按照分步发展的策略，在大型轻质着陆机构、自主制导方法等方面取得了阶段性进展，旨在将长征-8R打造成为性价比高、易用性好、安全性高的新一代中型主力火箭。

这也是以中国航天科技集团为代表的"航天国家队"不遗余力地在成熟型号火箭上做试验的缘由，就是为了给长征-8R的研制铺路。

最近一次验证长征-8R回收复用技术，是2021年3月12日中国成功复飞长征七号甲运载火箭之时。长征七号甲率先应用了起飞级集束式分离技术，即将助推器与芯一级作为一个整体分离。

以往，捆绑助推器的火箭要先分离助推器，再分离芯一级，而长征七号甲把两者捆绑成一个"大一级"，一并回收，这正是未来长征-8R回收复用的关键环节。

长征七号甲的液氧煤油发动机特别进行了重复试车，这么做既确保了火箭性能，又测试了火箭发动机的重复利用率。

这么看来，长征七号甲和长征-8R是不是很像？同属中国新一代中型运载火箭系列，芯级结构、助推器与发动机都是同款，回收方式也大致相同。

确实，按照计划，长征七号甲未来仍将进行改造升级，而且只要有需求，可以随时复制长征-8R的回收方案，成为可回收复用火箭。

第二章　我们的征途是星辰大海

"长七"复飞,"长八"入列,中国新一代运载火箭看点满满,令人期待。

除了在火箭回收复用技术研发方面可圈可点,中国的民营航天企业也值得关注。尽管中国商业航天还处在初级阶段,民营航天公司基本还在"入轨"阶段徘徊,但在追逐前沿技术应用方面一点也不拉胯,某些方面并不逊色于西方航天企业。

比如星际荣耀的双曲线三号火箭,星河动力的谷神星一号,深蓝航天的星云-M液体回收1号试验火箭,蓝箭航天的朱雀二号,在火箭和发动机研发上各有进展,并对复用技术进行了不同程度的测试验证。

2021年前,民营航天公司进行了密集的火箭发射实验,但大多以失败收尾。

在鲜有的成功案例中,星河动力的谷神星一号(遥一)简阳号火箭发射成功,这是国产民营火箭首次进入距地500千米的太阳同步轨道。还有一个是翎客航天的RLV-T5火箭。这是一款可回收火箭,早在2019年8月10日就成功进行了第三次发射及回收试验。当时在试验中,火箭实际飞行高度302米,落地精度7厘米。

虽然屡遭挫败,但民营航天的竞争热情和发展势头并没有减弱。

2021年6月,星际荣耀的双曲线三号(SQX-3)中大型液体运载火箭方案通过论证,转入型号研制阶段,计划于2024年6月完成首飞。当年9月,双曲线二号(SQX-2)成功进行了可复用运载火箭着

马斯克逻辑
——记录一位时代冒险家的传奇故事

陆装置的地面验证试验，这也是中国首次运载火箭着陆装置试验。

SQX-3 基本型一子级为通用芯级，采用 9 台焦点二号（JD-2）液氧甲烷发动机并联布局，单台海平面推力 85 吨，具备返场回收和航线下回收能力。二级安装一台 JD-2 发动机真空版，推力 104 吨，能够多次点火，使载荷以多种飞行模式入轨。

7月，深蓝航天的星云-M 液体回收 1 号试验火箭完成了米级垂直回收飞行试验（"蚱蜢跳"试验），这是中国首例液氧煤油火箭垂直回收试验。火箭安装单台雷霆-5 号发动机，推力调节范围为 60%~100%。通过系列点火测试和飞行试验，验证了火箭和发动机可复用的设计目标，为下一步工程化奠定了基础。10 月，星云-M 液体回收 1 号试验火箭再次取得中国首例液氧煤油火箭百米级垂直回收试验成功。

计划于 2021 年首飞的蓝箭航天的朱雀二号（ZQ-2）火箭再次推迟发射时间，让想看中国商业航天年度收官大戏的粉丝们略感失落。这款中国在研运力最大的液氧甲烷运载火箭，最大的看点就是它的天鹊号 TQ-12 液氧甲烷发动机。

天鹊号 TQ-12 海平面推力 67 吨，真空推力 76 吨，真空型发动机真空推力 80 吨。在同类型发动机中，其推力仅次于 SpaceX 的猛禽发动机、蓝色起源的 BE-4 发动机，堪称实力不俗。

作为主流的火箭发动机燃料，液氢对温度的要求极为苛刻，且可能引起金属的氢脆现象；再者，液氢的密度比液态甲烷的密度小很多，火箭要装载等重的液态氢和甲烷，则氢燃料仓的体积须近乎 6 倍于甲烷燃料仓的体积，最终导致火箭的有效载荷降低。如此考量，甲烷的优势就出来了。

2020年11月，蓝箭航天完成朱雀二号火箭二级发动机联合试车；2021年1月，完成火箭整流罩分离试验；2月，完成火箭首台一级四机发动机装配工作。

朱雀二号火箭一级发动机由4台天鹊号80吨液氧甲烷发动机并联组成，可为火箭提供268吨的起飞推力。各台单机发动机均为单向摇摆，摇摆方向为箭体切向，摇摆角度为±8°，可为火箭飞行提供各方向的姿态控制力。

2021年4月23日，空天引擎自主研发的炎驭一号甲液氧煤油发动机完成协调性热试车，成为中国民营商业航天首型完成协调性热试车的液氧煤油发动机。

"天鹊"轰鸣，"炎驭"驭火……中国民营商业火箭，不仅是火箭回收复用技术赛道上的活跃力量，更是中国实现航天强国梦的重要补充力量。

第三节 星际争霸

"重鹰"横空

自2010年以来，无人"龙"飞船多次穿梭于地球与国际空间站之间，但是地球到火星的距离比地球到国际空间站的距离要远上56万倍，现役猎鹰 9 号火箭的动力显然无法满足要求。

打造一款适应长距离飞行并能登陆其他星球的重型火箭，被 SpaceX 纳入研发计划。

2011 年，马斯克对外宣布，制造"重型猎鹰"（Falcon Heavy）运载火箭，并计划 2013 年首飞。

重型猎鹰火箭更像增强版的猎鹰 9 号，由 3 枚猎鹰 9 号并联组成，一枚猎鹰 9 号的运载能力高达 20 多吨，3 枚并联更是威力无穷，射程更远。

并联芯级火箭的设计并非马斯克首创，之前在德尔塔IV型火箭上就已经出现了。一枚猎鹰 9 号火箭有 9 个梅林发动机，3 枚火箭并联便有了 27 个发动机。

为了避免出现像苏联N1超重型运载火箭那样的致命隐患（N1 火箭因为并联太多发动机，导致最终发射失败），工程师们对重型猎鹰火箭进行了一系列特殊的设计。

对于这些想法，外界嗤之以鼻，认为马斯克又在吹牛。

2015 年 9 月，马斯克再次放出消息称，重型猎鹰火箭可能在 2016 年四、五月间亮相。当时正值猎鹰 9 号火箭回收试验遭遇连续失败，马斯克在这个时候"画饼"颇有提振士气、刺激市场的嫌疑，所以外界也没有当真。

第二章　我们的征途是星辰大海

马斯克预告的时间总是掺满水分，就像SpaceX的工程师设计火箭的冗余一样。这次也是一样，实际的发射时间推迟到了两年后。

马斯克澄清说："重型猎鹰（火箭）比我们一开始计划的困难得多。我们最开始的想法太幼稚了。"

在重型猎鹰火箭发射前，他又在推特上谨慎地表示："我们这次只要飞起来，不炸坏发射台就算成功了。"

事实证明，他这次"谦虚"得倒不错。

2018年2月7日，SpaceX的重型猎鹰火箭载着一辆特斯拉Roadster发射成功，其中用来助推的三枚火箭正是回收使用的猎鹰9号火箭。

发射当口，马斯克看似神情自若，其实内心紧张得要命。他和其他员工一个样，紧盯着屏幕倒计时，在点火发射的一刻，情不自禁地飙出一句脏话：Holy flying F**K（他妈的飞行）……

然后，他像羚羊一样跳跃着出了指挥中心，来到户外草坪，想和那里的人分享点啥。大家正抻着脖子"看烟火"，一时没人搭理他。他自觉有点失态，赶紧收敛神情，跟众人一起望向天空，喃喃自语着：这太不真实了，这太不真实了……超级"凡尔赛"，也超级幸福，因为这真是一次伟大的发射。

三枚助推火箭中，两枚直接降落在肯尼迪发射中心，不过，其中一枚回收时遭到损坏，第三枚则在降落时坠毁。

马斯克逻辑
——记录一位时代冒险家的传奇故事

重型猎鹰火箭"首秀"基本成功,人类现役最强的运载火箭在万众瞩目之下横空出世了。

重型猎鹰火箭发射成功,对人类探索太空具有重要意义,也让马斯克移民火星的梦想又向前推进了一步。

这枚超级火箭到底有多厉害?

在SpaceX的描述中,它拥有27台梅林1D发动机,可提供超过2280吨的推力,相当于18架波音747客机以最大功率运转。它能够将63.8吨的载荷送往近地轨道,相当于将一架满载的波音737客机送入太空。同时,它还可以将2至4吨的货物运抵火星表面。

然而,重型猎鹰火箭并不是人类历史上运载能力最强的火箭,这个荣耀属于NASA在20世纪60年代研发的土星5号运载火箭。

重型猎鹰火箭的运力不足土星5号的一半,却在经济性和可靠性上有着绝对的优势。土星5号正是因为太"败家",所以在帮助美国实现首次登月之后,很快就被弃用了;而重型猎鹰火箭的发射报价为9000万美元,仅为NASA另一款现役重型运载火箭德尔塔IV的五分之一。

趁着重型猎鹰火箭"首秀",马斯克还借机为特斯拉做了一次绝无仅有的超级广告。

那辆红色的特斯拉Roadster,载着假人Starman在太空中漂浮了6个小时,据说是为了向美国空军展示一种特殊的轨道机动。随后,假人"开着"特斯拉跑车向更遥远的宇宙深处进发，经过火星轨道，前往火星与木星之间的小行星带。

被誉为现役最大运载火箭的"重鹰"，此后却只进行了三次发射，大有被SpaceX抛弃的迹象。

外界分析，主要原因可能在于重型猎鹰火箭的发射价格依然偏高，结构也较为复杂，导致风险和成本不好控制，同时复用飞船技术缺乏突破，与探索火星的目标不匹配。

这其实反映了SpaceX对于其太空探索综合解决方案的不断调整和优化，但也给外界留下了马斯克"善变""不靠谱"的印象——从重型猎鹰火箭改为大猎鹰BFR，从火星殖民运输系统MCT变为星际运输系统ITS，从超重鹰+星舰组合到小星舰"跳虫"……

这些技术路线变得确实有点快，也难怪大家反应不过来。

难道，"重鹰"横空掠过，然后就这样消失了？当然不是，它将在未来的NASA探月计划中再次出现。2021年4月，美国宇航机器人技术公司（Astrobotic Technology）宣布，其建造的第二个月球着陆器"格里芬"月球着陆器（Griffin Lunar Lander），将于2023年11月由重型猎鹰火箭送入月球南极，释放毒蛇号（VIPER）月球探测车寻找水冰。

虽然计划如此，但在商业太空领域，延迟或变更计划从来都不是什么陌生的事情。

马斯克逻辑
——记录一位时代冒险家的传奇故事

星舰启幕

没有不敢想,只是暂时还没想到,这是马斯克的人生写照。

SpaceX 一直飞奔在研发新火箭、新飞船的路上,根本停不下来。自重型猎鹰火箭之后,马斯克又开始考虑建设星际运输系统(Interplanetary Transport System,缩写 ITS)。

这个概念公布于 2016 年,旨在打造一整套往返火星的箭船系统,包括"运载火箭+载人飞船+货运飞船+轨道加油站+推进剂生产火星基地"。而且,其火箭、飞船等核心系统都必须达到完全复用。

星际运输系统最鲜明的创新,是提出了箭船合一的设计思路,即把运载火箭和载人飞船变为一个整体。

该系统很快被马斯克否决了,但箭船合一的设计思路却得以保留,并演变成后来赫赫有名的大猎鹰火箭系统(Big Falcon Rocket System)。

大猎鹰火箭系统属于总称,包括大猎鹰火箭(Big Falcon Rocket,缩写 BFR)与大猎鹰飞船(Big Falcon Spaceship,缩写 BFS)两部分,计划整合 SpaceX 当前所有的发射硬件,包括猎鹰 9 号、重型猎鹰火箭、"龙"飞船。其最大运力能达到 100 吨,已经比较接近土星 5 号 140 吨的运力。

但很快这个方案又被更新的设计版本所取代。那就是超重型猎鹰火箭(Falcon Super Heavy)+星舰飞船(Starship)组合。超重型猎鹰火箭高 63 米、直径 9 米，计划装配 31 台猛禽发动机；星舰飞船高 55 米、直径 9 米，主要用于载人，装有 7 台猛禽发动机，整体跟大猎鹰飞船一样，区别在于前方增加了一对前鳍，尾部增加了三个尾鳍，尾鳍既是驱动鳍，也是着陆架。

2021 年 3 月，马斯克在推特上贴出已经矗立在得克萨斯州的星舰基地（STARBASE）上的 SpaceX 超重型火箭的第一台原型机——BN1 的照片。那是一根高约 70 米、直径 9 米、全金属舰身的"大柱子"，而且已经装配完毕。

也就是说，超重型火箭＋星舰飞船组合的方案终于尘埃落定了。此时，作为星舰第二级的星舰原型飞船 SN15 正在准备软着陆测试，而第一级超重型火箭 BN1 也整装待发。到底是让 SN15 先飞，还是让 BN1 先试（地面测试），外界一度充满猜想。

按照"马斯克的时间表"，BN2 的建造也同步进行着，遵循边建造、边迭代的原则，星舰的轨道级发射指日可待。有望迎接这一历史性时刻的，是马斯克称之为 1.0 版星舰飞船的 SN20（序列号直接从 15 跃至 20）＋BN3（或 BN4）组合。

届时，星舰从得州星舰基地发射后，超重型火箭将降落在距离海岸约 32 公里的墨西哥湾海域；星舰飞船飞越大半个地球后，最终将降落在夏威夷最北部岛屿考爱岛以北 100 公里海域……

但 3 个月后马斯克又改主意了：先是把 BN3 更名为 Booster 2（超重型 2 号，B2），然后告诉星舰粉，Booster 2 承担轨道级发射还不够格，你们等 Booster 3（超重型 3 号）吧，这个肯定行！

马斯克逻辑
——记录一位时代冒险家的传奇故事

百变的马斯克能有什么歪心思呢？无论是换编号还是废旧立新，星舰粉们都表示理解。而这个组合最让普通群众津津乐道的，是它采用大棚焊接的全不锈钢外壳。

星舰舰身的最初设计是使用碳纤维材料，但测试比较之后发现不锈钢在综合性能，尤其是价格方面具有更大的优势。

人类移民火星乘坐的飞船，居然是用常规材料和常规工艺制造的！

这一度令人大跌眼镜，但很快大家又恍然大悟。用建筑施工队作业，打造不锈钢舰体，舰体表面的坑坑洼洼也懒得敲平，这不正符合SpaceX的研制策略（马斯克"抠抠搜搜过日子"的习惯）嘛，既最大程度压低了造价，又方便后续频繁的迭代和测试。

2021年4月，马斯克的女友格莱姆斯（Grimes）还使用了一次"特权"，跑到星舰基地与BN1合影、晒图。当时星舰腹部还没有贴六角形隔热瓦（SN15大概需要贴850多片，到SN20时则需要15000多片），还是金光闪闪的样子。

星舰原型飞船被称为"星虫"（Starhopper），比全尺寸星舰飞船矮一大截，它的任务就是不断试验，为未来完整版的星舰做准备。

"星虫"测试始于2019年4月，到7月第三次测试时，就成功完成首次无绳点火起飞试验。作为星舰飞船的首个亚轨道原型机，其主要测试任务之一，是检验SpaceX自主研发的代号为"猛禽"（Raptor）的液氧-甲烷发动机。

第二章 我们的征途是星辰大海

"星虫"在2019年8月28日的一次测试中,成功完成了150米高的跳跃。马斯克观看结果后发布了一条消息,暗示将研制更大的星舰飞船和火箭助推器,预计直径达到18米,总重2万吨,高度超过236米,大小将超过历史上发射过的任何火箭。

11月,星舰飞船全尺寸原型机MK1开始进行测试,但在贮箱低温强度试验中突然发生破裂,MK1直接报废。

2020年3月,星舰飞船原型机SN1在压力测试中爆炸。此后,星舰飞船原型机研发基本锁定为SN系列,在不断爆炸、改进、爆炸中加速演进。

第一个全尺寸星舰飞船原型机SN8,于2020年12月发射,飞行良好,但在降落时坠毁。其后发射的SN9、SN10和SN11几乎都同此命运。每次发射失败后,星舰基地第一个冲进着陆区现场的,总是两只波士顿机器狗。这两只智能机器狗分别叫"宙斯"(Zeus)和"阿波罗"(Apollo),憨态可掬,又英勇无畏,主要负责快速获取第一手信息,为事故分析提供帮助。

然后工作人员立即启动清理工作,把关键部件打包装箱送到实验室进一步研究,其余残骸集中分类处理,庞大的舰身被分块切割、逐一搬运。这时候,马斯克也常常会赶到现场,听汇报,找原因,同时给大家打气。

在仓库里分类处理火箭残骸时,打包装箱的活他插不上手,于是就蹲在角落里,对着一堆"废铜烂铁"沉默不语,神情落寞。

马斯克逻辑
——记录一位时代冒险家的传奇故事

马斯克常说：如果你没有经历失败，那说明你还不够创新。参照他一贯的做派，真是诚不我欺。

但是，星舰的进化速度是不会给你感怀往事的时间的。

2021年5月5日，快速迭代到第5个版本的SN15星舰飞船原型机，在得州博卡奇卡星舰发射基地成功挑战高空试飞和100%软着陆。尽管着陆后仍有推进剂持续燃烧，但没有重蹈前4艘星舰的覆辙，最终被顺利浇灭。

SpaceX由此掌握了最关键、难度最大的安全着陆能力，星舰飞船原型机终于取得阶段性胜利！

而原定进行地面试验的BN1，因为SN11发射失败后测试目标被调整为SN15，"惨遭"拆除，还没开始就报废了，曾经轰轰烈烈的出场走秀都化为泡影。不过这确实是SpaceX团队"高效率响应任务反馈"的一贯作风，BN1已经完成了使命，围绕它的优化设计会应用到BN2上。

值得一提的是，在SN15软着陆成功前两个多月，NASA的毅力号火星车历时203天、飞行近5亿公里后，成功登陆红色星球，成为继好奇号之后第5辆登陆火星的人类探测器。之后，2021年5月15日，中国首个火星探测器天问一号成功着陆火星。

这意味着人类离实现移民火星的梦想又进了一步。对于一直想当深空探测领袖的马斯克来说，这既是刺激神经的好消息，又带来时不我待的压迫感。

第二章　我们的征途是星辰大海

5月9日，SN15试飞成功4天后，SpaceX在执行年度第14次航天发射任务时，再次刷新了一项自己创造的历史纪录——"重鹰"火箭实现"一箭十飞十回收"，终于兑现了马斯克的承诺。2021年底，编号为B1051的猎鹰9号火箭又实现了"一箭11飞11回收"。

对于猎鹰9号这个"大号玩具"，粉丝们喜欢得不得了。它不仅有炫酷的技术，还有复用的性能，简直称得上探空神器。那么，它的寿命到底有多长，能够反复使用多久？

对这个问题，马斯克也乐于回答。他说，一箭十飞肯定不是上限，只要火箭条件允许就会一直飞，"飞到报废为止"。

那是不是意味着，猎鹰9号火箭重复使用上百次也是有可能的？是的，但这只是理论上的可能性。目前SpaceX最高复用火箭是11次，马斯克的希望是能再上一个小台阶，比如复用20~30次，那就太好了！

两个月后，SpaceX展示了其下一代"巨物"——星舰飞船。星舰飞船被绑在巨大的超重型助推器上，而型号直接跳至SN20。同时SN20悄悄更名为S20（Ship 20/Starship 20）。

S20星舰飞船组装上助推器后全高近120米，能够将超过200吨的有效载荷带入近地轨道，从而成为有史以来最大的火箭，并且可以完全重复使用！

SapceX对星舰进行了一系列大刀阔斧的更新。首先是超重型助推器的安装，不到15小时，29台猛禽发动机就被搭载到位。超重型助

马斯克逻辑
——记录一位时代冒险家的传奇故事

推器原本设计安装 37 台猛禽发动机，后来根据发动机实际推力几度下调数量，但基本上 29 台成为其起步配置。

随后，布满隔热瓦的 S20 星舰到达发射场，与超级重型助推器进行一二级对接。不过，这只是一次安装测试，后续还要经历一系列复杂的升级和测试，为首次轨道级飞行做充分准备。

马斯克乐观预测，S20 星舰将于 2024 年搭载货物前往火星，然后再过两年就可以完成载人任务。而且，星舰还可以用于在地球上的快速旅行，乘客可以在一个小时内到达地球上的任何地方。

2021 年 7 月 20 日，航天史上最大的一级火箭超重型 B3，在星舰基地进行静态点火测试成功。3 台猛禽发动机瞬间产生 600 多吨推力，预示着星舰向轨道级发射迈出关键一步。

马斯克随后发推特表示，未来一两周会尝试启动 9 台发动机，但要取决于 B4 超重型火箭的建造进度。B4 超重型火箭将作为第一枚轨道级发射的超重型火箭，与星舰飞船 S20 组合，一飞冲天。

虽然这和他当初说的早已大不一样，但人们已经不那么纠结细节了。毕竟，他向人们描绘的太空梦想的确越来越真实了……

诉讼纠缠，审批缓慢，甚至天公不作美，各种小插曲让星舰的轨道级首飞一波多折。何时才能看到那壮美的一飞，恐怕是星舰迷们最关心的问题之一了。2021 年 11 月 18 日晚，马斯克在美国国家科学院首个空间研究委员会代表视频会议上表示，星舰首飞时间取决于美国联邦航空管理局的环境审批结果。如果审批顺利，星舰有望在 2022 年年初实现轨道级首飞。目前看来,他的愿望再次落空了。

当时在直播视频中,他1岁半大的小儿子相当配合,面对镜头充满了好奇。在互动问答环节,小朋友不情愿地被抱走,马斯克放松下来,逐一回答外界关注的问题。

他说,无法保证星舰首次轨道级发射一定成功,但确信2022年一定能够成功,而且全年计划发射12次星舰。

马斯克曾在一次媒体年度CEO峰会上描述了星舰项目带给他的挑战。他称星舰是一个超级难(连用了四个"非常")的项目,比其他任何项目都要消耗精力,但星舰入轨将是一场意义深远的航天革命。迄今,人类还从来没有一个完全可复用的运载火箭。

"这将是太空技术的'圣杯'。"

马斯克又在吹牛吗?可星舰粉认为他说的一点都不夸张。

"猛禽"出击

自2012年以来,SapceX一直致力于研制可重复使用的火箭"家族"——星际飞船(星舰),以取代它的猎鹰9号系列火箭。其中的关键,是开发一款新的液体火箭发动机。

新发动机不仅必须拥有更大的推力和更好的复用能力,还要解决类似梅林发动机的积碳问题。因为星际运输需要拥有装配大量高性能

马斯克逻辑
——记录一位时代冒险家的传奇故事

发动机的大型运载火箭，用于深空操作的推进系统和在火星大气层中运行的推进式着陆与升降系统。所有这些都将通过新一代发动机来实现。

由此，"猛禽"液氧甲烷发动机，进入SapceX的重点研发序列。

2009年，SapceX首次提出"猛禽"发动机时，目标是作为上面级的液氢液氧发动机。但2012年研发方向发生改变，马斯克宣布，"猛禽"将成为液氧甲烷发动机，不再专门为上面级设计，而是可以用作第一级和上面级。

"猛禽"发动机采用全流量分级燃烧循环，即预燃室有更多的流量通过，让涡轮可以在较低温度下运行，能够提高发动机的可靠性且延长其寿命。此外，SpaceX还通过设计更高的室压来改进发动机的效率。

2014年，SpaceX内部专门组成一个小团队，并租用了NASA的斯坦尼斯航天中心的试验台，对发动机的核心组件——喷油器和氧气预燃器进行测试。该试验持续到2015年。

之所以租试验台，是因为"猛禽"发动机的设计推力过大，斯坦尼斯航天中心担心把控不了，于是让SpaceX的团队先租个测试台试试。能行你就接着用，不行你再想办法。后来，SpaceX自己造了一个更大的测试台。

2016年9月，SpaceX的"猛禽"测试机（非全尺寸样机）在麦格雷戈试验场完成点火试车。试验结果没有第一时间发布，马斯克留了个小心眼。虽然他经常靠发推文爆料，但并不排斥其他正式场合。大约一周后，他借着出席第67届国际宇航大会的机会，正式官宣了"猛禽"发动机的具体参数。

"猛禽"发动机采用全流量分级燃烧循环方式，燃料采用预先冷却的液氧-甲烷推进剂组合，燃烧室室压高达30MPa，海平面推力311吨，真空推力357吨。仅就其强悍的高室压而言，"猛禽"发动机便已经一骑绝尘了。

全流量分级燃烧，最大的好处就是将火箭推进剂的利用效率提升到最高，而且推力可以在大范围内调整，可以说是液体火箭的终极形态。这样的发动机，目前人类只造出来过3台。

第一台是苏联时期用于登月的大推力发动机RD-270，又被戏称为"毒性最大的火箭发动机"（以偏二甲肼/四氧化氮为推进剂，含有毒性。后来的改进版RD-270M，使用了毒性更强的戊硼烷作推进剂）。这台发动机因为技术问题而半道夭折了。第二台是美国的"集成动力验证器"火箭发动机，虽然宣称达到设计功率，但同样没能上天。第三台就是"猛禽"火箭发动机。延续了几十年的、疯狂的技术路线，终于被SpaceX变为现实。

选液氧和甲烷做燃料，主要是因为它们相对其他燃料更经济、环保、方便，而且更适合人类星际探索时对资源的原位利用。在马斯克的火星梦中，非常重要的一环就是利用火星上的二氧化碳和水制备甲烷和氧气。因此，世界各国都在重点研发液氧甲烷火箭。

"为了制造一个完全可重复使用的火箭，必须把一切都做到极

马斯克逻辑
——记录一位时代冒险家的传奇故事

致——制造最好的发动机、最好的机身、最好的热屏蔽、最好的航空电子设备以及超智能控制机制。"这是身为SpaceX创始人、首席执行官兼首席工程师的马斯克的逻辑。

SpaceX官方没有公布"猛禽"发动机的重复使用次数，但马斯克透露，重复使用1000次正是设计目标。如果能同时实现火箭箭体及发动机回收，那么将大大降低发射成本，从地球发射飞船将变得很容易。

专门为星舰设计的"猛禽"发动机，其研发基本靠SpaceX自筹资金来完成。唯一一笔外部资金，是2016年美国空军提供的3360万美元。美国空军希望SpaceX研制一款可以用于猎鹰9号和重型猎鹰火箭上面级的液氧甲烷发动机样机。为此，SpaceX自己也要投入6730万美元的研制经费。

SpaceX的工程师们"一顿操作猛如虎"，把"猛禽"发动机推入疯狂的试错、迭代阶段。

2019年2月，第一台全尺寸"猛禽"发动机原型静态点火测试取得成功，然后经过连续几天的多次测试，如期达到星舰发射所需要的最小推力目标。

2020年12月，3台"猛禽"发动机随着首款星舰飞船原型SN8试飞，证明了其性能稳定性；5个月后SN15星舰飞船成功试飞，验证了"猛禽"发动机基本达到设计要求，已具备较大规模的测试生产条件。

按照马斯克的说法，在SN15试飞时，SpaceX已经达到每月建造十几台"猛禽"发动机的产能。随着技术积累和产能不断释放,"猛禽"发动机由1.0版迭代至2.0版。同时,新的"猛禽"发动机生产工厂也在规划建设中。

在SN15试飞两个月后(即2021年7月),编号为RB16的第100台"猛禽"发动机,在加州霍桑的火箭发动机工厂下线。从1到100台,SpaceX仅用了29个月,创造了一项非凡的成就,也成为星舰研发历程中一个小小的里程碑。

SpaceX为此特别晒了一张发动机研发制造团队的"全家福":大家齐聚在首次着陆成功的猎鹰9号火箭下,簇拥着立于C位的主角——RB16"猛禽"发动机。

作为全球首款全流量分级燃烧循环发动机,"猛禽"的研制过程堪称工程奇迹,其速度之快、迭代之频繁令竞争对手望尘莫及。

星舰系统将配置三个版本的"猛禽"发动机:带万向节的海平面版、不带万向节的海平面版、不带万向节的真空版。其中,第一级超重型火箭的发动机布局呈环状设计,以B4超重型火箭的29台发动机布局为例,最外圈20台是不带万向节的海平面版,不具备矢量机动摆动能力;中圈8台和内圈1台是带万向节的海平面版,具备矢量控制能力。第二级星舰飞船S20中心配置3台带万向节的海平面版,外圈配置不带万向节的真空版。

B4超重型火箭每台发动机的推力约为190吨,29台发动机能产生5500多吨推力,能将"巨物"星舰飞船和数百吨物资送入地球轨道。

马斯克逻辑
——记录一位时代冒险家的传奇故事

目前,"猛禽"发动机 V1.0 版的价格不到 100 万美元。随着大幅量产,实际成本更低。而"猛禽"发动机 V2.0 版(猛禽 2)的目标价格为 25 万美元,推力达到 250 吨,也就是希望控制在 1 吨推力 1000 美元的水平。

马斯克一路疯狂地控制成本,"猛禽"发动机的生产成本被不断压缩,变得越来越"便宜"。然而很快,产能跟不上的问题又出现了——就像特斯拉电动汽车一样,因为马斯克对时间及效率的极度偏执而多次引发产能危机。

2021 年 11 月,马斯克在一封内部邮件中号召员工们放弃周末,跟他一起以厂为家,加班加点生产,以应对"猛禽"发动机产量严重不足的问题。还有一个月就是圣诞节,他不希望把这个问题带到新的一年。

马斯克没有说太多细节,但所谓"话少事大",如果不能快速生产出足量的发动机,不仅影响星舰即将进行的轨道级试飞,还会延缓第二代星链卫星的部署,连锁反应之下还会危及公司的整体财务状况。

马斯克再次选择住在工厂,除了督促提高生产效率,还为了解决产能爬坡阶段多发的技术难题。因为在生产加速过程中,既要让产量直线上升又要所有细节都完美,这是不现实的。特斯拉就曾碰到过这种情况,在爬坡期生产的车小毛病不断。但星舰是在天上飞的,和电动汽车的要求不可同日而语,容不得半点失误,所以马斯克不得不坚守在生产一线。

星舰使用 6 台"猛禽"发动机,超重型助推器至少需要 29 台发动机。即使发动机可以重复使用，但在轨道级试飞时基本上会被消耗掉。2022年，星舰计划12次试飞，所以发动机缺口依然巨大。马斯克撂话：做不到一周发射两次的频率，SpaceX就会倒闭……

但他自己也没时间研究提高产能的具体方案，反正就是下了死命令：要么完成，要么走人。形势逼人啊，一名负责推进业务的高管不得已辞职了。

SpaceX在加州霍桑总部有一个"猛禽"制造工厂（主要生产"猛禽"真空版），产能为48小时生产1台。此外，还在得州麦格雷戈试验场新建了一座工厂，建成投产后，预计每天能生产2~4台"猛禽"发动机V2.0版。马斯克希望把"猛禽"量产转到麦格雷戈工厂，而霍桑工厂则保留研发发动机和真空优化版"猛禽"。

没有成规模量产，就甭谈低价高效发射星舰。SpaceX的宏伟目标是：每年制造大约800~1000台"猛禽"发动机。

按照马斯克的设想，只有达到年产1000台发动机的量，才可能支撑起10年左右建立一支远征火星的舰队、再花20年时间在火星建立一座可持续的城市的计划。所以，第一个火星城市的建成时间大约是2050年。

NASA计划2024年让航天员重返月球，后来又宣布延期至2025年甚至更晚。即使如此，剩下的时间依然相当紧张，而身为登月飞船的星舰，依然没有进化成"完全体"，连亚轨道都没有冲出，更不要说后续升级到载人落月飞船了。

马斯克逻辑
——记录一位时代冒险家的传奇故事

所以，现在对 SpaceX 来说，时间就是生命，对星舰以及马斯克的火星梦而言同样如此。"我们需要所有的人一起努力，从这场灾难（'猛禽'产能危机）中恢复过来。"马斯克在那封号召员工加班生产的内部邮件中写道。

此时，B3 超重型火箭已经经过一连串开拓性测试，越来越接近成熟版超重型火箭，尽管它不会飞离地面。B4 超重型火箭的快速组装及发射前测试也相继展开，68 米高、9 米粗的舰体堆叠只需 1 小时左右，再用 14 小时安装 29 台"猛禽"发动机，S20 星舰飞船与 B4 超重型火箭快速对接合体、拆除检查、再合体……

同时，被马斯克称为"机甲酷斯拉"（Mechazilla）的捕获机械臂亮相星舰基地，并很快被安装到发射集成塔上。这些机械臂（SpaceX 官方将其命名为"筷子"）用于吊装、稳定、捕获星舰系统。也就是说，地球版星舰不会再有着陆腿，软着陆全靠一双"筷子"夹住，"就像用筷子夹起一小块寿司"，或者"空手道小子抓苍蝇一样，只不过这只苍蝇要大得多"。

而登月版星舰，即载人登月系统（Human Landing System, HLS），将会与地球版星舰有很多不同之处。在 SpaceX 提供给 NASA 的登月方案中，登月版星舰未来将进行一系列改造，包括但不限于取消大气滑翔减速、隔热瓦气动控制舵面，优化降落支架，降低发动机动力分配，优化低重力下的姿态控制系统等。

一个个业界奇迹被 SpaceX 疯狂创造。

得州博卡奇卡基地进入史无前例的测试高潮，工厂"7×24"昼夜开工，星舰一飞冲天的日子就要来了。

马斯克透露：星舰首次轨道级试飞的首要目标是让S20"在不爆炸的情况下进入轨道"，不过近地点会低于80公里，以确保飞船能够以可控方式安全返航。也就是说，此次任务更重要的一个目标，是最大程度地获取飞行全程的所有数据，当然前提是星舰能够顺利飞完90分钟全程。

2022年2月11日，在得州博卡奇卡基地举行的星舰发布会上，马斯克终于更新了星舰的进展信息。按照他描绘的进度表，SpaceX未来每个月至少制造一个堆栈（星舰系统，飞船与火箭的组合体），每三天造一艘飞船。"我们的飞船数量将超过火箭助推器，因为即便助推器很大，它也能够在6分钟内返回。"

关于正在研发的"猛禽"V2.0版发动机，马斯克称它有望将推力从230吨提高到250吨，并将进一步简化设计，变得更强壮、更炫酷。

在和现场观众分享了一部演示星舰登陆火星景象的短片后，马斯克对仍陶醉在未来幻象中的观众说："让我们实现它。"稍做停顿后，他重复道："让我们实现它！"

太空游

2021年的太空，热闹非凡。

美国的维珍银河、蓝色起源首次成功完成亚轨道太空旅游之行，

马斯克逻辑
——记录一位时代冒险家的传奇故事

理查德·布兰森、杰夫·贝佐斯这两位亿万富翁一圆太空梦；SpaceX更将4名平民航天员送入近地轨道。

中国也开启了空间站时代，神舟十二号、神舟十三号载人飞船两次将中国的航天员送入自己的空间站。

太空游，成为下一个市场风口。

2021年7月11日，维珍银河创始人、71岁的布兰森终于如愿以偿，乘坐维珍银河太空船二号进入太空，并体会了几分钟的失重感，成为史上第一个搭乘自家飞船前往太空的企业家。

作为全球超级富豪，布兰森不仅捷足先登，抢了蓝色起源创始人贝佐斯的风头，同时按下了人类进入太空旅行时代的"加速键"。

9天后，蓝色起源首次载人太空飞行启航，贝佐斯等3位"老人"和1名青年乘坐"新谢泼德"载人航天器，体验了一次亚轨道之旅。其中，82岁的女飞行员沃利·芬克（Wally Funk）和18岁的高中毕业生奥利弗·达门（Oliver Damen）打破了目前世界上最年长和最年轻的航天员纪录。

同年10月、12月，蓝色起源又进行了2次载人太空飞行和1次货运研究发射。蓝色起源在第3次载人飞行任务中搭载了6名成员，包括2名荣誉嘉宾和4名付费客户。越过"卡门线"（距离地面100公里，是国际航空联合会认定的太空边界），并在太空持续飞行11分钟左右，成为亚轨道飞行服务的基本内容。

第二章 我们的征途是星辰大海

在全球亚轨道商业之旅的赛道上,维珍银河、蓝色起源两家主要竞争对手一直在相互角力,你追我赶,力图抢占先发优势。

布兰森首飞前一天,马斯克赶到维珍银河在新墨西哥州的美国太空港为老友布兰森捧场。他投宿在老友家,虽然旅途奔波、一路风尘,但精力十足、兴致不减,光着脚在老友家里闲逛、聊天、留影。两位商业大佬约定,互相"献身",体验对方的载人飞行项目。虽然他俩不在一个赛道,但太空旅游这个大方向肯定是一致的,未来有无限的机会与可能。

载人太空飞行对于SpaceX来说,早已是轻车熟路,SpaceX一直在为NASA执行向国际空间站运输航天员和物资的任务。相比之下,维珍银河、蓝色起源的亚轨道载人飞行就显得有些小儿科了。

美国东部时间2021年9月15日晚8时02分(北京时间9月16日上午8时02分),SpaceX成功实施了首次全平民、非官方商业载人航天任务。这次私人飞行任务被称为"灵感4号"(Inspiration 4),其赞助者为贾里德·艾萨克曼(Jared Isaacman)。这位38岁的企业家同时也是一名经验丰富的飞行员,他在这次太空旅行中担任指挥官。艾萨克曼买下了载人"龙"飞船所有的4张船票,并把其他3张送给了地球科学家思安·普罗克特(Sian Proctor,担任飞行员),圣祖德儿童研究医院的医生助理海莉·阿西诺(Hayley Arceneaux,担任医生),数据工程师克里斯托弗·森布罗斯基(Christopher Sembroski,担任任务专家)。

载人"龙"飞船最多可搭载7人,但考虑到太空旅行的舒适度、协作性,于是敲定4人为最佳乘客数。选定的4名乘客,分别代表领

马斯克逻辑
——记录一位时代冒险家的传奇故事

导、激励、希望和慷慨四种品质。

4人乘坐的坚韧号（Resilience）"龙"飞船在轨道上单独飞行，通过那个专门设计的360度全景球形舷窗（有点像特斯拉的全玻璃车顶），沉浸式感受太空的魅力和瑰丽壮观的地球景观。与上文维珍银河、蓝色起源这两家公司的"旅游项目"不同，坚韧号"龙"飞船进入地球轨道后绕地飞行了3天，4名平民乘员也在外太空生活了3天。

虽然历史上也曾有业余人士乘坐航天飞行器进入太空、环绕地球，但他们都是和专业航天员一起飞行的。而"灵感4号"任务不是这样，其成员全部是业余的航天爱好者。

不过，他们不必担心，因为坚韧号"龙"飞船是一款高度自动化的航天器，已经在多次执行NASA的载人航天任务中展示了其卓越的能力。4个多月前，它才结束国际空间站为期半年的驻守任务，搭载4名航天员返回地球。

而且，为了让他们放心遨游太空，SpaceX全都按照承运国际空间站航天员的标准操作，从发射标准、安全等级到紧急预案，力求做到精准可靠、万无一失。

此次纯私人太空飞行任务无异于创造了太空探险新的历史，为芸芸众生推开了进入太空的大门。这是全人类的一个梦想，是人类迈向宇宙的重要一步。未来，任何人都可以去勇敢探索星空了！

最令人振奋的是，坚韧号"龙"飞船飞抵575公里的轨道高度（超出国际空间站约400公里的轨道高度）。这是自"双子座计划"和

"阿波罗计划"以来,载人飞行到达的最远的地方!而创造这一纪录的却是4位平民,而非专业航天员。

大约一个月后的10月16日,中国神舟十三号飞船搭载3名航天员顺利飞抵空间站天和核心舱。22天后,航天员王亚平穿着新款航天服踏出了中国女性太空行走的第一步,并用一句"感觉良好"的感慨,将这一历史性时刻化为永恒。

人类从未比在太空行走时显得更为渺小,也更为伟大!

美国奈飞公司(Netflix)为"灵感4号"任务制作了5集纪录片——《倒计时:"灵感4号"太空任务》(*Countdown: Inspiration 4 Mission to Space*),以"近乎实时"的方式(紧跟任务进度)呈现了这一重要历史事件。这部豆瓣评分高达9.2分的励志纪录片,让不少人看后心潮澎湃、热血沸腾。马斯克观看影片后也深有启发,极力推荐粉丝们观看。

在这次"龙"飞船发射过程中,马斯克感觉非常享受,不像SpaceX执行其他发射任务时那么紧张。"你可以去你想去的地方。我们名义上设定2~4天,但如果你想飞得更久,那也没关系。"

你说了算——商业载人航天的奥义不就是这个吗?!

连马斯克的"死对头"贝佐斯也发来贺电,祝贺马斯克领导的SpaceX在"灵感4号"载人航天任务中取得的成绩,"我们朝着所有人都能进入太空的未来又迈出了一步。"

马斯克逻辑
　　——记录一位时代冒险家的传奇故事

　　马斯克回复："谢谢！"

　　媒体统计，"灵感4号"载人航天任务实现了多个"首次"：SpaceX公司的首次私人太空飞行，首次由非专业航天员完成的太空飞行，首次有黑人女性参加的太空飞行，首次有带假肢的人完成的太空飞行，以及最年轻美国航天员的诞生。

　　有了"名"，必然要有"利"，否则就太不"马斯克"了。任务成功后，马斯克立即在推特上宣布，"灵感4号"任务为圣祖德儿童研究医院筹款2亿美元的目标实现了，其中包括他本人捐的5000万美元。

　　"灵感4号"的太空之旅完美收官后，故事并没有结束。飞上瘾的艾萨克曼决定乘胜追击，再度与SpaceX合作搞3次载人飞行，把载人航天商业化的"火"烧旺烧透，也把自己的名字写入商业载人航天史册。

　　2022年情人节当天，这位雄心勃勃的亿万富豪在星舰基地召开记者见面会，宣布与SpaceX联合推出"北极星计划"。这也是SpaceX首个太空旅游项目。

　　该计划如果顺利实施，将创造又一个里程碑！

　　"北极星计划"的首飞任务定名为"北极星黎明"（Polaris Dawn），预计在2022年第四季度进行。届时，通过猎鹰9号火箭发射，"龙"飞船将在轨道驻留5天。任务期间，在地球上空约500公里处，至少有一位平民航天员将穿着SpaceX改进的舱外航天服（EVA），打开飞船舱门，尝试进行太空行走——更准确地说，是人类首次商业太空行走。

除商业太空行走外,"北极星黎明"任务还计划在范艾伦辐射带部分轨道进行健康影响研究,包括太空病、太空辐射对人体的影响、太空飞行带来的神经眼综合征SANS等。

机组人员还将首次在太空中测试星链的激光通信系统(看看星链在太空中的网速如何),为未来太空通信系统获取有价值的数据。

"北极星计划"发布前4天,美国国家工程院(National Academy of Engineering,NAE)公布新一期院士名单,马斯克喜获美国国家工程院院士头衔。

NAE在介绍入选原因时说,马斯克"在可重复使用的运载火箭及可持续运输和能源系统的设计、工程、制造与运营等方面取得了突破"。

顶着现任全球首富和多家科技公司创始人、CEO光环,但骨子里仍是一名工程师的马斯克,终于获得国家认证,成了美国国家工程院院士。

下一站火星

可以肯定的是,星舰很快会用来向地球轨道发射卫星,然后开始执行NASA的重返月球计划——"阿尔忒弥斯计划"(Artemis Program)。

马斯克逻辑
——记录一位时代冒险家的传奇故事

2019年，NASA宣布新的月球计划——"阿尔忒弥斯计划"，其目标是在2024年之前实现登月。在希腊神话中，阿尔忒弥斯是阿波罗的孪生姐姐，正好呼应美国上一代月球探测项目"阿波罗计划"（Apollo Program）。

NASA邀请贝佐斯创立的航天公司蓝色起源、NASA的长期合作伙伴动力系统（Dynetics）以及SpaceX这三家公司参与"阿尔忒弥斯计划"的登月舱设计环节，拟根据各家研发进展确定最终的中标者。三家报价分别为：SpaceX 29.4亿美元，蓝色起源59.9亿美元，动力系统90亿美元。

2021年4月16日，经过激烈竞标，SpaceX最终胜出，赢得一份价值29亿美元的合同，得以执行NASA历史上首个商业月球登陆项目。

SpaceX的官方推特上写道："我们很高兴能够帮助NASA'阿尔忒弥斯计划'迎来人类太空探索的新时代。"

马斯克随后跟评道："NASA Rules!!"他还把自己的推特头像换成登月版星舰，以示庆祝。

其间，蓝色起源、动力系统两家起诉NASA将载人月球着陆器（HLS）合同只授予SpaceX，被美国政府问责局（GAO）驳回。这意味着SpaceX仍是HLS唯一赢家，29亿美元的合同款终于拿稳了，可以心无旁骛地推进星舰项目了。

马斯克第一时间转发了蓝色起源败诉的消息，图配文调侃贝佐斯："你被审判了！"当天，NASA即向SpaceX支付了一笔3亿美元的合同款。

目前已知环月旅行的第一名乘客是日本富豪前泽友作，他预订了2023年首次绕月飞行，并公开邀请8人免费共乘星舰，开启首次商业环月旅行。

在这些目标达到后，下一站就是火星了。

星舰何时能启程奔赴火星还不清楚，但马斯克希望越快越好，他不仅想要登陆火星，还想在上面建立人类基地，而他将作为第一批访客在那里定居、生活。他觉得"那样的结果就很好了"。

火星移民计划源自20世纪80年代，一经公布便引起公众的极大兴趣，登上火星的梦想广为流传、经久不衰。

当年马斯克加入的"火星学会"就是一个倡导人类火星探险以及在火星定居的非营利组织。后来，马斯克成立了自己的探索火星组织——火星生命基金会，不断丰富自己的火星梦想。

按照他的设想，只要在火星表面创造出温室效应，就能融化永冻土和被冰封的物质，并使火星表面温度变得适合人类生活。

为此，他推出了自己的火星移民计划——建造1000艘战舰，将100万人送上火星。

他在推特上写道："每年建造100艘星际飞船，10年内就达到

马斯克逻辑
──记录一位时代冒险家的传奇故事

1000 艘，也就意味着每年的运力达到 1 亿吨。或者说，每当地球和火星轨道同步时可以运载大约 10 万人。"

谁将成为第一个火星勇士？第一个火星定居者？窗外的红色沙漠，以及在上空照耀着的地球，一座未来城市拔地而起……这景象令人神往！

然而，"能承担去火星费用的和那些真正想去火星的可能不是同一批人"，因为有钱人不一定想（敢）去，而想去冒险的人又很可能没钱。这可不是普通旅行，而是人类以那颗红色星球为目的地的星际旅行的"首秀"，贵得多离谱都能理解。

马斯克估计，以目前的条件，一次把 12 个人送上火星去开荒建设、当土著，每个人大约需要支付 100 亿美元。这个花销实在太大了，连他这个全球首富都担心会不会给外界造成他在坑人的感觉。

按照这个价格，地球上估计也就能凑两三支足球队上去。这么点人上去，去火星踢球吗？！

要想移民火星，这样的费用肯定是不行的。马斯克也清楚，所以他一直强调降低成本的必要性。具体什么样的价位才是普通人能够接受的？

大概是 20 万美元吧，相当于美国一套中等房屋的价格。这个成本才让"在火星建立一个自给自足的文明有很高的可能性"。而马斯克觉得甚至还可以更便宜，降到 10 万美元以下，比从一个私立大学获得学位都便宜。

第二章 我们的征途是星辰大海

2019年3月2日，SpaceX进行了最新的载人"龙"飞船（Dragon 2）奋进号的无人测试发射。飞船成功进入地球轨道，并在24小时后与国际空间站对接，5天后脱离空间站，成功返回地球。

"奋进号"这个名字，既是登月时代阿波罗15号指挥舱的名字，也是18世纪英国探险家库克的探险船名。

该次发射的主要目的是测试载人"龙"飞船的各项性能。飞船里有一个假人模型，用来记录真实航天员将会承受的各项数据。

2020年5月31日，载人"龙"飞船在美国肯尼迪航天中心39A发射台成功发射，将两名航天员和一只恐龙玩偶送往国际空间站。

载人任务执行前，马斯克非常紧张，压力山大。他不想让任何一方失望，但没有人能够设想载人"龙"飞船的成功概率。工程师们绞尽脑汁去想提升成功概率的方法，已竭尽所能。即使不是一名宗教人士，马斯克依然虔诚地为此次任务跪地祈祷。全新载人版"龙"飞船升空，是自2011年亚特兰蒂斯号航天飞机退役以来美国本土首次载人发射任务，开启了美国乃至全球商业载人航天新时代。

2020年6月，马斯克从瓦拉里斯公司（Valaris）以700万美元购得两座大型钻井平台，计划将它们改建为浮动发射台。两座钻井平台被分别命名为"Phobos"（火卫一）和"Deimos"（火卫二），旨在向火星的两颗卫星致敬。瓦拉里斯是全球最大海上钻井平台制造商，因新冠肺炎疫情及全球油价暴跌等原因，于2020年8月宣告破产。

SpaceX将两座钻井平台集中在密西西比州帕斯卡古拉港，拟将其

马斯克逻辑
——记录一位时代冒险家的传奇故事

拆建改造成超重型海上太空港，未来供星舰登陆月球及火星使用。

2020年10月，马斯克在国际火星协会大会上表示，其星际飞船的首次无人驾驶火星之旅可能在4年内成行。因为火星任务的发射机会每隔26个月才会出现一次，未来的两个窗口将于2022年和2024年打开，因此选择2024年发射的可能性较大。

这次任务将使用其星际飞船（星舰系统），即第一级超重型火箭＋第二级星舰飞船组合前往火星。这种可重复使用的火箭－航天器组合仍在开发中，计划近年内开始执行登月任务，以及环绕地球进行点对点的高速旅行。

马斯克一直宣称，人类需要在火星上建立自给自足的永久性居住地，以防地球因核战争或小行星撞击等原因而变得无法居住。但是，SpaceX并不打算自己建造火星基地。

"SpaceX只是一家'运输公司'，它的职责或使命就是运送货物和人类往返这颗红色星球。"马斯克认为，开发人类基地的活儿应该由其他人来做。

按照他的设想，2050年左右火星上就能够建成一个有人类居住的小城市。随着火星城市的建立，火星环境也会得到改善，并逐渐成为"第二个"人类宜居的星球。

可以看出，从可回收猎鹰火箭到载人"龙"飞船再到星际飞船，马斯克一直在为火星移民做技术准备。

第二章 我们的征途是星辰大海

因为火星特殊的大气、地理环境，要想在上面生存，能源问题是核心问题之一。而地球上目前的火力发电及燃油动力的交通工具显然无法在火星上使用，太阳能发电无疑是最接近现实的选择，而纯电动汽车则成为最理想的交通工具。

此外，在火星地表下挖掘隧道，避开火星表面复杂的构造，也是解决交通运输问题的理想方案。

马斯克始终希望将人类带到火星并启动火星文明，他还提到了地球"人口崩溃"的说法，以强调移民火星的重要性和迫切性。

星际飞船和超重型火箭助推器将扮演"诺亚方舟"的角色，帮助人类的子孙后代前往火星。

"火星上需要更多人类。拯救人类的方法是让人类成为多行星物种。"马斯克进一步解释，移民火星并不是要抛弃地球，人类既要继续在母星地球上繁衍生息，也要在邻近的红色星球火星上拓展生存空间。

马斯克这些年所做的一切，包括技术和商业，没有一点浪费，都是围绕着一个目的，那就是实施火星移民计划。

他曾自称"外星人"，他的所作所为都是别人想都不敢想或者无法想象的事物。就这一点而言，他真像一个"外星人"或者"火星人"。

还记得许多年前，少年马斯克偶然看了一部关于天才科学家、工程师尼古拉·特斯拉的传记片。该片对特斯拉的介绍极尽所能，一下子

马斯克逻辑
——记录一位时代冒险家的传奇故事

就俘获了少年驿动不安的心。

当看到特斯拉坚信自己在一次实验中捕捉到了火星的信号，并且"越来越觉得自己是第一个听到行星间问候的人"的情节时，马斯克有如被电流击中了，不禁激动得颤抖起来。那颗神秘的红色星球以及鸿蒙幽深的宇宙，不正是最令他好奇、兴奋、神往的地方吗？！

事实上，他一直坚持的梦想，尽管短期看不到效果，未来也有不确定性，有时简直就是妄想。但恰恰是这些"妄想"，往往推动了社会的发展。

什么才是真正的妄想？马斯克虽然没有直接讨论过这个问题，但他的态度表明了他的一贯主张。比如他会偶尔扮演科学捍卫者的角色，转发一张驳斥外星人存在的图表。

那张图表显示，人类照相机的分辨率呈几何级增长，但拍到的UFO照片的分辨率却始终没变，正说明那些所谓UFO目击照片都是造假者的"杰作"。戳穿伪科学，本身即是一种科学的态度。马斯克对可能存在的外星文明或外星人感兴趣，但这并不意味着他会盲听盲从，除非得到科学依据。

SpaceX的首次火星任务越来越近了，如果一切顺利，或许将在"阿尔忒弥斯计划"让美国宇航员重返月球的同一年进行。但需要考虑的因素很多，而发射窗口的选择只是其中一个硬指标，所以推迟一两个发射窗口的可能性也很大。

第二章　我们的征途是星辰大海

"链"式反应

2015年1月，一个名为"星链"（Starlink）的概念出现在马斯克的发言中。这是一个卫星互联网服务项目，依靠卫星就可以使各种设备进行数据交互，尤其是为农村和偏远地区的用户提供高速互联网接入服务。

为此，马斯克为SpaceX设计了一个计划列表，计划耗资百亿美元，从2019年至2024年发射4.2万颗地球卫星，组建一张全球星网。

不就是上个网吗，干吗整这么大动静？"钢铁侠"的想法总是让人始料不及，又或者细思极恐。

2019年5月25日，猎鹰9号运载火箭在卡纳维拉尔角发射场升空，携带首批60颗"星链"卫星向轨道进发。每颗"星链"卫星大概有办公桌那么大，重260公斤。它们在飞行中会先展开单翼太阳能阵列，然后靠氪离子推进器驱动爬升，中间还要经过地面团队的不断监测校验，大约两三周后爬升到距地面550公里的最终轨道。"星链"卫星组网进程正式开启。

2021年4月29日，SpaceX部署第24批1.0版"星链"发射任务，依然是一箭60星，至此发射卫星总数突破1500颗。当天，先有欧洲阿丽亚娜航天公司的一枚织女星火箭成功发射，后有中国长征五号B遥二运载火箭成功将空间站天和核心舱送入预定轨道，演绎了全球同天三连发的盛况。

8月，马斯克发推特称，目前"星链"宽带已增至10万个终端用

马斯克逻辑
——记录一位时代冒险家的传奇故事

户，全球订购数约 60 万。

尽管受到全球新冠肺炎疫情及俄乌战争的影响，"星链"部署及服务用户数据依然呈现大幅增长。截至 2022 年 3 月 3 日，SpaceX 已总计发射 2234 颗"星链"卫星，在轨 2017 颗，空间操作 1992 颗，正式运营 1555 颗，再入 217 颗。"星链"宽带接入服务现已遍布 25 个国家，拥有活跃用户达 25 万。

这张网到底是什么？为什么而设？能干什么？外界对于"星链"的"三连问"一直存在！

面对各种猜测，马斯克的回答中规中矩："星链"主要是为了提供地网不能覆盖的沙漠、海洋、人烟稀少区域的互联网服务。

可是，有人觉得事情没那么简单。鉴于马斯克一贯颠覆传统，传统电信运营商第一个跳出来表示不服："'星链'是用来取代地网的吧？将来衍生出新的通信标准或者技术、产品，也大有可能。"这个"钢铁侠"，压根就是传统行业的"终结者"！

不管怎么说，在改善地球人的上网环境方面，"星链计划"确有独到之处。

马斯克声称，SpaceX 之所以能提供更高质量的互联网服务，就在于"星链"卫星距离地面仅 550 公里，比传统电信运营商的卫星近了约 60 倍。

就好像你妈妈喊你回家吃饭，原来隔着几条街喊，你又恰好在某

第二章 我们的征途是星辰大海

个犄角旮旯的地方,很容易听不到;现在突然出现在你面前"咆哮",不但信号无限放大,而且也没有延迟了。

而且,通过"星链"上网十分简单,仅需一个路由器、一个卫星接收器和一根电缆即可连接互联网。据说,网络相对稳定,平均下载速度已达到80Mbps。

终端用户每月需支付99美元网络服务费,但不包括用户终端、路由器等基础设备的费用,这部分需一次性支出499美元,总体算下来,价格并不便宜。

目前,"星链"已在美国开展了涉及方方面面的技术合作。

美国联邦通信委员会批准其可在国内部署100万个终端机、1.2万个地面站。

美国空军的C-12飞机、AC-130武装直升机通过"星链"进行了网速或接入测试;在实弹演习中使用"星链"宽带,高速连接多种空中和地面军事设备。

美国陆军作战平台的通信平台借助"星链"进行测试,首期合作为3年,再根据测试结果决定是否续约。

SpaceX为美国空间发展局制造4颗基于"星链"卫星平台的反导弹跟踪卫星。

…………

马斯克逻辑
——记录一位时代冒险家的传奇故事

2021年2月，SpaceX公布了一份文件，称其正在拓展更多服务项目，包括电话服务、语音呼叫紧急备份、24小时电池备份服务，以及通过与美国政府的lifeline（生命线）补助项目合作，为低收入人群提供更便宜的电信服务。

SpaceX还计划向美国联邦通信委员会（FCC）申请成为合格的电信运营商。一旦申请获批，它将获得相应的业务补贴。

这些，都将进一步降低"星链"互联网卫星天线的成本。

"星链"目前尚未摆脱烧钱、倒贴的困窘。每套"星链"终端机实际制造成本高达3000美元，距离1500美元以内的预期成本还有较大差距，而设备售价与每月资费加起来不足600美元，因此必须大量拓展用户才能摊薄成本，扭转烧钱局面。

另一项降低成本的重大举措，与在研的等待冲击首次轨道级任务的星舰有关。马斯克不止一次在推文中解释星舰与"星链"的关系：未来，"星链"任务将会移至星舰发射。这意味着由猎鹰9号火箭创造的"高频发射"纪录将成为历史，星舰接棒后单次最大携带"星链"卫星量将达到400颗，相当于猎鹰9号在饱和搭载数（一箭60星）下飞6次还不止。

此举既能进一步降低"星链"卫星制造成本，又能不断验证星舰系统的可靠性，为未来执行NASA"重返月球"计划做好准备，可谓一举多得。

同时，SpaceX也在努力提升"星链"卫星产能。其位于西雅图的

第二章　我们的征途是星辰大海

雷德蒙德制造厂年产约 1440 颗"星链"卫星，这远远无法满足未来市场需求，因此一个新工厂正在建设中，同时在建的还有得州奥斯汀的全新"星链"制造基地，将提供从卫星到终端机的全链条生产。关于"星链"的未来用途，有一个大胆的猜想——或许它可以用于人类的火星生活。

马斯克的终极目标是火星，"星链"、电动汽车、太阳能电池板、地下隧道，最后都会与他的火星移民计划交汇。这将是一张更大的产业网络，包括星际通信、地外星球的交通、能源等，想象空间无限。

关键一点，这是一个绝对超前、领先的领域，没有竞争者，游戏玩家只有马斯克及其领导的公司。

2021 年 5 月，SpaceX 成功发射星舰原型机 SN15。在这次任务中，"星链"也客串了一把。SpaceX 在 SN15 背部新增了一个椭圆形舷窗口，用来安装航空电子设备、GPS、"星链"天线以及电池组的进出口。SpaceX 还向美国联邦通信委员会提出申请，希望在得克萨斯州博卡奇卡发射场进行的高度不超过 12.5 公里的试验中使用一个"星链"终端。SN15 成为首款装配"星链"宽带设备的原型星舰。

此举是为了评估"星链"网络在发射期间的互联网性能。因为按照马斯克的设想，将来在飞机、船只、汽车等交通工具上，甚至在前往月球和火星的星际飞船上，都可利用"星链"互联网进行通信。

2021 年早些时候，"星链"已经开始在湾流商务机上测试，机用天线与普通用户终端机采用的技术大致相同，但会显著增强航空连接能力。随后，SpaceX 一直在推进面向其他商业航班的业务。

马斯克逻辑
——记录一位时代冒险家的传奇故事

虽然马斯克描绘的未来如此令人期待，但其中隐藏的风险同样不容忽视。

比如，在一般人眼中，数十颗"星链"卫星在夜空中一字排开，好像一排流星划过，构成美轮美奂的景色；但在天文学家看来，这些家伙极为刺眼，最好立马自毁消失。不为别的，就因为这些家伙太亮了，造成天区光污染，给天文观测带来了极大的麻烦。

同时，太空中现存的数千个人造卫星或碎片，大多属于太空垃圾。而如此多的"星链"卫星进入轨道后，将在5至7年后寿终正寝，从而沦为新的太空垃圾。大家可以想象这样的情景：地球已经被太空垃圾"包裹"，几万颗卫星上天后，地球又增加一层"坚硬外壳"，这是福还是祸呢？

还有一些担心，则来自军事甚至政治方面，比如认为"星链计划"很像当年的星球大战计划，会造成军事竞争，等等。

针对各方质疑，马斯克一方面进行解释，一方面抓紧时间对技术方案进行完善，尤其是对天文学家提出的一些问题，迅速提交了解决方案。

例如，给"星链"卫星安装防反光的遮阳板，让它们不再肉眼可见，从而将对天文观测的影响降至最低。

马斯克否认"星链"卫星挤占太空空间的说法。他解释说，地球低轨道可容纳的卫星数量，相当于地球上存在的20亿辆汽车围绕地球形成一个壳，这个壳的表面积比地球表面积还要大。此外，每隔10米高度就可以形成 1 个新的壳，一直能深入到太空中。这意味着，地球低轨道可容纳数百亿个卫星，相对而言，目前存在的几千个卫星根本不用担心。

他的观点遭到了科学家的反驳。有科学家指出，太空中的航天器以 2.7 万公里每小时的速度飞行，为了避免与其他航天器发生碰撞，它们需要比地球汽车间更大的间隔空间来实施轨道调整。按照上述飞行速度，如果航天器之间保持 3 秒间隔，每个太空地球轨道壳可容纳的卫星只有约 1000 个。

值得注意的是，"星链"卫星曾多次发生过威胁空间站的事件。2021 年，"星链"卫星曾一次威胁到欧洲空间站，两次威胁到中国空间站。在接近中国空间站的事件中，最近距离只有不到 1 公里，对中国空间站及其上的航天员造成威胁，导致中国空间站不得不采取紧急避碰措施。

"星链"卫星默认承担机动变轨责任，NASA 和 SpaceX 签署的相关协议规定，如果发生航天器过于接近的情况，"星链"卫星必须主动进行规避，而 NASA 的航天器则保持既定轨道，这么规定是为了避免双方同时进行机动而产生新的意外。这也是 NASA 能够放心不对国际空间站采取专门的监测措施的原因。因此，"星链"卫星对别国空间站的接近行为既耐人寻味，又值得警惕。

NASA 在提交给美国联邦通信委员会的一份文件中表示担忧，随着"星链计划"部署的卫星数量增多，碰撞事件的概率可能增加，从而对 NASA 的科学和载人航天任务产生影响。这说明，美国官方对近地卫星轨道空间资源的态度也并非像马斯克想象的那么乐观。或许与

马斯克逻辑
——记录一位时代冒险家的传奇故事

马斯克说的正相反,近地卫星轨道其实已经拥挤不堪了。

虽然专家不同意马斯克这种轻率的说法,但认为他提出的需要在太空进行"交通管理"的建议是正确的。面对日益增加的太空卫星数量,不同国家的确需要加强沟通协调,共同决定如何分配轨道空间,如何管理太空交通。

2021年6月30日,马斯克在2021世界移动通信大会上透露,2022年将发射新版"星链"卫星,卫星间采用激光联结,有助于覆盖极地地区。

其实该技术在2021年1月底已得到应用。2021年1月,SpaceX发射10颗"星链"卫星进入97.5度极地轨道,首次使用空间激光通信技术进行卫星间通信,覆盖了北极、阿拉斯加州等地。与陆上和海底光缆相比,采用激光卫星链路将更利于降低延迟,改善网络体验。

2022年初,SpaceX正式宣布终止使用猎鹰9号火箭发射"星链"卫星,转而由星舰承担发射第二代"星链"卫星(Starlink V2)的任务,最早发射时间原定为2022年3月。其间,将继续提供第一代系统的网络服务,直到发射数量足够的替换卫星并完成第二代系统部署。

星舰将发射29988个卫星到9条倾斜轨道,轨道高度为340公里~614公里。此前猎鹰9号的发射方案,是在12条倾斜轨道部署29996个卫星,轨道高度为328公里~614公里。

就在星舰枕戈待旦准备轨道级首飞时,却突然传来"星链"卫星被地磁风暴摧毁的噩耗,真是天有不测风云。

被地磁风暴毁坏的"星链"卫星，是 2022 年 2 月 3 日发射的 49 个中的 40 个。这些卫星在发射后第二天就受到地磁风暴的影响，风暴升级速度和严重程度使大气阻力比发射时增加了 50%，导致一些"星链"卫星无法重新提升运行轨道的高度，最终掉回大气层内报废了。

2 月 8 日，SpaceX 发表申明：坠毁的卫星不会干扰其他卫星的运行，并且会在大气层中燃烧殆尽，不会有碎片落向地面。

这次"天劫"，堪称单一地磁事件领域中卫星损失数量最多的一次，无疑也是 SpaceX 实施"星链计划"以来遭遇的最大的一次挫折。40 颗"星链"卫星坠毁，损失数千万美元，这是马斯克 2022 年遇到的第一件"糟心事"。

在 SpaceX 发表申明的当天，马斯克紧随其后发了一条推特："总是要看生活中光明的一面。"挫折面前，也不忘传递正能量。

至今，星舰因为环评和测试问题一直没能实现首飞，让替代猎鹰 9 号执行第二代"星链"卫星发射任务的目标变得充满了变数，第二代"星链"卫星的发射任务也因此被推迟到 2023 年。

天基互联网

依托低轨卫星星座项目，把互联网"搬"上太空，让地面用户无论身处何方都能拥有"随身 WiFi"，实现通信无死角。多么符合人类梦想的"星辰大海"，既辽远，又宏大。

马斯克逻辑
——记录一位时代冒险家的传奇故事

然而，这个梦想实现起来并不容易，自 20 世纪 90 年代起频频遭遇挫折，直到近十几年才重现生机。

从有线互联到无线互联，再到天基（卫星）互联网，第三代互联网基础设施的革命时刻到来了。

天基互联网是指利用位于地球上空的各类空天平台，向用户终端提供宽带互联网接入服务的新型网络。一种是通过卫星，包括各种轨道高度的卫星及星座向地面提供信号；另一种是通过无人机、飞艇等空天平台向地面提供信号。

"星链计划"的最终目的就是搭建一个覆盖全球的天基互联网，也就是卫星互联网。

目前提到的卫星互联网，更多指的是低轨卫星互联网。相比高轨卫星，它具有低时延、易于覆盖全球等特点。每一颗卫星星座，就相当于地面网络的一个基站，但是是会移动的"基站"。

众所周知，空间轨道资源是战略稀缺资源，是世界各国关注的焦点。

为什么说卫星互联网具有天然的国家战略的地位呢？实在是它太重要了，无论是从潜在的市场价值、产业制高点还是国家安全的角度看，莫不如此。

除了"星链"之外，当前在建或运营的低轨宽带通信卫星系统主要集中在美国，包括第二代铱星系统、第二代"全球星"（Globalstar）

系统、Orbcomm系统、O3b计划等。此外，还有英国卫星通信公司一网公司（OneWeb）的星座。

第二代铱星系统、"全球星"等主要是对地面通信系统的补充和延伸；一网公司的星座、"星链"等则依托新型卫星互联网星座建设，与地面通信系统进行融合发展。

相比传统卫星服务巨头，SpaceX、一网公司、亚马逊（Amazon）代表了新生力量，它们不仅果断进场，而且来势汹汹，出手既准又狠。

比如，SpaceX的"星链"项目不仅是为了解决地面通信盲区的问题，更为了未来特斯拉汽车自动驾驶的大规模落地铺路，马斯克显然在下一盘大棋。

一网公司正在谋划与卢旺达航天局合作，向地球轨道发射32.7万个卫星，建立全球无线宽带网络。

亚马逊的"库伊伯（Kuiper）计划"虽然远远落后于"星链"，但也不乏雄心，计划未来发射3236颗LEO卫星，提供更加高速、低时延的互联网服务。

亚马逊称，要让用户享用400Mbps的速度，比"星链"提供的160Mbps速度更快。当然，这是理论值，实际应用后才能知道是不是在吹牛。

作为竞争对手，马斯克不止一次对亚马逊的创始人贝佐斯表达过不满。这两个亿万富翁经常在网上掐架，马斯克指责贝佐斯只顾着

马斯克逻辑
——记录一位时代冒险家的传奇故事

"找碴儿"——没事就起诉SpaceX，而他自己的"库伊伯计划"却只是"一套说辞"。

那意思是说，我们都快干完了，你还停留在概念上，就这还有脸起诉？！

真是打人打脸，揭人揭短。

在卫星互联网建设逐渐步入宽带互联网时期后，不仅欧美国家加快了建设步伐，中国也及时跟进，在基础设施和产业链上进行了一系列布局。目前正在推进的卫星互联网计划主要有：中国航天科技集团的"鸿雁星座"、中国航天科工集团的"行云工程"和"虹云工程"、中国电子科技集团的"天象星座"和银河航天的"银河卫星星座"。

其中，"鸿雁星座"投资超过200亿元，计划发射300多颗低轨道卫星，预计2023年完成骨干星座系统建设。"鸿雁星座"将与北斗卫星形成互补，具备全天候、全时段的应用能力，也将具备双向通信能力。2018年12月，中国航天科技集团用长征二号丁运载火箭，将搭载的"鸿雁星座"首颗试验星送入预定轨道。

"虹云工程"计划分"1＋4＋156"三个发展阶段。第一阶段是在2018年前发射第一颗技术验证星，实现单星关键技术验证；第二步在2020年之前，发射4颗业务试验星，组建一个小星座，让用户进行初步业务体验；第三步到2025年，实现全部156颗卫星在距离地面1000公里的轨道上组网运行，构建一个星载宽带全球移动互联网络。2018年12月，"虹云工程"首星发射入轨，实现低轨卫星网络与地面5G网络深度融合，迈出中国天地网络通用技术攻关的关键一步。2021年

5月13日，中国首条小卫星智能生产线生产的首颗卫星下线，标志着中国拥有了卫星批量化生产能力，为"虹云工程"的实施奠定了基础。

作为中国首个卫星物联网工程，"行云工程"计划利用80颗低轨窄带通信卫星，运用激光通信等多项核心技术，构建一个自主可控、覆盖全球的卫星通信网络。2020年5月，行云二号01星、02星首发入轨，展开在轨技术验证和行业试点应用测试。目前，星座第一阶段建设任务已完成。2022年计划发射第二阶段12颗卫星，并实现小规模组网。2023年前实施第三阶段任务，完成由百余颗低轨通信卫星组成的天基物联网星座建设，实现全球范围内的万物互联。

"天象星座"计划的低轨接入网规划有60颗综合卫星与60颗宽带卫星。利用星间链路与星间路由技术，在极少数地面关口站的支持下，就能实现全球无缝窄带与宽带机动服务。

2019年6月，"天象"试验1星、2星在中国黄海海域首次以海上发射的形式成功升空入轨。该试验双星是中国首个实现传输组网、星间测量、导航增强、对地遥感等功能的综合性低轨卫星。

此外，卫星还搭载了中国首个基于SDN（软件定义网络）的天基路由器，在国内首次实现了基于低轨星间链路的组网传输，并在国内首次构建了基于软件重构功能的开放式验证平台。

"银河卫星星座"由上千颗5G卫星在1200公里左右的近地轨道组网。星座首颗5G试验卫星银河一号通信能力达10Gbps，于2020年1月发射。2022年3月，银河航天将2批6颗低轨宽带通信卫星成功送入预定轨道，表明中国商业低轨卫星通信遥感一体化技术取得新的进展。值得一提的是，银河航天也是和SpaceX一样的私营航天公司，在中国商业航天领域内估值排前三。

综合来看，无论是卫星发射数量、建网进程还是建设成本，中美卫星互联网的差距还是相当明显的。

不过，虽然在卫星发射、部署等方面仍存在一些问题，但中国在政策推动、实施及应用方面的努力也有目共睹，卫星互联网建设始终与国际先进水平保持紧跟、并行的态势。特别是在应用端的部署，以三大运营商为主，将低轨卫星与5G网络进行融合，探索基于空地联合的卫星物联网、卫星车联组网的应用。

5G与卫星互联网、物联网互补，是中国发展卫星互联网的优势和特色所在。卫星互联网是兵家必争之地，5G更是必争之地中的高地。

2020年12月，中国航天科工集团组织实施的低轨卫星互联网＋5G＋物联网海上通信试验在浙江省岱山县附近海域取得成功。

2021年7月，中国首个低轨卫星物联网星座"天启星座"的第15星成功入轨，完成第一阶段组网任务。"天启星座"由38颗低轨卫星组成，计划于2022年底完成组网，其时间分辨率几乎达到实时，地面终端功耗低至0.05瓦。

低轨卫星互联网可实现全球覆盖；5G将"人与人"的连接扩展至"人与物＋物与物"的广泛连接；物联网将各类传感设备与互联网连接形成"万物互连"。

第二章　我们的征途是星辰大海

三者相互融合，取长补短，共同构成全球无缝覆盖的海、陆、空、天一体化信息基础设施，未来的应用场景将有无限可能。

2020年4月，中国国家发改委将卫星互联网纳入新基建范畴。2021年3月，《中华人民共和国国民经济和社会发展第十四个五年规划和2035年远景目标纲要》发布，明确提出要建设高速泛在、天地一体、集成互联、安全高效的信息基础设施。

9月，中国以"GW"为代号申报了两个低轨卫星星座，共计12992颗卫星，分布在距地面590公里至1145公里的低轨轨道，频段为37.5GHz～42.5 GHz及47.2GHz～51.4GHz。

2021年4月，中国卫星网络集团有限公司（简称"星网"）成立，并成为首家注册落户河北雄安新区的央企。"星网"由中国电子信息产业集团、中国航天科工集团等牵头组建，主要承担统筹中国卫星互联网应用产业发展的任务。"星网"的成立，标志着中国卫星互联网产业建设进入加速落地时期。

第三章

给你的大脑装个芯片

第一节　对抗人工智能

神秘的公司

2016年夏天，美国加州旧金山湾，一家名叫Neuralink的公司悄然成立。如果不是《华尔街日报》突然发出的一篇报道，这家公司可能还会继续悄悄地发展下去。

2017年3月，《华尔街日报》发出消息称，马斯克成立了一家名为Neuralink的脑机接口（Brain Computer Interface，BCI）公司。脑机接口，就是在大脑与外部设备间创建全新的信息交换通路，再将大脑信号转化为机器可识别的信号，实现对机器的有效控制的同时，还将外部设备信号转化为大脑可识别信号，从外部对大脑进行直接干预。

作为大名鼎鼎的SpaceX和特斯拉的拥有者，马斯克名字的出现，让这家尚处于初创阶段的公司，瞬间引发全球瞩目。

天上（SpaceX）地下（特斯拉）跑的马斯克，又开新公司了，他要干什么？

很快，马斯克作出答复："Neuralink公司致力于在最复杂的人体器官中植入无线脑机接口，以帮助治疗阿尔茨海默症和脊髓损伤等神经疾病，并最终将人类与人工智能相结合。"

给人脑装上芯片，成为机械人？马斯克怎么会突发奇想要创建这样一个科幻感十足的公司？

对此，外界有很多猜测。有一种说法是，马斯克创立Neuralink，是为了对抗发展过快的人工智能技术。

从人工智能，马斯克联想到了机械人：看看身边的每个人，哪个不是每天抱着手机、敲着电脑？现在的人类实际上早就已经是"半机械人"了。人们的日常生活中已经离不开电脑和智能手机，而电脑和智能手机就相当于人类自身的延伸。

既然人类已经有了数字层，为什么不能扩展并增加带宽呢？

马斯克希望通过Neuralink找到答案："如果你无法打败它们，那就加入它们。"

于是，Neuralink的重要使命就是研发出能够将大脑连接到计算机的技术，即他谈到的"神经蕾丝"（neural lace）技术。

"神经蕾丝"是什么？是网眼状的神经？像女生穿的蕾丝裙那样？

其实，"神经蕾丝"的概念还是来源于班克斯的科幻小说。小说里，人类的大脑可以通过植入的网状物和电脑连接起来，然后互相通信。

马斯克所说的"神经蕾丝"技术，同样是通过外科手术将计算机与大脑相连接，并允许用户通过键盘、鼠标、触控板等输入方式与计算机进行交互，且这种连接不受带宽限制。

不仅如此，他还要把这种脑机接口技术用于治疗人类的脑部疾病。

如此一来，人类就有可能变得更加强大，强大到能够对抗如今正在逐渐扩张的人工智能。"任何关于人工智能发展速度的预测都指向超越人类。"马斯克说道。

他提出的解决方式是"直接嵌入大脑皮层"，也就是在人类大脑中加入一层人工智能，让人类在另一种意义上得到"进化"。

对于人工智能，马斯克可谓爱之深、责之切。他很早就关注了这一能够左右人类未来的技术。

2010年底，人工智能公司DeepMind Technologies成立，马斯克是其关键的天使投资者之一，该公司4年后被谷歌收购。

"投资DeepMind不是为了赚钱，而是为了及时了解人工智能技术的发展。"马斯克说。

换一个角度理解，投资DeepMind，是出于他对人工智能的恐惧？

DeepMind主要研究深度强化学习技术，比如，如何让人工智能在游戏中得分。DeepMind打造的人工智能可以在所有游戏中击败人类，这点令马斯克感到极度不安。

这成了他"最害怕的人工智能项目"。

后来，谷歌为DeepMind成立了道德委员会，并连同马斯克等人一起签订协议，承诺不研制致命的人工智能武器系统。

2018年11月，谷歌还将DeepMind组建的一个专业的团队DeepMind Health收购，进而将更多的人工智能技术应用到健康医疗上。

这倒与马斯克的想法不谋而合，健康医疗的确最有可能成为人工智能技术应用的定义性领域之一。

如果说DeepMind带来的是恐惧，那么另一家公司则让他觉得必须采取行动了。他还是这家公司的主要投资人之一。

2015年12月，马斯克与LinkedIn创始人雷德·霍夫曼（Reid Hoffman）、创业孵化器Y Combinator总裁山姆·奥特曼（Sam Altman）、PayPal创始人彼得·泰尔（Peter Thiel）等人共同宣布创立OpenAI公司。

他们希望将其办成一家"非营利"研究机构。

既然无法阻止人类创造"魔杖"（人工智能技术），索性创造一个开放、合作、透明的"魔杖"研发实验室。这就是马斯克的解决方案。

马斯克逻辑
——记录一位时代冒险家的传奇故事

OpenAI 的成立，被视为打破了谷歌、Facebook 等巨头霸占人工智能领域的格局。然而它后来的发展却与几位创始人的初衷逐渐背离，马斯克被迫于 2018 年 2 月退出公司董事会，直到 2019 年初彻底离开公司。

在那些科技公司的早期发展史中，其创始人因各种原因被迫离开的例子并不是没有，但像马斯克这样三番五次被"请走"的情况，还真不多见。

是天生"反骨"，还是天妒英才？为什么"钢铁侠"这么不受待见？

马斯克"出局"的原因来自方方面面，例如，他强硬的管理及用人方式，时不时对外散布"人工智能威胁"言论，等等，这些很容易遭人嫉恨。

而真正的导火索，是马斯克"挖"了一名 OpenAI 的著名研究员去了特斯拉无人驾驶团队。类似的操作还不止一回，例如特斯拉遇到一些技术问题时，会经常找 OpenAI 的科学家帮忙。

OpenAI 方面的人很郁闷：我们的人给你帮忙，帮着帮着，突然一天就跑到你那里上班去了！

吃相难看！岂有此理！

为了避免矛盾升级，马斯克被迫离开了 OpenAI。

第三章　给你的大脑装个芯片

之后，微软宣布向OpenAI投入10亿美元，并对公司的管理结构、发展方向等做出重大调整。OpenAI开始转向商业化探索。

迄今为止，OpenAI的商业化道路并不成功，作为主要捐资人和顾问的马斯克虽然依旧关注它的发展，但也只能提提建议。然而，这段历史却对马斯克产生了不小的影响。

一方面，马斯克开始重视人工智能，特斯拉也越来越聚焦于人工智能，人工智能逐渐成为马斯克的宠儿；另一方面，特斯拉与人工智能的深度融合，又让马斯克愈发不安：人工智能继续这么"聪明"下去，不到5年就可能发生重大改变。这促使他成立脑机接口公司Neuralink以对抗人工智能带来的挑战。这时，人工智能又成了他的"死敌"。

当然，一些人不相信马斯克的想法会这么单纯。有批评的声音说，人类需要与人工智能融合来获得拯救的观点值得怀疑，我们无法跟计算机比速度和记忆力，但我们拥有情商和社交能力、创造力和适应能力，这就是人类能够一直领先于机器的地方。

即便是在Neuralink成立多年之后，Facebook的人工智能部门负责人、卡耐基梅隆大学计算机科学家杰罗姆·佩森蒂（Jerome Pesenti）仍然发推文批评马斯克在人工智能方面的观点，认为现在还根本不存在人工通用智能这样的事物，人工智能的发展离人类的智能还差得很远。

对马斯克人机融合的思想，人们至今褒贬不一，孰是孰非仍有待时间的检验。

马斯克逻辑
——记录一位时代冒险家的传奇故事

作为工业时代的"另类",马斯克的想法一直与众不同,在他之前,没有人认为电动汽车真的能够进入汽车市场,也没有人看好低成本火箭。

不过,暂且不论马斯克心中究竟是何想法,仅就Neuralink的目标来看,这一次马斯克并没有太过"离经叛道"。那些批评的声音也并不质疑将大脑连接到计算机上的可行性。

因为,脑机接口并非一个被生造出来的全新技术,Neuralink也不是第一个进行脑机接口应用研发的公司。

在Neuralink之前,早就有不少公司尝试过做脑机接口技术的研发和推广。

1997年成立于美国加州的NeuroPace,就是早期加入脑机接口应用研发的公司之一。他们研发了一种被称为"RNS系统"的大脑活动监测装置,用于治疗癫痫。当装置识别到癫痫患者的病症即将发作时,被植入体内的电极就会发送脉冲信号来抑制癫痫冲动,进而缓解患者的痛苦。

脑机接口领域的先行者Cyberkinetics生物医学公司,早在2004年就获得了美国食品和药物管理局(FDA)的批准,并开始临床试验。他们将名为"大脑门"(BrainGate)的生物微晶片系统植入瘫痪者大脑,并尝试利用脑机接口技术来让病人完成对机械臂的控制。

创业公司Neurable致力于医疗领域以外的脑机接口应用研究。他们试图研发一种脑机接口,使用户可以直接利用"意念"完成对玩具和汽车等外部设备的操控。

2017年，Neurable和VR图形公司Estudiofuture展示了一款名为《觉醒》的游戏。在这款游戏中，玩家只要戴上VR头戴式耳机和能够读取他们脑波的头戴式电极，就可以通过意念来选择、捡起和投掷物品，无须手柄、控制器，更不用移动身体。

根据马斯克本人以及Neuralink放出的消息来看，Neuralink的主要研究领域目前看起来与对抗人工智能技术还有些距离，公司的发展方向与NeuroPace相似，都是立足医疗领域，尝试借助脑机接口技术对抗癫痫、重度抑郁、帕金森综合征等人类目前难解的神经疾病。

相比之下，Neuralink的起步并不算早。曾有媒体报道称，Neuralink融资超1.5亿美元，其中至少有1亿美元来自马斯克。这个被马斯克寄予厚望的公司，能后来居上超越那些先行者吗？

无论如何，这个让电动汽车自驾、让火箭回收复用、建设天基互联网的冒险家，每次出来搞事情，都会掀起一场人们对于未来认知的辩论风暴。

脑后插管

在进入公众视线后的两年半里，Neuralink一直悄无声息。就在人们几乎要将这家公司遗忘时，它出来冒了个泡，并放了个大招。

2019年，Neuralink突然发布了一份白皮书，向公众展示了其第一

马斯克逻辑
——记录一位时代冒险家的传奇故事

代"脑后插管"的脑机接口技术，并在预印本文献资料库bioRxiv上发表了一篇未经同行评审的论文。

"脑后插管""神经连接"？这就是隐藏在面纱下的秘密吗？

Neuralink公司的联合创始人、总裁马克斯·霍达克（Max Hodak）在白皮书中说："神经连接并非凭空而来，这项技术有着悠久的学术研究历史。从某种意义上说，我们是站在巨人肩膀上建立起来的。"

神经连接技术最初被用于治疗瘫痪患者。患者被植入一个名为"大脑门"的神经界面系统。

系统中有一组植入大脑的电极，可以记录下大脑皮层运动区的神经活动信号。这些大脑信号通过电波发送到一台计算机上，并被解码分析成具体的指令。

在硬件上，"大脑门"依赖于犹他阵列（Utah Array）。犹他阵列由一系列硬针组成，支持128个电极通道。

该系统由布朗大学开发，Neuralink在此基础上进行了新的研究与应用，并希望以一种微创的方式直接读取神经尖峰。

在总结前人的研究成果时，Neuralink发现，这些技术都不符合它的目标，而且存在两个关键问题。

首先是带宽的问题。在犹他阵列中，电极通道少，这意味着从大脑接收到的数据非常有限。"脑机接口有望恢复感觉和运动功能以及治疗神经系统疾病，但临床中，脑机接口尚未被广泛采用，部分原因在于有限的通道数量限制了其潜力。"霍达克说。

其次是植入的问题。最初，受试者被植入的是硬针，安全隐患非常明显。当大脑在头骨中移动时，阵列的硬针却没有移动，会直接造成大脑损伤。有研究表明，将硬电极放入大脑后的几个月里，疤痕组织会在硬电极周围堆积，电极的质量会随着大脑的移动而迅速下降，并逐渐失去作用。

这两个问题，是Neuralink必须要解决的。那就要提出一个比犹他阵列通道更多、植入设备更软的解决方案。

人的大脑与机器沟通的速度，决定着脑机接口技术能走多远。Neuralink决定向可扩展、高带宽的脑机接口系统迈进。

成立两年来，Neuralink一直在默默研究，想要憋一个大招出来。

神经科学家和工程师通力合作，很快取得了第一个重大突破——开发出了一款柔韧的、比人的头发丝（约75微米）还要细的聚合物探针——"线程"。这些小而灵活的电极线程阵列共有96个，每个线程阵列包含32个电极。在大脑4×7平方毫米的区域内，共植入了3072个电极通道。

这个大招确实很牛，令业界刮目相看！

以前，同类技术在大脑中植入电极的数量很难超过256个，而Neuralink一下子就把这个数量增加了12倍，实在是太牛了！

马斯克逻辑
——记录一位时代冒险家的传奇故事

要操作这些又细、又软、又多的线程可不是件容易事。为了解决这个问题，Neuralink研制出了可以操作线程的神经外科机器人——"缝纫机机器人"。

这个看上去有点像显微镜和缝纫机"混搭"出来的机器人，每分钟能将6根线程（192个电极）"缝入"大脑，而且能达到微米精度。它们还会避开血管，降低大脑中出现炎症反应的概率。

哪怕是一个已练手几十年的外科医生和它打擂台，赢面都不大。

Neuralink的神经连接系统包含三个部分：极为精细的聚合物探针，插到大脑中；一台神经外科机器人，专门负责插线；外部芯片和配套方案（Neuralink称其为"定制化的高密度电子技术"），提供辅助支撑。

为了做好这件事，Neuralink专门开发出一种定制芯片，以便更好地读取、清理、放大来自大脑的信号。

这种芯片通过有线连接，即USB-C数据线来传输数据，在老鼠身上的实验显示，它提供的电流大约是目前最好的传感器的10倍。

另外，Neuralink承诺，将设计一种名叫"N1传感器芯片"的产品。这种产品尺寸比手指尖还小，能够无线连接到安装在耳朵后面类似人工耳蜗的外部设备上，并通过iPhone应用程序来控制，可以实现用"意念"操控电脑、打字等。

Neuralink首席外科医生马修·麦克杜格尔（Matthew MacDougall）指出，公司的第一批临床试验将针对因脊髓上部损伤而完全瘫痪的

第三章 给你的大脑装个芯片

人群。

据说,未来安装芯片的手术能像"飞秒激光"眼科手术一样简单。

然而目前,外科医生必须在患者的颅骨上钻个孔,再插入柔性电极。即使手术是在局部麻醉中进行的,患者仍会感到痛苦:想象一下电钻在你的脑壳上作业时的嗡嗡声和震动感吧!

这种场景让研究人员也感到不寒而栗。有没有其他更好的办法?

他们想到了激光打孔。

激光"钻头"比人的头发丝还要细很多,宽度大概只有4～6微米,这样就能在微创的状态下为患者植入芯片了。

马斯克在展示早期版本的Neuralink植入物时还透露,他们已经在老鼠和灵长类动物身上进行了测试,"用机器人对动物进行了至少19次手术,在87%的情况下成功地放置了电极"。而且,研发人员通过放置在动物大脑中的微小电极,成功记录和分析了动物的神经元活动。

不过,Neuralink的终极目标是打造出"全脑接口"(whole-brain interface),使脑中几乎所有的神经元都能够与外界沟通,直至实现像《黑客帝国》中展现的"数字化永生"。

马斯克试图让监管机构和整个社会相信,我们的大脑可以直接跟机器相连并重塑计算机和人类世界。然而,在技术开发、实用性、安全性以及价格方面,Neuralink仍旧面临巨大挑战。

马斯克逻辑
——记录一位时代冒险家的传奇故事

外界的质疑

Neuralink第一代脑机接口技术发布后,并没有产生举世哗然的效果。

这些研究成果对于业内人士来说并不新鲜,因为它们和一些研究机构和科技公司在过去几十年来从事的工作非常类似。

对于人机交流的技术,世界早已接受,并不认为脑机接口技术会在短期内带来革命性的变化。专家们对这些发布的成果评价道:"它们是对过去研究的进一步提升。"

更严格的评价则认为,Neuralink现阶段并没有任何建树和积累,他们所发表的研究成果全部是基于巴西科学家米格尔·尼科莱利斯(Miguel Nicolelis)等科学家团队已经建立的技术积累,且未获得任何商业应用授权。尼科莱利斯正是Neuralink创始人之一霍达克的老师。

该评论指出,Neuralink所展示的,仅仅是在工程学上的设计成果和产业整合能力,其理论和研究方向均复制自成名科学家,而其自动手术机器人、脑电极材料等均来自第三方企业。事实是,Neuralink公司并没有拥有脑机接口技术的核心专利,而是在以尼科莱利斯及一批教授为代表的领军科学家现有的技术成果上,进行跟随的路径复制和工程化重新设计,以获得商业和舆论上的行业优势。

为了弄清楚Neuralink的设备究竟有多少创新,《麻省理工科技评论》(MIT Technology Review)采访了领域内的多位专家,他们的反馈包含着大量的质疑,但就一点达成了共识:Neuralink的脑机接口系统

第三章 给你的大脑装个芯片

目前处于先进水平，但仍然有一些棘手的问题尚待解决。

在这些评论声中，Neuralink被比作一支装备精良的登山队，将要攀登脑机接口这座依然无法窥探全貌的大山。

有学者质疑，Neuralink展示的设备从概念上看很好，但究竟能制造多少大脑植入物，以及神经网络的数据信息、数据处理方式等都语焉不详，这让人对其真实性产生怀疑。

还有人指出，这些设备仍然有许多技术上的瑕疵，比如，可否做到不用每两个小时更换一次电池，为什么不使用一个已有现成产品的无线发射器，植入的电极材料的可靠性和安全性问题，等等。

《麻省理工科技评论》还指出，不要被Neuralink自称能记录老鼠1000个左右的神经元的大数字震惊。

"这不是破纪录的数字，甚至可能不需要测试者在Neuralink应用程序中所反馈的大脑信号。当志愿者想象着移动手臂时，他们大脑的运动皮层只记录30个神经元，就足以让他们控制电脑屏幕上的光标。"评论写道。

确如评论所说，这种针对神经元的测试在很多年前就曾进行过。2018年11月，"大脑门"项目科研团队在临床试验中为3名瘫痪患者植入新型脑机接口芯片，帮助他们用"意念"自主操作平板电脑，并操作多种应用程序。

在现有水平下，Neuralink希望将这种设备推入千家万户，成为日

马斯克逻辑
　　——记录一位时代冒险家的传奇故事

常产品，必然遭到大范围的质疑。因为，毕竟没有人愿意在毫无缘由的情况下，在脑袋里植入一种所谓的辅助芯片。

有人觉得，这多酷啊；也有人觉得，这蠢得要死！

当然，医疗领域除外。对于一些瘫痪患者来说，这种脑机接口技术意味着恢复机能、重获新生的机会。

那么，如果脑机接口不用植入芯片，就能在人的头皮进行信号捕捉，情况会不会大不相同？会有更多人愿意尝试这种新技术吗？

在一片质疑声中，还是有媒体肯定了Neuralink这位"后起之秀"的努力：脑机接口并非Neuralink首创，但它最大的贡献是技术创新，比如包裹在电极内的纤薄柔性电线，可以识别大脑活动。

科技作家蒂姆·厄班（Tim Urban）在博客网站Wait But Why上发表长文，详解了马斯克"脑机接口"的前世今生和Neuralink的宏伟蓝图。对于Neuralink所做的事情，他有一句形象而中肯的评语："幸运的是，Neuralink真的没有这个问题。没有任何大型行业受到Neuralink的颠覆（至少在可预见的未来不会——最终的神经革命将颠覆几乎所有行业）。"

他认为，马斯克之前创办的特斯拉和SpaceX都面临一样的挑战——踩到一些非常大的"脚趾"（传统行业的垄断或龙头企业）。大"脚趾"不喜欢被踩，所以通常会尽其所能阻碍踩踏者的进步。

Neuralink内部对于外界的质疑则相当淡定。

第三章　给你的大脑装个芯片

一名项目主管告诉媒体，虽然马斯克没有神经科学或医疗设备方面的背景，但他一直"积极地试图帮助解决Neuralink面临的工程挑战"。他的想法很好，勇气可嘉。

不可否认的是，Neuralink在技术上的确做了一些非常出色的工作。尤其是马斯克利用他强大的影响力，让一项高深的前沿技术成功"破圈"，进入公众视野，引发他们的兴趣和关注。仅就这一点来说，没有哪个脑机接口领域的公司或个人，能做得比他更好了。

回看脑机接口过去几十年的"默默无闻"，这个改变还是相当令人感叹的！

白皮书发布后，Neuralink再次进入静默期，很少有进展传出。但团队还是公开了一个小目标：在一个芯片上集成上百万个电极的目标。因为至少需要一百万个电极同时记录神经元，才能算实现真正意义上的脑机接口。

有媒体对此评论："这一技术至少到本世纪末也无法实现。"

马斯克耸耸肩，不予置评。

马斯克逻辑
——记录一位时代冒险家的传奇故事

第二节 赛博格

三只小猪

沉寂期一直持续到 2020 年 7 月 9 日。这天，马斯克在推特发布消息预告，将会在一个月后发布 Neuralink 的进展情况……

8 月 29 日一大早，马斯克承诺的发布会终于来了，他和 4 岁的 Neuralink 公司开启了直播。

马斯克在开播伊始，先打了一波广告：这个演示是为了招聘人才，而不是为了筹款或任何其他形式的技术推广。

"我们并不是要筹集资金或做其他事情，主要目的是吸引人才来 Neuralink 工作，并帮助我们开发出产品，让它变得负担得起、可靠，这样任何想要的人都可以拥有它。"

接着，让全世界出乎意料的是，在直播视频里，马斯克玩起了猪。

他将观众的注意力吸引到附近围栏里的三只猪身上，然后对着镜头告诉全世界，它们可不是一般的猪。

呵呵。观众被吊起了胃口。有人看着活蹦乱跳的小猪吞咽着口水！

当然不是吃货们想象的"不一般的猪"了。

第三章 给你的大脑装个芯片

马斯克赶紧介绍:"第一只小猪叫乔伊斯(Joyce),没有植入任何东西;第二只小猪,就是我们的第一只赛博格小猪格特鲁德(Gertrude),被植入了可以监控它鼻子里神经元活动的设备;第三只小猪叫多萝西(Dorothy),被植入过设备,后来又取出了。"

我的天!原来是"机械战猪"!"魔鬼生化猪"!"钢骨天蓬"!网友们一片惊呼。

马斯克指着多萝西说:"多萝西证明,你可以植入Neuralink的设备,然后再取出Neuralink的设备,之后它仍然可以健康快乐地生活,跟其他正常的小猪没什么两样。"

这一点对人类而言很重要,因为说不准哪一天你想拿走或者升级脑子里的植入设备呢。

接着,马斯克把所有的注意力都放在了格特鲁德身上。格特鲁德的大脑中用来控制鼻子的部分被植入了神经连接芯片。

在发布会上,格特鲁德需要用食物哄着,才愿意出现在舞台上,直到工作人员的一番"讨好"后,它才开始在现场吃一些食物。

就在它吃东西时,监视它脑电波的屏幕上显示它的大脑神经元被触发形成一个峰值。当工作人员抚摸小猪的鼻子时,它的神经开始兴奋,大脑神经元有所反应,又一个峰值出现了。

不仅脑电波信号清晰可见,而且可以通过这些脑电图预测小猪行走、进食等动作。事实证明,脑电图预测的动作和小猪的实际动作几

马斯克逻辑
——记录一位时代冒险家的传奇故事

乎吻合。这意味着，科学家已经能够从大脑中获取信息，并进行初步的信息解码。

马斯克把格特鲁德脑子里的芯片描述为"在你的头骨里安装了微型电线"。

这些硬币大小的芯片，直径大约23毫米，厚度8毫米，被命名为LINK V0.9，能够感应温度和气压，读取脑电波、脉搏等信号，还支持远程数据无线传输。

新设备最大的亮点是它的体积小，无线连接能力强，也不再像上一代耳戴设备那么烦琐、笨拙，而且支持无线充电，数据通过蓝牙无线传输到手机App上。

植入手术由缝纫机机器人完成：在局部麻醉的条件下，外科医生提前设置好丝线和微型针头，缝纫机机器人避开血管，把头骨打开一小块，然后快速、精准地把芯片植入指定位置。

开颅，植入，缝合……行云流水，一气呵成。当然，还是会有专业医生在旁边监督的。

将来，整个过程只需要一个小时，相当于一台近视矫正手术的时间，无须全身麻醉，可以当天出院。

马斯克强调说，这种手术不会对大脑造成任何持久危害，设备的电池续航时间为一整天，可以与佩戴者的智能手机连接。这款设备可以协助处理许多神经系统问题，如记忆力减退、中风和成瘾等。

第三章　给你的大脑装个芯片

与2019年展现的脑机接口设备相比，最新一代Neuralink设备采用无线传输和感应充电；同时，实验动物从大鼠"升级"成了小猪崽，因为猪与人类的相似度更高。

一名观看了直播的研究人员评价说："它们看上去很快乐，蹦蹦跳跳和正常小猪一样。数据也可以无线传输。其他人如果想做同样的事情，他们可能会在手术台上先麻醉动物，然后把数据线从脑子里取出来。"

的确，与Neuralink第一代脑机接口设备相比，第二代设备更加微型，且无需露在外面——它只有硬币大小，带有密集的微型线路，可以置于头骨下方，只在头皮留下很小的创口。

"你大概只会感觉到被扎了一下。当然，会流血是一定的，不过伤口非常小，基本不会流很多血。"马斯克说。

"新版的脑机接口就像安装在你脑中的Fitbit手环。"马斯克介绍，设备首次推出时将非常昂贵，但他希望能够把价格降至数千美元。

直播中的马斯克自信而兴奋。"Neuralink的最终潜力几乎是无限的，例如可以用心灵感应召唤一辆自动驾驶中的特斯拉，可以解决失明、瘫痪、听力障碍等问题。"

他继续说，Neuralink最初将针对脑损伤病人，通过脑机接口，医生可以阅读、翻译病人的脑电波，帮助他们更好地控制义肢，或恢复肢体功能；或者将设备植入无法说话的聋哑人的大脑，其他人可以通过设备与他们进行交流，而残障人士也可以借助这个设备来表达自己

马斯克逻辑
　　——记录一位时代冒险家的传奇故事

的想法。

不过，马斯克也承认，目前，该设备仅限于在大脑表面测试，尚未进行植入人体大脑的测试。在直播的最后，他还不忘再次打起招聘广告。

马斯克和Neuralink的直播，让国内外网友沸腾了："猪球崛起！""啥时候脑袋上植入个通用接口，导入特定格式的资料，就能学会里面所有内容就好了。""思维透明？这样的话面壁者还怎么开展工作？还是说人类终将像三体人一样思维透明？""你脑中的想法将在未来被马斯克知晓！"

……

对于马斯克和Neuralink的成绩，公众评论褒贬不一。

对于业内人士来说，他们看到的可能是热闹背后的门道。有人看完直播后评价，这次展示的通过捕捉神经放电预测小猪运动能力的技术，只是"复刻"了业内成熟的运动信息脑机接口解码技术，从科学意义上评价，并没有太大的新意和突破。

但也有人认为，从2019年7月首次展示的芯片来看，该公司已经取得了实质性的进步。"Neuralink在猪身上的实时现场直播演示，说明技术的稳定性取得了重大突破，不再是一个实验室里的简单原型，离植入人体进行转化应用近了一大步。"

猴子打电玩

2021年4月，Neuralink发布了一段视频，再次让世人瞠目！

视频中，一只名叫佩吉（Pager）的9岁恒河猴，一边嘬着香蕉奶昔，一边悠然地玩着打乒乓球的电子游戏。倘若觉得球速太慢没有挑战，加快球速后佩吉依然游刃有余。

没有手柄，没有鼠标键盘，佩吉靠什么在操控球拍？

Neuralink给出答案：意念！

"意念乒乓球"（Mind Pong）！

在视频拍摄前的6周，Neuralink的科学家给这只猴子的左右脑分别装了两枚硬币大小的芯片，用来捕捉它大脑活动的信号。

当时，马斯克就在Clubhouse的聊天室中透露，已经成功在一只猴子的大脑中植入了Neuralink装置，并且这只猴子可以用脑电波来玩电子游戏。

他声称，这只猴子"并不难受，而且看上去也不奇怪"，"你甚至看不到神经植入装置在哪儿"。

在发布的视频中，植入手术的大致流程是：缝纫机机器人先取下佩吉的一小块头骨，然后将微型线路植入其大脑，最后填补头骨空缺。几乎没有出血，佩吉脑袋上只留下一块小疤痕。

马斯克逻辑
——记录一位时代冒险家的传奇故事

然后，他们开始训练佩吉玩游戏。游戏选的是一种模拟乒乓球的 2D 体育游戏，佩吉通过在屏幕两侧垂直移动的球拍来击打乒乓球。

训练之初，科学家为佩吉准备了游戏手柄。当屏幕上的某个区域变成橘黄色的时候，佩吉需要操纵手柄，把一个白点移动到橘黄色区域里。每当它成功把白点移到目标区域，就有香蕉奶昔从它面前的金属吸管里涌出。

佩吉太喜欢这个游戏了，常常玩得忘记了吃饭。

当佩吉开心地玩游戏、喝奶昔时，它大脑里的芯片却在玩命地工作。

每一块芯片上有 1024 个电极，能够捕捉大脑里的电信号，用电压的数值来表示。芯片里的数据则通过蓝牙连接，全程被传递出来。

佩吉的每一个动作，都对应着不同的电信号。当它朝不同的方向摇手柄的时候，活跃的神经元会有所差异，芯片捕捉到的电信号也相应不同。

科学家通过计算机将猴子对手柄的每一次操作和上千个脑电信号中的某一个信号对应起来，进而得知哪种电信号在传达哪种操作指令。于是，一套从猴子操作到大脑信号的翻译系统就这样建立起来了！

脑活动数字化后，计算机就可以开始翻译猴子脑子里的电信号信息了。

第三章　给你的大脑装个芯片

有游戏手柄的训练持续了一段时间后，即便科学家把佩吉的手柄拿走，佩吉看到同样的游戏，大脑还是会出现相似的活动。每次开始游戏之前，只要先开启有手柄模式，花几分钟校准一下翻译规则，佩吉就可以改用大脑轻松操控了。

科学家通过芯片捕捉佩吉大脑里产生的信号，然后将大脑信号继续转化成操作指令。由于佩吉是通过脑电波来玩游戏，所以马斯克将这个游戏称为"意念乒乓球"。

通过意念来玩游戏的神奇场景就这样出现了。

Neuralink做这个实验的目的当然不只是为了好玩或教猴子玩游戏。

"我们的任务是建立一个安全有效的临床脑机接口系统，这个系统是无线的，完全可植入的，用户可以自己操作，可以随身携带它去任何地方；增加电极数量以获得更好的稳健性和更高的信息传递速率；实现植入手术的自动化，使其尽可能快速和安全。"科学家介绍说。

马斯克表示，他们将申请美国食品药品监督管理局的批准，将研发投入到人体临床试验中。"这项研发有一个非常好的目的，那就是治愈疾病，并最终保障人类的未来。"

直播后，马斯克兴奋地发推文称，Neuralink的第一款产品将是让瘫痪患者用意念操作智能手机，而且速度将会比手指操作还要快。"很快我们的猴子就会出现在twitch和discord（面向游戏的社交平台）上了，哈哈。"

207

他继续放飞自我地说，除了服务肢体障碍者，未来还有希望拓展脑机接口的娱乐功能，比如让大脑和家里的电器联网，用意念操控各式各样的业余活动，甚至，写入一段原本没有的记忆！

在马斯克的设想中，脑机接口最终将用于保存人的记忆和思维意识，将它们以数字化的形式高保真地上传到云端。当人死亡时，可以把它们下载到一个新的身体或机器人体内，在云端实现"数字永生"。

从长远来看，Neuralink的终极梦想是加快人机交互速度，实现人类意识与人工智能的融合。马斯克未必能看到他期待的脑机接口的终极未来，但他希望Neuralink的存在能加速这一目标的到来。

马斯克认为，在人工智能时代，我们只有变成赛博格，才不至于沦为无用之人。而要继续对经济有价值，"生物智能和机器智能的融合"必不可少。

在佩吉视频发布后不久，马斯克又在推特上透露了Neuralink的下一个大动作——将发布新的视频。至于视频内容，马斯克说："比如一只猴子用它的大脑播放视频。"

第三节　改造人类

敲钟人

当前，人类是地球的主宰。但人类会一直都是地球的主宰吗？从地球演化的角度来看，这个问题的答案是否定的。

第三章　给你的大脑装个芯片

地球诞生已有46亿年，先后经历了太古代、元古代、古生代、中生代，以及我们现在所处的新生代。如果把地球46亿年的历史压缩为一天，会是什么样子？

5点43分到16点09分，地球一直处于太古代，直到原核生物出现，地球上有了原始生命。

16点10分到21点，地球处在元古代，真核生物、多细胞藻类和低等无脊椎动物出现，地球气温开始下降，火山活动减少，海洋面积增加。

21点01分到22点40分，地球处于古生代，包括寒武纪、奥陶纪、志留纪、泥盆纪、石炭纪和二叠纪。在这一时期内，地球经历了三次生物大灭绝。

22点41分到23时40分，地球处于中生代，又有两次生物大灭绝降临。

23点40分左右，地球经历第五次生物大灭绝，长达1400万年之久的恐龙统治时代终结。

人类在最后3分钟才登场。最后的1分10秒，现代人类出现。

那么，接下来的24小时会怎么样？

没有人知道。这不仅是对人类存在的终极拷问，也是人类生存的终极焦虑。如果人类终将退场，那么，人类会怎样退场？

马斯克逻辑
——记录一位时代冒险家的传奇故事

对于这个问题，马斯克向人们描述了他想象中的人类自我毁灭的场景。在这个场景中，人类创造出一个比核武器更加恐怖的存在——人工智能，它能让人类在不经历战争的情况下悄然灭亡。

马斯克预言，如果我们再不对人工智能加以控制，人工智能将有可能取代人类的位置成为地球的主宰。

他一直呼吁相关技术人员要对人工智能加以控制，因为人工智能的高速发展只会使人类灭亡得更快。他甚至还联合了多位科学家，强烈要求联合国干预某些国家和地区对机器人杀手的生产与制造。

然而他发出的危险警告，在不少人看来都像是杞人忧天的梦呓。

因为很多人并不觉得人工智能要比核武器危险，即使将来有这种可能性，但人类的政府不正在采取行动，规范人工智能的发展吗？！

马斯克对人工智能的这种理解，多多少少受到英国牛津大学教授尼克·博斯特罗姆（Nick Bostrom）的影响。他在《超级智能》一书中提出，如果人类在没有解决控制问题之前就引入了超级智能，必然造成重大威胁。因此，他被认为是"专业的人工智能恐慌主义者"。

除了博斯特罗姆，科幻文化也或多或少给马斯克带来了影响。

长期以来，人工智能的危险性一直是科幻文化中的流行元素。知名电影《银翼杀手》《机械战警》《我，机器人》《终结者》《黑客帝国》甚至《机器人总动员》中，都有关于人工智能的内容。

第三章　给你的大脑装个芯片

在这些电影中，智能机器最终超越了人类创造者，直接威胁到人类的生存。

对于发展火热的人工智能技术，反思者不仅来自科幻界，斯蒂芬·霍金（Stephen Hawking）、雷·库兹韦尔（Ray Kurzweil）、比尔·盖茨（Bill Gates）等知名科技界人士也都表达过担忧。

受这些文化思潮的影响，马斯克对人工智能也变得谨慎、担忧起来。他开始在各种公开场合表达对人工智能发展过快的忧虑，描述或渲染未来种种可怕的场景。

这种对人工智能的恐惧，让他到了即使得罪人也在所不惜的地步。

他说，不停创新的谷歌，最可能创造出人们意想不到的"邪恶之物"，并会导致人工智能最终失控。这句话几乎让拉里·佩奇（Larry Page）和他翻脸。

佩奇是谷歌联合创始人之一，和马斯克既是多年的好友，也是重要的商业合作伙伴。但这两个商业巨擘对于人工智能的态度却截然相反。

"我试图说服人们放慢速度，减慢对人工智能研发的速度，但这是徒劳的。我努力了很多年，没有人听。"马斯克也不得不面对现实。

不过，他绝不是一个只会抱怨并向现实妥协的人。对人工智能的恐慌，让马斯克提出了新的解决方案。

马斯克逻辑
——记录一位时代冒险家的传奇故事

2017年2月,马斯克在世界政府峰会上说:"人类需要与机器相结合,成为一种'半机械人',从而避免被人工智能淘汰。"

他还在纪录片《你信任这台电脑吗?》中透露,人类即将开启数字化超越人脑的数字超级智能时代。"在这崭新的时代中,谁掌握了超人脑的人工智能技术,谁将能主宰整个世界!"

换言之,他想为人类打造一款高科技的"诺亚方舟"。

为了不让智能机器毁灭人类,开发与人友好的人工智能,或是通过脑机接口技术让人类和人工智能实现共生,都是可行的解决之道。

由此,试图扮演上帝的马斯克,被划入超人类主义的行列。

所谓超人类主义,就是使用科学技术来增强人类的精神、体力、能力,克服人类自身不可避免的一些问题,比如残疾、疾病、衰老以及死亡,通过存储我们大脑的记忆和数字信息,使我们的意识能够永远活下去。

马斯克的"终极目标",概括为一句话,就是人类和人工智能结合(机械和数据化人类),通过将大脑上传电脑以获得"永生"。

然而,这种对脑机接口技术未来发展的乐观描述,并不被学术界认可。脑机接口技术先驱米格尔·尼科莱利斯就曾在腾讯WE大会上表示:"过于玄幻,'数字永生'也并不存在。"

第三章　给你的大脑装个芯片

"新新"人类

这个高科技"诺亚方舟",或许能够缓解人类的"人工智能恐慌症",但挑战也是前所未有的。

除非,人类能研制出真正安全可靠的脑机接口。

脑机接口的应用效果就是"仿生人"。

在公众认知中,最经典的"仿生人"莫过于电影《钢铁侠》里的主角了。电影里,主角托尼·史塔克（Tony Stark）遭遇恐怖分子的袭击,却幸运地捡回了一条命,并为自己造出了钢铁盔甲及聚变能源,人与机器融为一体,成为真正的钢铁侠。

钢铁侠原本只是漫威英雄中的二线角色,但却后来居上——凭借越来越先进的战甲和越来越重大的责任,成了《复仇者联盟》系列中知识和科技的代表。

在电影《黑客帝国》当中,未来人类被人工智能控制,只能通过脑机接口的方式生活在虚拟世界里,当主角需要学习时,只需将资料通过脑机接口"下载"到大脑中,便可以瞬间掌握知识。

在电影《阿凡达》中,地球人通过脑对脑的直接信息传递,远程控制潘多拉星球上经过基因改造的纳威人身体,实现了"转生"。

进入 21 世纪后,电影里的"仿生人"慢慢走近了大众生活。他们大多经历了侵入式或半侵入式的手术。

马斯克逻辑
——记录一位时代冒险家的传奇故事

基于脑机接口对信号采集的形式,可分为三种:

一种是侵入式的,需要通过开颅手术等方式,在脑组织内植入传感器以获取信号。比如耳蜗植入器就是目前最成功的侵入式脑机接口。其缺点是容易引发免疫反应和形成愈伤组织,进而导致信号质量的衰退甚至消失。Neuralink 采用的正是这种方式。

第二种是半侵入式的,即安置在大脑皮层表面接收信号的设备,接口一般植入到颅腔内,但是位于灰质外,其空间分辨率不如侵入式脑机接口,但是优于非侵入式。优点是引发免疫反应和形成愈伤组织的几率较小,主要基于皮层脑电图进行信息分析。

第三种是非侵入式的,即在头骨外检测信号的设备,其形式像帽子一样方便佩戴。但是,由于颅骨对信号的衰减作用和对神经元发出的电磁波的分散和模糊效应,记录到的信号的分辨率并不高,很难确定发出信号的脑区或者相关的单个神经元的放电。

非侵入式的典型的系统有脑电图(EEG),脑电图的优点是其良好的时间分辨率、易用性、便携性和相对低廉的价格,但对噪声的敏感性较差。而且,使用脑电图作为脑机接口,需要用户进行大量的训练才能更好地操作。

2002 年,37 岁的詹斯·诺曼(Jens Naumann)成为世界上第一个安装人工视觉系统的人。诺曼 20 岁时曾不幸遭遇了两起事故,导致双目失明。

他参加了里斯本多贝尔(Dobelle)研究所进行的一项临床试验。

第三章　给你的大脑装个芯片

在仿生眼的帮助下，他的视力得到了一定程度的恢复。安装在诺曼身上的人工视觉系统由眼镜上的摄像头、腰间的电脑处理器和植入脑部的微电极阵列三部分组成。

这套视网膜修复技术最早由科学家威廉·多贝尔（William Dobelle）发明。后来，因为技术问题，诺曼又通过手术移除了这个系统，重新回到黑暗之中。

2004年，天生就丧失了辨别颜色能力的艺术家尼尔·哈比森（Neil Harbisson）决定改变现状。他在头骨后侧底部装上电子天线，这些天线可以将光的频率转化为振动，进而大脑可以将其识别为声音信息，使他能够"听"到颜色。

哈比森成了现实版的"天线宝宝"。

然而，哈比森对自己身体的改造并不总是被世人接受。头戴天线的哈比森的护照就遭到了英国政府的质疑，但他据理力争，最终让政府同意他保留天线，他也因此成为第一个被合法认可的"半机械人"。

同样在这一年，马萨诸塞州的23岁的瘫痪者马修·纳格尔（Matthew Nagle），在罗得岛州医院接受了开颅手术。医生在他的头颅上钻了个洞，并植入一块电极芯片。术后，纳格尔在研究人员的引导下，学会了用意念移动电脑屏幕上的鼠标指针。之后，他又在新英格兰西奈山医院接受了57次训练实验，不断强化他的意念控制功能。

经过周而复始的训练，他不仅可以通过意念简单地操控电脑、电视机，还实现了用意念打乒乓球的壮举。

马斯克逻辑
——记录一位时代冒险家的传奇故事

与此前的仿生技术不同，脑机接口设备让纳格尔的生活彻底发生了改变。这一改变，不仅给纳格尔带来希望，也让全世界大开眼界。

Neuralink 的出现，无疑让脑机接口技术又"火"了起来。通过 Neuralink，马斯克为全世界的肢体障碍者描绘出了一幅比过去更为美妙的图景——他们再也不会因为肢体障碍而难以行动，意念不仅可以让他们实现生活自理，还能使他们重新回归社会。

实际情况也印证了马斯克的前瞻性。

2021 年 5 月，《自然》（Nature）杂志上出现了一个令人印象深刻的封面，黑色的背景色上，歪歪扭扭地写着 26 个英文字母。这幅图，是一项来自斯坦福大学的研究成果——研究人员首次破译了与手写笔迹有关的大脑信号。

他们将人工智能软件与脑机接口设备结合，成功开发出一套全新的皮质内脑机接口系统。该系统利用大脑运动皮层的神经活动可解码"手写"笔迹，并使用循环神经网络解码方法将笔迹实时翻译成文本，快速将受试者对手写的想法转换为电脑屏幕上的文本。

在实验中，受试者最快可以每分钟输入 90 个英文字符，这是此前使用脑机接口打字纪录的两倍多，接近同龄健全人使用智能手机每分钟输入 115 个字符的打字速度，而且在线原始准确率为 94.1%。

当然，斯坦福大学的实验只是个案。目前，关于脑机接口技术的实验依然十分缺乏，这类技术通常要先以猴子为实验对象，然后才能对截瘫病人进行临床试验。

第三章　给你的大脑装个芯片

但目前全球只有少数团队能做猴子实验，能做临床试验的机构更是屈指可数。

2020年，Neuralink原本计划在年底完成人体临床试验，以便治疗少数瘫痪或截瘫患者，但却因为突如其来的新冠肺炎疫情被推迟了。此前，其脑机接口设备已获得FDA的突破性设备计划认证。

这个认证是为了加速医疗设备开发、评估和审核，以便患者和医疗机构能够更快地用上这些新技术成果。

有媒体分析称，这并不意味着Neuralink得到了FDA的完全支持。因为Neuralink一直没有公开他们的设备和相关实验的科学数据，所以并不好轻易做出判断。

几名Neuralink的前员工也对媒体表示，他们的领导"急着争分夺秒，这种速度对于缓慢发展的医疗设备研发过程来说，显得很奇怪"。

关于治疗方面的前景，马斯克持谨慎乐观的态度。他说，Neuralink有机会让脊髓受损的人恢复全身功能。"这是非常重大的事情，我不想没理由地抛出希望，但我越来越确信可以做到。"

Neuralink，或者说马斯克，在和时间赛跑，他们匆匆忙忙地抛出一项成果，引来惊鸿一瞥，也招来纷纷猜忌。

有专家指出，猴子用意念玩游戏的试验仅仅涉及非常简单的脑功能应用。目前，科学试验已模拟出完整的小鼠脑图谱、人类小脑的高分辨率图谱，但对整个大脑而言，人类的研究仍然处于起步阶段。人类只有在绘制神经细胞图谱、神经元连接图谱、高分辨率脑图谱以及神经环路图谱等方面取得突破，才有可能让脑机接口实现全脑功能应用。

也有非营利组织指责Neuralink虐待实验动物，他们拿到一些Neuralink的实验记录，发现其脑机接口实验项目共涉及23只实验猴子，其中15只已经死亡，并称这里成了"动物虐待和动物看管行为疏忽的重灾区"。

Neuralink在回应中虽然承认存在因人为过失导致猴子死亡的情况，并承诺完善培育设施、提高实验动物福利，但仍然难掩悠悠众口。

尽管阻力重重，马斯克仍然希望在2022年的某个时候将其设备植入人脑，不知道这次的承诺会不会兑现。2022年初，Neuralink启动了一系列相关招聘工作，暗示着他们离人体临床试验似乎越来越近了。

技术边界

不得不承认，当前所谓的脑机接口设备还停留在数据分析阶段，其工作原理和一些应用App预测用户喜欢看什么和下一步要推送什么差不多。

无论这些进展有多么令人惊讶甚至耸人听闻，都无法回避一个事实：放置在大脑皮层中的芯片、电极是无法获得情感的，科学家还无法解释大脑究竟是如何通过神经回路中的脉冲来影响和表达思想、情感、意志的。

第三章 给你的大脑装个芯片

人的大脑有着精细又复杂的结构，被层层包裹着。最外层是头发，头发下面是头皮，从头皮到颅骨还有大概19层东西。颅骨和大脑之间又有硬脑膜、蛛网膜、软脑膜，这些被称为大脑皮层。

作为整个大脑最重要的部位，大脑皮层负责处理听觉、视觉及感觉信息，同时还掌管着语言、运动、思考、计划、性格等诸多方面，每个部位之间还存在大量重叠的功能。

当人们移动或者打算移动肢体时，大脑皮层就会出现持续的电流涌动，这就是脑电波。而目前的脑机接口技术就是在力求精准地识别大脑皮层发出的这些脑电波，并预测接下来的行为。

但是人类对大脑的理解，限制了脑机接口技术的进一步突破。关于大脑还有太多未解之谜，脑科学技术研究也由此成为21世纪人类所面临的重大挑战。

人脑的复杂性远远超出了我们当前的认知能力，传统的细胞生物学等实验室研究在理解人脑对复杂信息的获取、处理与加工及高级认知功能的机制方面，常常"只见树木不见森林"。

理解脑的工作机制，进而揭示人类智能的形成和运作原理，具有重要意义。

正因如此，继曼哈顿计划、阿波罗登月计划和人类基因组计划三大划时代科学工程之后，人类脑计划开始进入全球科学家的视野。

人类脑计划的概念诞生于20世纪80年代早期，但直到2013年4

马斯克逻辑
——记录一位时代冒险家的传奇故事

月 2 日,时任美国总统奥巴马(Obama)宣布启动"创新性神经技术大脑研究"计划,才让人类脑计划正式上升为国家战略层面的科技发展计划。

随后,欧盟推出了由 15 个欧洲国家参与、预期 10 年的人类脑计划,日本科学家也于 2014 年发起了神经科学研究计划。

很快,各个国家和地区都意识到,没有一个国家能独立完成人类脑计划这项巨大的工程。于是,人类脑计划开始像人类基因组计划一样,开始了大规模的国际协作。

然而,从第一个人类脑计划项目启动至今,已经过去了近 30 年,人类对大脑的理解依然有限。特别是在基础研究上,如果得不出准确的数学模型,后续的软件设计、应用开发等就缺乏可靠根基。

由于人类对大脑的理解有限,脑机接口技术的安全性才显得更加不确定,电极植入、信号输入或输出的过程,都有可能造成脑部伤害。

在脑科学基础研究短板需要补齐的同时,关键技术也亟待突破。

有人认为,脑机接口技术将经历"脑机对接""脑机交互""脑机融合"三个发展阶段。当前正由第一阶段向第二阶段过渡,离实现脑机融合还有相当大的距离。

目前存在的主要技术瓶颈,包括传感精度低、集成计算效率差、编解码能力弱、互适应手段少等。

第三章　给你的大脑装个芯片

前景很光明，但路途很坎坷。不管怎样，我们对大脑的学习和了解就像滚雪球，"雪球"越滚越大，直到所有的技术问题被彻底解决。

那么，人类在推行自我"改造"时必然就要直面第二个问题——科技对人身体改造的边界在哪？即技术应用的边界在哪？

脑机接口实现了对大脑的监控，"读脑"也就相当于过去人们所说的"读心"。关于读心，早已有不少文学作品关注到了相关的伦理问题。

比方说罗伯特·西尔弗伯格（Robert Silverberg）的《玻璃塔》，玛格丽特·阿特伍德（Margaret Atwood）的《羚羊与秧鸡》，安东尼·伯吉斯（Anthony Burgess）的《发条橙》等科幻小说，都指向一个类似的问题：如果能够读心，将会发生什么？我们能够"控制"心吗？

2017年，《自然》杂志上发表了一篇社论，警示脑机接口技术在心理控制方面的影响。该社论在开头引用了科幻片《黑镜》里的一个场景：瘫痪的男人利用大脑植入物控制假肢，当这个男人感到沮丧时，假肢突然攻击了助手。

由于人类对大脑的研究还处在起步阶段，脑机接口的未来应用可能会产生意想不到的负面问题。有专家提出，使用脑机接口技术至少应该遵循知情同意、患者自主性和必要性原则，以及对人有利、不会对他人和社会造成伤害等原则。

如今，已经有不少专家对脑机接口的安全风险做了大量研究，这些安全风险包括：劫持使用者的脑子，控制他们的思维行动，或者造成大脑伤害。

是不是很像人们对网络安全的担忧？或者像特斯拉的电动汽车，黑客可以远程劫持它们"造反"或伤人？

除了应用伦理之外，技术带来的心理问题也值得关注。

2020年，北卡罗来纳州立大学的研究人员曾发表过两篇论文，探讨脑机接口技术的应用伦理问题。研究人员认为，虽然侵入性设备更有效率，但也引发了更多的伦理问题。

研究人员介绍了一个潜在的、非必定出现的心理后果的例子：通过侵入性脑机接口技术，癫痫患者能够获得疾病发作的预警，但也会导致其中部分人产生"根本性的心理困扰"，并出现严重的人格障碍。

此外，相关伦理问题还包括这些设备潜在的长期影响，使用动物来测试侵入性技术是否符合伦理等。

对于脑机接口的未来，一种谨慎的观点既有代表性，也让人深思——这项技术或许会严重影响个人个性的发展和个人自主权。

把这个"结论"换成具体问题可能更好理解。

比如，你怎么知道我们是不是在和真实的自己对话？怎么把孩子抚养成人而不是成为机器？把你的记忆复制植入另一个人的脑子之后，这个人还是你吗？这是否也意味着永生的可能性？

还有其他更多的现实问题——国家安全、地缘政治、社会不平等，等等。

所有当今社会面临的问题，在脑机接口时代，都会被放大。

想象力可以没有边界，但技术不能没有边界。至少在地球上，马斯克的赛博格梦实现起来非常有难度。

按照计划，Neuralink很快将进行芯片植入人脑测试，利用电流让计算机与脑细胞"互动"，帮助瘫痪人士站起来。那么问题来了——人脑植入芯片，谁敢来试试？谁会成为马斯克创造的第一个赛博格？

中国的脑机接口技术

实际上，将电极装入大脑的尝试已有几十年的历史了，电极材料从玻璃发展到现在的硅基，从开颅植入电极到只需佩戴电极帽，对大脑的损害逐步减轻。

在清华大学医学院生物医学工程系教授高小榕看来，马斯克推出的缝纫机技术能够自动将比头发丝还细的软电极植入大脑，减小对大脑组织的影响，无疑是一个有益的尝试。

高小榕是中国国内最早研究脑机接口技术的科学家之一。其团队研发的"动态窗稳态视觉诱发电位脑机接口系统"，取得了通过意念打字的成果，并让一名渐冻症患者在央视《挑战不可能》节目上用意念"打出"了一行诗句。

马斯克逻辑
——记录一位时代冒险家的传奇故事

当人和机器之间有一个高速的连接"通道"后，便会产生"人机共生"的现象，从而进入"人机共融"的时代。

脑机接口大致分为三个阶段，第一个是接口，第二个是交互，第三个就是脑机智能。高小榕认为，目前中国还处于第一阶段，第二、三阶段需要在人机交互的环境下进行研究。

一直以来，脑机接口技术主要用于医疗康复领域。直到近几年，脑机接口的研究及应用领域逐渐扩大，"超人能力"的科幻想法开始出现，即从代替大脑现有的部分功能转变为增强人类的各种感知能力，达到"超人类"的效果。

正如马斯克鼓吹的"数字永生"的想法，尽管遭到来自学术界的"围剿"，但的确提高了人们对脑机接口研究的关注程度。

中国的脑机接口技术现在与马斯克相差五到十年，但很快，我们将站在同等水平线上。中国科学院院士蒲慕明在2021浦江创新论坛上如是说。蒲慕明是中科院脑科学与智能技术卓越创新中心学术主任、上海脑科学与类脑研究中心主任。

上海脑科学与类脑研究中心（简称上海"脑中心"）成立于2018年，主要承接国家创新2030"脑科学与类脑研究"（中国脑计划）重大项目和"全脑介观神经联接图谱"国际大科学计划的科研任务。

蒲慕明领衔的脑科学团队，将中国脑计划规划为"一体两翼"的布局，即：以研究脑认知的神经原理为"主体"，以研发脑部重大疾病诊治新手段和脑机智能新技术为"两翼"。

他们的目标是，利用 15 年左右时间，绘制出哺乳类小动物和非人灵长类动物的每个脑区每一种类型的神经元的输入和输出图谱。

具体是一个"三头并进"的行动方案，即沿着斑马鱼——小鼠——猕猴的方向推进，最终接近完成"人脑拼图"。

2021 年，上海"脑中心"基本完成斑马鱼介观脑图谱绘制任务，发现了 1 万多个斑马鱼的神经元细胞的投射图谱，基本能够代表这一物种所有神经元种类的输出和输入联接。

这意味着，在进行更复杂的图谱绘制时，只要找到同类神经元，就能大大降低脑图谱的绘制难度。

而科学家在进行小鼠脑图谱绘制时，又发现了许多以前未知的细分脑区，这为理解更为复杂的猕猴大脑奠定了基础。

围绕上海"脑中心"，形成了由复旦大学、上海交通大学、中科院脑科学与智能技术卓越创新中心等 20 多家高校、院所、企业构成的产学研体系。

在中国，医疗正在成为脑机接口最先落地的产业方向，已经实现临床应用的产品，功能集中在针对神经疾病的诊断、监测和辅助治疗等方面。

2020 年，浙江大学团队完成了国内首例植入侵入式脑机接口临床转化研究，使一名因车祸造成四肢瘫痪的 72 岁被试通过意念实现了"吃""喝"等动作。

马斯克逻辑
——记录一位时代冒险家的传奇故事

该团队还在更早的时候就进行了马斯克的猴子实验：在猴子大脑中植入微电极阵列，用计算机破解了猴子大脑里关于"抓""握""勾""捏"等神经信号。

除了浙大，上海交通大学的念通智能团队也在 2019 年研发了 eCon-Hand 脑控外骨骼康复系统，并在临床测试中帮助中风患者实现了部分运动功能的恢复。

最具轰动效应的，当属 2016 年中国在"天宫二号"太空实验室开展的太空脑-机交互实验，这是航天医学实验的重要内容之一。

中国航天员在太空中"动动脑子"就能"指挥"各种操作，实现了全球首次无创脑-机接口技术对太空环境的适应性的测试。试验所用的脑-机接口系统由天津大学的神经工程团队开发。

该团队主要聚焦脑科学与认知科学、神经工程与生机交互、类脑智能理论与医学应用等研究领域，在无创脑-机接口方向已产出一系列创新成果，并在医学临床、航空航天和日常生活领域进行了成果转化。

其临床应用主要用于脑卒中患者的康复治疗。团队将脑机接口技术和功能性电刺激技术相结合，开发了全肢体中风康复训练的人工神经康复机器人系统，可实现人的主观运动意图引起的皮层和肌肉活动，显著改善患侧肢体的神经控制能力。

2020 年 4 月，《自然》发表了"自然聚焦-中国脑科学"栏目系列：脑机接口——梦想之光照进现实生活（*Mind over matter to trans-*

第三章　给你的大脑装个芯片

form lives），全面介绍了中国脑科学领域的研究现状、研究成果和产业化情况。

该报道指出，目前中国国内脑机接口研究非常踊跃，浙江大学、天津大学、南方科技大学、上海交通大学、西安交通大学等高校都取得了不错的成果，并且在治疗瘫痪、中风方面取得了很好的临床实验成果。

2021年上半年，中科院深圳先进技术研究院李骁健团队，在国内率先打通脑机接口全技术链，将柔性电极阵列接入了猕猴脑内。他们的设备和Neuralink的脑机装置在系统带宽上属于同级别，但二者的差距依然不小。比如Neuralink的高密度传感器的直径只有头发丝的1/4，神经芯片比人的指甲还小很多。因此团队未来将朝设备微型化的方向努力。

2021年5月，首都医科大学宣武医院"重拾行走计划"获得重要进展，通过半年时间的脑机接口康复训练，让一名卧床6年的截瘫患者实现了"独自行走"。该患者因放羊时跌入山洞而导致完全性脊髓损伤。

所谓"完全性脊髓损伤"，并不意味着脊髓完全断开，部分神经纤维仍可能"藕断丝连"。科研人员通过建立患者大脑皮层和肢体间的传导通路，激活脊髓残存的神经纤维，部分恢复了脊髓对运动和感觉信息的传导功能。

2021年9月16日，中国科技部正式发布科技创新2030—"脑科学与类脑研究"重大项目2021年度项目申报指南，涉及59个研究领

马斯克逻辑
——记录一位时代冒险家的传奇故事

域和方向，经费预计超过 31.48 亿元人民币。

至此，筹划 6 年多的中国脑计划终于尘埃落定。

"脑科学与类脑研究"重大项目主要包含脑疾病诊治、脑认知功能的神经基础、脑机智能技术等方面的研究。其中，脑疾病诊治面向脑健康和医疗产业；脑认知功能的神经基础以"介观全脑神经连接图谱国际大科学计划"为平台；脑机智能技术面向类脑智能产业。

2021 年度申报项目主要围绕脑认知原理解析、认知障碍相关重大脑疾病发病机理与干预技术、类脑计算与脑机智能技术及应用、儿童青少年脑智发育、技术平台建设 5 个方面展开。

中国脑计划的整体规模尚未最终敲定，但有望达到百亿甚至千亿级，比肩美国脑计划。

可以看出，从脑机接口发展历史来看，中国虽然起步很晚，但是后来居上、进步神速。这种追赶不仅体现在临床医学等应用领域上，也体现在更多资本的入局和一批创业公司的迅速崛起上。

在脑机接口行业的未来发展中，优秀的脑机接口公司或将承担更为关键的角色。一个新兴市场规模的持续快速增长，离不开产品使用场景的扩展和消费者认知的培育。

就像马斯克的 Neuralink 所做的，不仅探索脑机接口的技术创新和工程实现的种种可能性，还激发人们对于脑科学和类脑研究的更广泛的兴趣，更大胆地畅想人类未来。

第四章

把高铁开到地下怎么样

马斯克逻辑
　　——记录一位时代冒险家的传奇故事

第一节　霍桑试验

"堵"出来的想法

　　在这个世界上，不安分者的体内经常会产生一些奇怪的化学反应。

　　当人们被他们的创见与灵光惊掉下巴，以为这些幸运的天选之子，会手握一座金矿安稳度过余生时，他们脑中的多巴胺却又开始活跃了。

　　毫无疑问，马斯克就是这样一个生命不息折腾不止的人。让电动汽车上路、飞船上天后，他仍然没有消停下来的意思，又把目光转移到了地下。

　　改变世界的又一个想法，也随之而来。

　　故事的缘起，至少表面看起来，并没有太多电闪雷鸣般的传奇色彩，甚至平淡得跟闹着玩似的。

　　比如，堵车的时候，有人发朋友圈抱怨，有人按喇叭宣泄，还有人决定创办一家地下隧道交通公司——他就是马斯克！

第四章　把高铁开到地下怎么样

2016年12月的一天，正赶着去参加一个会议的马斯克，又被堵在洛杉矶的路上。

跟许多"堵友"一样，"钢铁侠"的"路怒症"发作了。他在车上发了一条推文，吐槽该死的交通状况："堵车快把我逼疯了！我要造一台隧道挖掘机，开始挖隧道。"

不出所料，除了死忠粉们一如既往地在推特上兴奋地支持外，那些说风凉话的人也一股脑儿地挤爆了评论区。

一些键盘侠们认为，这位硅谷狂人的"疯狂症状"又加重了，简直信口开河，傻瓜才会相信。

马斯克当然不屑于跟喷子们打嘴炮，他可是个地地道道的行动派。

他显得非常"激动"，在不到1个小时的时间里，连发了几条推文。他将这个项目正式命名为"The Boring Company"（以下称作"无聊公司"）。

2个小时后，他在推文中"郑重宣告"："我们真的要开始挖隧道了。"

玩笑还是真话？评论区已经乱作一团……

城市交通拥堵几乎是全球性问题，特别是在一些大城市、超级城市，堵车已经成为现代城市病的一个典型症状。

马斯克逻辑
——记录一位时代冒险家的传奇故事

以美国为例，2018年2月7日，在美国交通数据公司INRIX发布的"堵车排名"报告中，洛杉矶连续6年被评为堵车最严重的城市之一。尽管有数十亿美元投入轨道交通，但洛杉矶的高速公路拥堵状况却越来越糟糕。

2017年洛杉矶人在交通高峰时段，平均有102个小时被堵在路上，相当于4天以上。

这份报告对38个国家的1361个城市进行了研究分析。在前5名中，美国城市占了三席。美国的头部"堵城"还包括纽约、旧金山、亚特兰大、迈阿密等。

虽然对交通拥堵深恶痛绝，但很多美国人对投资现有的交通系统不感兴趣，或许是由于对此前政府的作为感到失望，他们更希望能找到解决问题的新途径。马斯克也是这么想的。

洛杉矶的交通状况让人"灵魂毁灭"！他不止一次这样吐槽。

对于一些由政府资助的交通系统，马斯克同样嗤之以鼻。这让他开始酝酿一个名为"超级高铁"（Hyperloop）的计划。

"超级高铁"的概念，马斯克早在2012年就公开提出了。

2013年，他在出席"D11大会"（第11届D：All Things Digital大会）时，向媒体大加吐槽加州的高铁项目，称其为"世界上速度最慢但造价最高的高铁"。当时，加州高铁项目刚刚获得政府批准。

第四章 把高铁开到地下怎么样

媒体记者不禁腹诽，虽然你是特斯拉和SpaceX的掌门人，对高铁却是门外汉，凭什么在这里指点江山？

马斯克读懂了记者的表情：Too naive！（太天真了！）

他亲自画了一张超级高铁的草图：铝制吊舱，真空管道，像子弹出膛；速度嘛，是高铁的3～4倍、飞机的2倍；真空管可以铺设在5号州际公路旁的立柱上……

记者们被他的描述惊得呆若木鸡：不愧为"科技狂人"啊！

随后，马斯克还公开了一份白皮书《超级高铁阿尔法》(*Hyperloop Alpha*)，详细披露了他的超级高铁计划。

"超级高铁"的概念一经公布，便引起了业界的关注，很快吸引了资本和企业进入。其中，最为典型的就是维珍公司，试图抢先将这一充满科幻色彩的想象变为现实。

反倒是提出概念的马斯克，一直处于"休眠状态"，直到这次他被严重的堵车"逼疯了"。

讽刺的是，他赶去参加的那个会议，恰好是关于西洛杉矶隧道建设的会议，他被困在了洛杉矶的一条主干道上，赶到会场时已经迟到了。

就这样，"无聊公司"在马斯克的推特上诞生了。随后，他给自己的推特签名加了一个词——Tunnels，与Tesla、SpaceX和OpenAI并列。

马斯克逻辑
——记录一位时代冒险家的传奇故事

他还果断买下了"boringcompany.com"的域名。在英文中，boring一词除了解释为无聊、无趣之外，还有钻洞的意思。

马斯克的想法很简单，希望通过这个"无聊公司"，打造一套城市地下隧道交通系统，以缓解让人苦恼的交通拥堵问题。

这时候，他的想法已经变成挖隧道，建立完全不一样的地下轨道交通世界，他称之为"超级隧道"。"超级高铁"的概念也被整合了进去。

起初，不仅外界对这个事情不看好，公司里的人也没把马斯克这个决定太当回事，因为他的推特向来没有什么是不敢说的。高兴就好，就是这么任性。

比如他发推特说，打算开个糖果公司，甚至还想卖龙舌兰……熟悉他的人都知道，这位硅谷狂人对于一些奇奇怪怪的想法，有着极其强烈的分享欲。

有人把这理解为公开的吹牛甚至欺诈，也有人视其为一种高级别的营销手段。总之，就像硬币的两面，不管关注哪一面都会觉得各有各的道理。

后来，马斯克自己都想把推特账号关了，可能也是觉得"信口开河"不妥，架不住总有人把玩笑当真了呢……

在这个世界上，疯子和天才往往是一线之隔，或者说是一念之间。马斯克或许确实是个不安分的"疯子"，只不过，他还有着天才的能

第四章　把高铁开到地下怎么样

力加持。地下轨道交通世界的神秘大门，已经被这个误闯者硬生生地拉开了一道缝儿。

马斯克设计超级隧道的目的很简单，说白了就是在隧道里"运输"汽车。

具体来说，他们将在地面上安装停车用的"托盘"，汽车停好后，托盘会下降到地下，然后搭载车子在地底隧道间快速通行，最快时速能到达 200 公里。这些托盘由计算机监控，能够实现无缝衔接，从而达到效率最优。

区别于传统轨道交通的大运量和中转换乘的站台上车方式，超级隧道采取的是点对点的到站运送，也就是采用电动汽车自动驾驶的方式，让乘客从 A 点进入，再从目的地附近的 B 点驶出。

地下隧道将多达 30 层，可以运输汽车，也可以运输超级列车；不仅服务私人驾驶，还将服务于更多的公共出行者。

按照他的想法，超级隧道中会通行一种形似胶囊的公车，内部大概可以乘坐 8～16 人，除去座位，内部的空间还可放置自行车或者行李箱。超级隧道依旧会运送汽车，但是要先满足更多行人的出行需求，因为"这事关公平，也是一种礼节"。

这听起来似乎和地铁没有太大区别。

为了建造这种更高级的"地铁"，"无聊公司"计划在洛杉矶市区设置 1000 个可运送乘客的胶囊舱升降点，升降仓占地面积并不大，可

马斯克逻辑
——记录一位时代冒险家的传奇故事

以设置在建筑物内。也就是说，乘客从家到公司完全有可能实现点对点出行。

有人质疑这种胶囊仓乘员数量太少，马斯克回应称，等技术成熟以后，可以建造立体隧道网络，想建多少就建多少。

另一种方案，是在芝加哥修建一条从奥黑尔机场通往市区的高速隧道，可以通过"胶囊舱"，在12分钟内运送乘客往返于市区和芝加哥最繁忙的机场之间。

最后一种实现方式，则是所谓的"超级高铁"（Hyperloop）。这一设想是在地上管道或地下隧道中实现低压环境，然后让吊舱以每小时1126公里的速度在低压管道内行驶。

马斯克的终极目标是建立一个全新的地下3D立体轨交系统，让城市的空间无限延伸。只有充分发挥地下空间的潜能，才可能真正解决城市交通拥堵的难题。

"3D立体轨交系统"，听上去高科技范十足！

"无聊公司"的口号就是：摩天大楼造多高，立体隧道挖多深！

或许是出于对商业秘密的保护，精明的马斯克当时不太想让外人看出他在"无聊公司"所花费的诸多心思，每次提起"无聊公司"的进展情况，他总是会有意无意地把话题扯开，即便不得不聊，也是语焉不详。

第四章　把高铁开到地下怎么样

他曾在一次直播中提到，自己花在"无聊公司"的时间只占工作时间的 2%~3%。有人开玩笑说，他没有撒谎，这点时间可能真是他每天发呆或无聊的时间吧。

虽然嘴上说没花时间，但他筹集资金和推动工程进度的行动可一点也不含糊。

从成立起，"无聊公司"就经历了多次融资过程。在项目初期，马斯克个人在这个项目上的投入就超过已筹资金的 80%。

除了邀请机构投资，他还通过销售带有"无聊公司"标识的喷火枪、帽子等周边商品，筹集了超过 750 万美元。

2018 年初，"无聊公司"更是宣布完成 1.3 亿美元的融资，用于地下隧道建设。

很显然，马斯克不会让"无聊公司"停下来，更不会将自己的那些奇思妙想停留在 PPT 上。对于他的粉丝而言，敢想敢干，把说过的话兑现，才是马斯克最令人着迷的地方。

当然，他自己可能也是这么认为的吧。

测试隧道

2018 年 12 月 19 日，"无聊公司"有了标志性进展——首条测试隧道正式开通了。测试隧道位于洛杉矶 SpaceX 总部所在地霍桑

（Hawthorne），离 SpaceX 大概有 3.2 公里。

这个挖掘项目得到霍桑市议会的"闪电"批准，又经历了数次延期，最后终于竣工交付。

在新闻发布会上，马斯克说，建造这个测试隧道只花了 1000 万美元，不仅包括挖掘费用，还包括内部基础设施、安全设施、通信设施和轨道的成本。

便宜？是相当便宜！

按照传统的方法，挖 1 英里（约 1.6 公里）隧道的成本约为 10 亿美元，需要 3~6 个月才能完成。而且，挖隧道的速度是蜗牛前进速度的 1/14。

大家记住这个奇怪的度量标准——以蜗牛的速度做参照。

蜗牛的速度是多少？一只"全速奔跑"的蜗牛，时速约为 8.5 米。果然是草食性动物，不用追捕猎物，性子一点也不急。

这可能是"无聊公司"创造的参照标准。2020 年，他们发起了一个挖隧道比赛，竞赛任务是比谁钻探隧道的速度快过蜗牛！

尽管被马斯克称为超级隧道，但这条测试隧道看上去却并没有什么超乎想象的奇特之处，或者说，这真的就是一条隧道，仅此而已。

在发布会上，隧道的内部构造和运行方式都得到了完整曝光。

第四章　把高铁开到地下怎么样

隧道全长 1.83 公里，直径为 3.65 米，整体呈白色，除了没有铺设铁轨和空间略小之外，其他地方跟地铁隧道没什么太大区别。

在隧道内通行的测试车辆，是经过改装的特斯拉 Model X。汽车在通过时，前轮配有可开合的引导轮。

这个细节和马斯克之前设想的有所不同。他曾经的设想是，汽车被固定在电动滑板车上通过隧道，但实际测试时，却使用了引导轮。

根据《华盛顿邮报》报道，马斯克之前提到过这个改变，理由是引导轮系统可以更加节省成本，能够让更多种类的车辆高速穿越隧道。

"无聊公司"不忘强调其隧道的"公益"属性——不是只有特斯拉的车辆才可以使用，只要是电动汽车就行，以避免隧道里充满尾气。但是，车辆必须具备自动驾驶功能，这样才可以在简单改装后具备通行能力，而改装成本大约为每辆车 200～300 美元。

马斯克的另一个想法是，这条隧道能够鼓励人们更多地拼车出行，虽然出行的定价还有待确定，但他希望拼车服务的价格在 1 美元到 4 美元左右。

此外，未来这条隧道将不仅可以运输乘客，还可以容纳城市水路管线，并且一些公用设施也可以安装在里面。

为了让公众对超级隧道有更直观的印象，马斯克邀请了媒体记者"进洞"体验。

马斯克逻辑
——记录一位时代冒险家的传奇故事

科技媒体编辑伊丽莎白·罗佩托（Elizabeth Lopatto）托成为体验者之一。她驾驶 Model X 来到奥利里车站（O'Leary Station），从那里进入隧道，然后换坐到副驾驶位，由专职司机将 Model X 开上相当于两个标准停车位大小的升降梯。

这个电梯建在霍桑一所房子的车库里，之所以这么做，是为了证明电梯可以建在非常窄的人行道上，也可以建在现有建筑物内，比如房屋、办公楼或零售超市、停车场内均可。

也就是说，未来，每个办公楼的地下室都可以建这样的电梯，非常方便通勤。

升降梯载着人和车沉入 12 米的地下。从电梯下来，这才到了真正的隧道口。隧道口有指示灯，红灯表示准备阶段，当红灯变黄再转绿时，司机立即踩下了加速器……

之后，司机只需要待在方向盘后面以防万一，其他的就交给 Model X 了。它开启了自动驾驶模式，自动导航并调整速度。

由于路面不平，车辆颠簸得有些厉害，但速度并不快，大概在 64 至 80 公里每小时，离马斯克设想的 240 公里每小时还有很大的差距。

整个隧道的行程只用了 3 分钟，但已经有记者感到眩晕恶心，并开始怀念传统的公共地铁服务了。

对此，马斯克在发布会上解释道："这条隧道崎岖不平，铺路机存在些问题，导致路面不够光滑。但将来，我可以肯定，一切都会

第四章　把高铁开到地下怎么样

改变。"

马斯克称自己第一次穿越隧道之旅是"史诗般的"。他以独特的思维逻辑，体验着普通人无法体验的感触，他说某一刻他有了顿悟的感觉，知道他的隧道未来会大有用处。

自信的马斯克！

"无论如何，这终究只是一条隧道。"罗佩托觉得，隧道内除了蓝光主色调外，就没什么特别亮眼的地方了。但她仍保留着一丝好奇心，想看看马斯克所说的自动电动"溜冰鞋"是什么样的？

按原设计，这些"溜冰鞋"可以运送搭载 8～16 人的专用轨道车辆 Pod 或单辆汽车，并以 200～240 公里的时速穿过隧道。与传统的地铁不同，"溜冰鞋"不会中途停靠，它们都是直达目的地的快车。

让罗佩托备感失望的是，"溜冰鞋"不知为何被取消了。取而代之的，是特斯拉为无人驾驶的电动汽车设计的侧向导向轮系统。

这套设备就像一对耳朵一样从车前部伸出，卡在隧道边缘处，将特斯拉汽车变成有轨列车，确保车子沿着隧道地面前行而不会撞到隧道壁。

通过导向轮控制方向？这个转向法对于车内乘客并不是很友好。

一名在霍桑的测试隧道中有过乘坐体验的小哥在视频网站 YouTube 上吐槽，汽车转向时并没有那么轻松，会出现一种突然摇摆的感觉，

马斯克逻辑
——记录一位时代冒险家的传奇故事

体验感不是很好。

后来虽然导向轮的设计被取消，改为单行道＋自动驾驶的方案，但依然没有想象的那么完美。

在体验之前，马斯克向参观者展示了一段导向轮折叠后在汽车下面瞬间消失的动画场景。然而，罗佩托觉得目前的导向轮似乎还没有做到这一点。"至少在当时我没有看到它们消失。"

毫无疑问，霍桑试验隧道还只是个原型，并不具备马斯克所设想的那个能够缓解城市拥堵的"超级隧道"的主要特征，特别是它使用的隧道开掘技术也很传统，远未达到"重大技术进展"的程度。

但"无聊公司"很快宣布，已经构想出第二及第三代技术，可以让挖洞、移土和钢筋混凝土隧道墙的自动安装三者同时进行，使挖掘效率得到大幅提升。

令人兴奋的是，"无聊公司"所做的事情，不仅仅是为了解决地球上的交通问题，未来还有可能出现在火星上，为人类定居火星提供服务。

马斯克以他一贯的作风，向来参观测试隧道的媒体透露，未来他要在火星上开发"无边无际的地下房产"。

"希望有朝一日，我们能在火星上挖掘隧道，那就太伟大了。"他说。

第四章　把高铁开到地下怎么样

"无聊"的质疑

和罗佩托一样，有不少体验者在测试隧道穿行之后，给出了"只挖了一条'载车'地铁"的评语，感觉自己被"忽悠"了。

他们对这种新型地下交通模式的安全性提出质疑：隧道内空间狭窄，没有通风道，不具备应急通道和救护通道，存在一定安全隐患。对于如同生命线般重要的交通线而言，这些都是大问题。

还有一系列技术方面的问题也有待解决。

比如，整体运输中需要使用自动驾驶技术，特斯拉现有的技术能否满足？特别是当自动驾驶时速超过200公里后，安全隐患也随之飙升，一旦在隧道内发生事故，安全应急、拥堵疏解等问题将变得非常棘手。

再如，车辆选配的问题。目前在隧道中行驶的车辆都是特斯拉的自动驾驶电动汽车，暂时看不到兼容其他品牌车辆的可能性。同时，为了满足未来的运输需要，仍缺乏一些大容量和运力的车型，比如可以承载16人的电动巴士。

从服务公众出行的角度看，马斯克的一些说法也不太经得起推敲。

"无聊公司"称，一辆无人驾驶"豆荚"车（该款车的车舱为豆荚式乘坐舱）能容纳16名乘客。而一般轻轨地铁的一节车厢可以容纳两三百人，高峰期乘客的数量还会大大增长。比较下来，这种地下隧道的运载效率难免过低了。

马斯克逻辑
——记录一位时代冒险家的传奇故事

对于这些唱衰言论,马斯克不打算接受。

"我确实认为,诱导需求有点儿转移注意力的意思。即使洛杉矶的交通状况非常好,也不是每个人都会搬到这里来。不过不管有多少需求,你都可以用3D隧道网络来满足它。"马斯克解释说。

比如,升降梯大约有两个停车位那么大,马斯克认为可以把它们放在各处,通过减少交通阻塞点来防止交通堵塞。按照这个逻辑,"无聊公司"可以无限制地开挖隧道,通过堆叠隧道的方式来减少交通容量不足的问题,直到能容纳下所有车辆为止。

外界预测,隧道项目的环境评估可能需要数年时间,尤其是像加州这样监管严格的地方。

美国著名房产博客Curbed报告称,如果没有人提起诉讼,审查速度就会进一步放缓,那么环境审查所需时间为3~4年。此外,还要考虑到老油井和地震断层等风险。

报告认为,有些州的法律对于人们出行使用导航的方式作出特殊规定,这些法律同样可能会影响隧道路线的规划问题。然而就霍桑测试隧道的建设情况而言,避免诉讼在未来将会变得越来越困难。比如,尽管隧道建设合规合法,但仍然会对所在社区带来一定影响甚至破坏。隧道不能在涉及私有财产的地方挖掘,这意味着必须买下隧道规划上方的私有财产,或者获得土地所有者的许可。这些许可被称为地役权,可能会迫使"无聊公司"与公共机构合作,因为政府更容易获得这些许可。

第四章　把高铁开到地下怎么样

最初几年,"无聊公司"公布过4个项目,包括霍桑的测试隧道、洛杉矶的道奇体育场、芝加哥隧道及华盛顿隧道。除了霍桑的测试隧道,其他几个项目都没能推进下去。马斯克曾想在洛杉矶西侧修建隧道,但遭到当地部分居民和社区团体法律诉讼,最终不得不放弃。

最后一个无法回避的问题就是"钱"。

修建基础设施通常都极其烧钱。华盛顿特区的地铁每英里(约1.6公里)造价约3亿美元,纽约第二大道地铁每英里耗资25亿美元左右,无一不是天文数字。

花钱如流水啊!这在马斯克眼里是典型的败家行为!

相比之下,建设霍桑测试隧道只花了1000万美元,堪称从未有过的便宜,虽然这个价格没有把研发费用和设备成本算进去。

为了降低成本,"无聊公司"又是怎么做的呢?

在霍桑测试隧道建设中,"无聊公司"可谓是挖空心思,最终决定从两个最关键环节入手:一是缩短隧道直径,二是升级盾构机。

根据相关法规,一条单程隧道的直径至少要达到28英尺(约8.5米)。而"无聊公司"将隧道直径缩小为法律规定的一半左右,即14英尺(约4.3米)。这样的话,挖掘面积会降到原来的1/4以下,从而大幅缩减成本。

但问题也随之而来。近在眼前的挑战,就是如何在这么小的隧道

马斯克逻辑
——记录一位时代冒险家的传奇故事

里搭建应急逃生通道，出了意外如何进行救护？

针对盾构机，最开始，"无聊公司"使用了一台二手Godot。这台盾构机工作效率很低，推进速度慢，还需要多人操作。

后来"无聊公司"自主研发了Line-storm（风暴线）盾构机，它的最大特点是实现了连续挖掘隧道，而且无须多人操作，实现了自动化混凝土浇筑工艺，速度是Godot和传统隧道掘进机的两倍。

除了设计与技术革新外，精明的马斯克不会放过任何缩减成本的机会。

在隧道建设过程中，"无聊公司"把泥土制成了隧道建筑结构所需的砖。他甚至成立了一家叫作The Brick Store LLC的公司，专门销售这些砖，以此来进一步稀释成本。

"至少需要一万亿美元！"当被问及需要何种规模的融资才能实现他的整个计划时，马斯克故作神秘地说。

他随后补充，这取决于隧道在哪个城市建设，有多长，政府对它施加了什么样的限制，等等。这个回答给外界留下很大的想象空间。

有人认为，马斯克建造隧道主要是为其电动汽车业务铺路，因为隧道的结构和环境非常适合自动驾驶。隧道内环境封闭、线路单一，直径只有3~4米，刚好够一辆电动汽车通行，大大降低了拥堵和车祸发生的可能性。

也有人指出，尽管"无聊公司"的技术尚未得到证实，但完全不考虑"超级隧道"的潜力难免有失公允。"对这家隧道挖掘初创公司持怀疑态度的人，似乎正在犯完全相同的错误"，特别是马斯克本人多年来已经证明，即使是传统上被视为疯狂的想法，经过不懈努力，也是可行的。

当很多人觉得他在开玩笑，他其实是认真的！

不管怎么说，马斯克的雄心壮志当然不止于此。他希望，未来隧道每小时能够通过4000辆汽车，在各大城市建设一系列高速环形隧道，形成一个新的交通系统。这个系统不会像传统的地铁或火车系统那样，时不时靠站上下客，而是会有各种各样的"支流"隧道，把人分流送到目的地。

虽然"无聊公司"向前推进的过程阻力重重，也有很多问题有待解决，但在发布会上，未来已经在马斯克的言语间凝聚成形了。他那份无比自信的神情似乎在向世界宣示：测试隧道已经有了，梦想还会远吗？

第二节　押注赌城

赌城隧道

2021年6月，"无聊公司"首个地下高速通道项目——拉斯维加斯会议中心环路隧道（LVCC Loop）开始试运行，并为全面开放做准备。这条通道由2条狭窄的隧道、2个地面站和1个地下航站楼组成，

马斯克逻辑
——记录一位时代冒险家的传奇故事

马斯克将其视为"交通的未来"。

值得注意的是,马斯克本人并未出席隧道的试运行仪式,只有几名记者聚集在环路中央车站的活动现场。那是个通风的混凝土掩体,10辆特斯拉汽车在LED灯的照耀下闪闪发光,随时准备运送游客穿过通道。

此时距离"无聊公司"成立已有5年。马斯克最初的目标是通过挖掘从其贝莱尔故居附近的韦斯特伍德到洛杉矶国际机场的隧道,并使用自动电动"溜冰鞋"以每小时240公里的速度运送汽车,减轻地面通勤压力。但在遭遇了监管机构、环保人士和当地居民的反对及多重法律挑战后,该项目一度陷入停滞。

2019年以后,在始终没有大城市"迈出关键一步"的情况下,马斯克选择转战中小城市。很快,他在拉斯维加斯找到了志同道合的伙伴。

拉斯维加斯会议中心环路隧道系统是由1.7英里(约2.7公里)长的隧道和3个站点组成的交通系统,用了18个月才建成,耗资数千万美元。不过,与马斯克曾承诺在29分钟内将乘客从纽约送到华盛顿特区的东海岸的"超级高铁"相比,这条地下隧道堪称"简陋"。

拉斯维加斯的首条地下高速隧道既属于交通设施,也是旅游景点,它将环路隧道的西大厅与现有园区的北、中、南大厅连接起来,预计每小时最多可通行62辆汽车,运送4400名乘客,将45分钟的跨园区旅行缩短为2分钟左右。

第四章　把高铁开到地下怎么样

此前，曾有批评人士对这些数字表达过质疑，并对拉斯维加斯会议中心环路隧道的运行效率、安全性和便利性感到担忧。

"无聊公司"没有直接回应这些批评和质疑，而是决定让事实来证明一切。

在试运营前，他们对拉斯维加斯会议中心环路隧道进行了容量测试，测试结果超出预期。长达一天的测试证明，隧道每小时可运送超过 4400 名乘客，未来，再增加 25% 的运力也是大有可能的。

在试运营仪式上，包括马斯克在内的"无聊公司"高管都没有出现，迎接记者的是委托该项目的拉斯维加斯会议和游客管理局（LVCVA）主席史蒂夫·希尔（Steve Hill）。

希尔从特斯拉车里走出来，发表了一个简短的演讲。他形容这条隧道是"拉斯维加斯的新景点"，并称这个洞穴状的地下车站只是个展示品，"每个进去的人都会得到些额外的刺激"。

2014 年，时任内华达州州长经济发展办公室主任的希尔，帮助吸引特斯拉来到该州，此后一直与马斯克保持紧密联系。

拉斯维加斯会议和游客管理局需要额外支付 625 万美元给"无聊公司"，用于营运和管理拉斯维加斯会议中心环路隧道至 2022 年 6 月。其中，2021 年支付 125 万美元，2022 年支付 500 万美元。拉斯维加斯会议和游客管理局每月还需额外支付 16.7 万美元管理费，以维持运营和测试这个地下大众运输工具。

马斯克逻辑
——记录一位时代冒险家的传奇故事

运营方面，拉斯维加斯会议中心环路隧道将不收取票价，而是通过广告、赞助和设施租赁收回成本。

除了运送2022年1月参加拉斯维加斯国际消费类电子产品展览会（CES）的与会者，这条隧道还将作为更大规模项目的测试案例。

如果该项目被证明取得了成功，"无聊公司"将完成覆盖整个拉斯维加斯的环路，包括将会议中心与赌场、市中心、机场和体育场连接起来。

一番云里雾里的演讲之后，记者们被邀请登上早已等候多时的汽车。他们可以从Model 3、Model X、Model Y三种车型中任选一辆，然后分别抵达沿途三个站点中的一个。

每辆特斯拉都有一个RFID芯片，可以对其进行实时跟踪。运营中心将对包括速度、充电和安全带状态等24个数据流及81个固定摄像头的信号进行监控。

所有汽车还配备了特斯拉的司机辅助驾驶系统Autopilot，当然，出于安全考虑，车内仍然有司机驾驶。

除了电机发出的嗡嗡声，这次短途旅行显得既安静又平稳，但有幽闭恐惧症的人可能会感觉有点儿不舒服。

每小时64公里的速度，让时间一晃而过，没一会儿，汽车就开始减速，并爬上通往西厅地面站的坡道。汽车向下可绕回地铁站，向上则绕到南厅地面站，然后再次返回中央枢纽。

第四章 把高铁开到地下怎么样

与粗糙的霍桑测试隧道相比，拉斯维加斯会议中心环路隧道的功能设计和搭乘体验有了相当大的进步。马斯克把仪式办成了一个大派对，安排了盛大的表演，包括：邀请喜剧团体Monty Python，建造"圣杯"主题的瞭望塔，将活的蜗牛伪装成公司吉祥物，让嘉宾用"无聊公司"品牌的火焰喷射器向空中开火……

尽管新建成的拉斯维加斯会议中心环路隧道看起来很有未来范儿，也实现了其最初宣称的目标，但挑剔的人认为，它在概念层面上依然没有达到"变革交通行业"的效果。

城市规划师克里斯托夫·斯皮勒（Christof Spieler）说："马斯克最令人敬佩的能力之一就是，他非常善于展示某个想法，并让这个想法看起来惊天动地、令人惊叹。他揭开了这项技术的面纱，并描述在真空隧道中以令人难以置信的速度移动吊舱的未来愿景。"

"如果他当初说要打造'出租车隧道'，可能根本没人会对此感兴趣。"斯皮勒补充道。

正是马斯克这种将科技幻想带入现实的奇异能力，使得"超级隧道"项目吸引了其他城市的关注，包括迈阿密、劳德代尔堡、弗洛里亚和奥斯汀等城市，都在考虑建立自己的高速地下隧道。

面对预算削减和人手不足的局面，地方政府越来越迫切地需要一种廉价的、具有前瞻性的解决交通问题的方案，特别是在他们不必买单的情况下。这或许也是他们看好马斯克和超级隧道的真正原因吧。

一个附带的考虑，可能与马斯克的强大影响力有关。

地方政府一旦与马斯克以及他的公司合作，将会获得一定的声望加成，毕竟他被视为现实生活中的"钢铁侠"，他的各种奇思妙想经常让那些怀疑他的人瞠目结舌。

这个才华横溢的工程师、杰出的企业家和营销大师，正雄心勃勃地把视角延伸到天地之外，睥睨一切挑战和束缚。在隧道项目中，他需要回答的问题是，这些隧道实际上到底为谁服务？

选择押注

长期以来，马斯克总是会制定各种看似遥不可及的目标，而且大都以颠覆传统行业为鲜明特征。这些目标即使在还处于初级版本的时候，就已经显示出独特的变革性或前瞻性。

"无聊公司"的拉斯维加斯会议中心环路隧道就是如此，它是马斯克的"超级高铁"概念的产物。但这个概念并非马斯克独创，而是物理学家罗伯特·戈达德（Robert Goddard）在1904年首次提出的想法。

超级高铁，是一种以"真空管道运输"为理论核心的新型交通工具。其核心在于使部分管子保持真空，推动悬浮在磁场或压缩空气垫上的吊舱，通过减少空气阻力的方式实现高速前进。

从理论上讲，这项技术可以让时速达到1223公里，更先进的版本可以接近高超音速。乘客舱因酷似胶囊，又被称为胶囊列车。

第四章 把高铁开到地下怎么样

"无聊公司"成立后,马斯克又丰富了超级高铁的理念,提出了"地下高速环路"的构想。后者是一种低成本的市内隧道网络,马斯克设想了一个专为特快旅行设计的系统,可以通过钻探更多隧道和安排全自动驾驶车辆来无限扩张。

2018年初,他在推特上写道:"'无聊公司'的城市环路系统将有数千个停车位大小的小车站,让你离目的地非常近,并无缝地融入城市结构中,而不是像地铁那样只有少数几个大车站。"

然而,随着时间的推移,马斯克畅想的蓝图再次发生了变化。新闻报道和社交媒体上的概念视频,从用低压管道悬浮吊舱以超过1000公里的时速运送乘客,变成只能容纳16人的电动"溜冰鞋"以240公里的时速前进。

配置可伸缩车轮的自动驾驶电动汽车,也变成了普通特斯拉汽车,并因为安全要求只能以更慢的速度穿行。

与此同时,"无聊公司"期待的押注在其他城市的高速地下环路计划不断落空。2017年,在政府官员否认后,马斯克收回了他此前的说法,即他已经收到口头批准,可以修建从纽约到华盛顿特区的超级高铁隧道。

在洛杉矶,2018年居民和社区团体提起的诉讼,导致在405号高速公路旁边修建环路的计划被否决,而连通道奇体育场和附近洛杉矶地铁站的6.4公里环路项目也以失败告终。

但也是在这一年,"无聊公司"因为成功举办了介绍霍桑测试隧道

马斯克逻辑
——记录一位时代冒险家的传奇故事

的新闻发布会，并展示了他们一直在研究的新技术，从而说服拉斯维加斯官员，签订了建设连接拉斯维加斯会议展览中心和拉斯维加斯大道的隧道网络的合同。

这个地区是当时当地交通最繁忙的区域之一。

2019年，由于反对该项目的新市长当选，连接芝加哥奥黑尔国际机场和芝加哥市中心的芝加哥快速环路项目也没了下文。

紧接着，计划中的华盛顿特区至巴尔的摩的56公里长环路项目也陷入停滞。

不久，这些项目都从"无聊公司"的网站上消失了。

但希尔和LVCVA似乎并没有被之前一系列"否决票"吓倒。毕竟，马斯克对内华达州的态度始终十分友好。

特斯拉的超级工厂GigaFactory 1在里诺附近的斯托里县，占地超过1000公顷（10平方公里），超过了最初的预测，创造了大量的就业机会和税收。

尽管批评人士指责一号超级工厂加剧了该地区的住房短缺问题，但当地官员仍然对这笔交易感到非常满意。

常言道，与志同者伴，与道合者谋。2019年初，"无聊公司"凭借比传统方案节省数千万美元成本的承诺赢得了拉斯维加斯会议中心环路隧道合同，并希望将其扩展到该市的其他地区。

第四章 把高铁开到地下怎么样

在社交媒体上，马斯克的批评者嘲笑他吹嘘的项目实际上就是地铁。有科技媒体在 2020 年 10 月的一份报告中估计，当拉斯维加斯会议中心环路隧道规格符合消防规范时，只能运送合同规定的乘客人数（每小时 4400 人）的一小部分。

媒体的质疑加剧了公众的不信任情绪。

澳大利亚隧道爱好者菲尔·哈里森（Phil Harrison）用计算机模拟支持马斯克的说法，而英国化学家菲尔·梅森（Phil Mason）在视频网站 YouTube 上尖刻地嘲讽道："在高峰期，你所要做的就是用排队使用电梯代替坐在拥堵的车中。"

这个担心，并不是个无关紧要的小事儿。

当你置身拉斯维加斯会议中心环路隧道的中央航站楼，很难想象成群结队的参观者在不造成拥堵的情况下，高效地走下车站的单列自动扶梯，登上透明电梯，或者排队等候车辆到来。

目前，在拉斯维加斯会议和游客管理局的官网上，拉斯维加斯会议中心环路隧道作为最富特色的旅游资源之一获得重点推介。

在网站的介绍中，特别强调了"无聊公司"的这套系统是"一种有趣且快捷的交通解决方案"，可以在不到 2 分钟的时间内将与会者从场地内通过地下约 12 米深的隧道运送到各处，而步行则可能需要 20 分钟甚至更长时间。另一则新闻介绍了一位参会者的"骑行"体验。这位参会者被拉斯维加斯会议中心环路隧道试图创造的酷炫、时尚的氛围所吸引，感觉自己正在进入这座城市最热门的夜总会，而不

马斯克逻辑
——记录一位时代冒险家的传奇故事

是从A点到B点的"无聊"隧道。"从中央车站的自动扶梯下来，我觉得我马上就走进了未来。"他感叹道，并觉得它或许会成为拉斯维加斯历史上最受欢迎和谈论最多的景点之一。

有趣的体验

2021年7月，拉斯维加斯会议中心环路隧道正式全面开放，并迎来它的第一批日常用户——在赌城工作的通勤者们。他们好奇地进入这个地下交通系统，立即被"无聊隧道"的炫酷感所震惊，毫不吝啬地给予了好评。

其实，更早的体验者是2021年混凝土世界大会（World of Concrete 2021）的参会者。这个世界性的行业盛会因为新冠肺炎疫情原因，从1月中下旬推迟到6月初举办。参会者正好赶上隧道试运行，得以优先"一睹芳容"。

来赌城参加各种会议的人，正是拉斯维加斯会议中心环路隧道期望服务的目标人群之一。

这些来自混凝土和砖石建筑行业的供应商、用户，利用会议间隙进入拉斯维加斯会议中心环路隧道，乘坐平稳、安静的Model 3，体验了新颖而又短暂的"汽车隧道"之旅。

在评价拉斯维加斯会议中心环路隧道这件事上，这些参会者表现得尤为积极。他们中不乏特斯拉车主或者特斯拉的铁粉，对于该环路隧道特别是一些关键更新如数家珍。

第四章 把高铁开到地下怎么样

在这个已经变得十分繁忙的地下交通隧道里，特斯拉汽车的数量和候车乘客的数量几乎相等，因此虽然车辆通行不断，但并不显得无序、拥堵。

乘坐过的人，纷纷在社交媒体上晒自己的体验与心得："你可以看到一些颜色的变化，感觉就像在坐过山车"；"你觉得你超速了，而实际时速只是 30 英里"；"在特斯拉汽车里进行商务会谈应该不错"；"避免大量交通拥堵！这就是重点"。

在如此拥挤的赌城，这样流畅、安静的通行实在太难得了。

一名好奇的 Model Y 车主，在乘坐过程中搭讪一名环线专职司机："这里的车什么时候才能实现无人驾驶？"司机说："（特斯拉）目前正在解决环线内车辆的车对车通信的问题，谁知道呢，相信会很快了……"

另一名乘客则在社交媒体上分享他拍的一段视频，展示了环线车站内部运行的情况。"这个车站似乎是作为常规交通系统在平稳运行。"他评价说。

总体而言，第一批乘客从拉斯维加斯会议中心环路隧道中收获了不一样的体验，既感到"整个系统新颖而有趣"，但也有似曾相识的感觉。

有一种不吹不黑的观点，认为马斯克的这个地下交通隧道系统，总体上"说得过去，不算太牵强"。

马斯克逻辑
——记录一位时代冒险家的传奇故事

有媒体在报道这些体验活动时,特别提到了拉斯维加斯会议中心环路隧道的造价,并暗示以如此低廉的造价实现了几乎与传统地下交通相同的功能,本身就意味着巨大的成功。

拉斯维加斯会议中心环路隧道的完工成本约为 5250 万美元,而当初另一家竞标入围的奥地利多贝玛亚格拉文达集团,其提出的成本约为 2.15 亿美元,是"无聊公司"的 4 倍多。

然而,因为使用的是比传统地铁隧道直径小很多的隧道,以及迟迟没有出现的完全自动驾驶汽车,拉斯维加斯会议中心环路隧道在网上依然引起了相当多的怀疑和嘲讽。

在嘲讽者急切地表达不满情绪的时候,他们却忽略了一个事实:拉斯维加斯会议中心环路隧道还只是一个"测试版本"。

就像早期的特斯拉跑车、猎鹰火箭一样,它们都曾稚嫩、笨拙、充满瑕疵,只有经历了技术和经验的不断积淀,才逐渐趋于完善,最终脱颖而出。

"无聊公司"的"无聊隧道",不正像马斯克之前创立的那些产品,正伺机挑战传统,再次颠覆一个行业。更低的成本和不断优化的技术,终将诞生超乎想象的"Loop 系统"。

由马斯克来完成这样的创举,奇怪吗?不奇怪。

在诸多质疑拉斯维加斯会议中心环路隧道的声音中,有一种声音非常具有代表性和迷惑性:它本质上是"汽车隧道",是为了解决特斯

第四章 把高铁开到地下怎么样

拉销路的产品,因而不属于"公共交通项目"。与其在这种私人项目上浪费金钱,还不如把钱投到其他更现实的方案上去。

还有一种声音指责道:拉斯维加斯会议中心环路隧道从来都不是为那些没有车、不得不在高温下等待公交车的普通人设计的,而是为了吸引游客四处游玩。对富人来说,这只是个不错的玩具。

这些指责虽然有些片面,但也戳中了一个无法回避的事实:至少在目前看来,拉斯维加斯会议中心环路隧道确实如同旅游设施而非公共交通设施。

拉斯维加斯官方也说,拉斯维加斯会议中心环路隧道已经超出了马斯克的预期,部分原因是其中央车站成了新的娱乐景点。

对于拉斯维加斯这座充斥着投机和浮华的城市来说,将游客和通勤者的需求混为一谈可能还说得过去。但在其他地方呢,情况就未必如此了。

由于拉斯维加斯会议中心环路隧道没能体现"交通出行的多样化需求",批评者觉得,这不过又是马斯克耍的一个花招而已。而且他一定会借机取悦他的铁粉,用这件"新玩具"再次证明他"天才般的创造力"。

乍一听,网上的这种质疑似乎很有道理,因为马斯克的"超级隧道"项目不仅不像公共交通工具,到目前为止,该隧道的唯一指定用车都是特斯拉的产品。

马斯克逻辑
——记录一位时代冒险家的传奇故事

而且，每次他发布"超级隧道"的进展时，都会立即引起国际关注。国际市场对"超级隧道"越感兴趣，也意味着特斯拉未来销售市场的持续增长。

可是，想卖出更多的车有错吗？马斯克和他的"无聊公司"因此就要受到指责？

令人窒息的操作啊！当然不能这么武断！

无论是市场拓展，还是旗下公司的业务整合，"无聊公司"的这些策略及手段都是为"解决交通问题"的目标服务的。

马斯克曾在推特上做过一项民意调查，询问人们希望他的隧道如何解决交通问题。调查结果显示，69%的人想要"汽车隧道"，即认为"无聊隧道"应该主要用来输送车辆而不是乘客。

这个结果和马斯克预想的一样。

马斯克后来也在不断调整策略，正如"无聊公司"一直声称要"体现公平性"一样，只不过需要再次"拨快时钟"而已。

目前，"无聊公司"正在加快大容量电动汽车及相应隧道（改小隧道为大隧道）的设计制造，以便让行人和骑自行车的人先行。在这个过程中，汽车的数量也将大幅增加。

两者看似矛盾实则可以并行不悖，这才是解决交通问题的正确方向。

所以说，质疑"超级隧道"是"汽车隧道"，是为了给特斯拉的产品找市场而不是解决公共交通问题，是一个伪命题。因为，即使不建"超级隧道"，特斯拉也不缺市场，特别是在新能源交通运输领域。

而认为"超级隧道"的存在让社会忽略了对其他"现实生活解决方案"的资源投入，更像是带有偏见的无端指责。

"超级隧道"提供了一种新颖的解决公共交通问题的方案，在还没有完全认清它的真实效果前就将其扼杀，显然有失公允。

把这个方案和其他尚未验证或还不存在的解决方案对立起来的做法，更加令人无语。

至于质疑"无聊公司"为富人解决堵车的烦恼，而无视更普遍的公众出行难题的那些人，可能忽略了企业发展战略的问题。

"无聊公司"的策略，让人联想到当年特斯拉从高端电动跑车切入市场的战略。如果没有超跑Roadster吸引了精英人群的追捧，积累了资金和市场人气，估计也不会有后来Model "SEXY"系列了。

好吧，必须承认，到目前为止，"超级隧道"仍然像是一个演示版本，还有许多有待改善的地方。但作为"无聊公司"首条商业运营的隧道，它的经验或教训，都将对未来城市交通的发展产生有益而深远的影响。

马斯克把拉斯维加斯作为"超级隧道"第一个试验的地方，虽然不是刻意为之，但肯定也是看好"赌城"这个超级IP的全球影响力。

赌城隧道项目，对马斯克来说具有象征意义。无论是"超级隧道"，还是其他惊人的想法，只要他认准了的事，都有胆去赌一赌、拼一拼。

总体而言，在媒体采访过的那些乘客中，很多非专业人士获得的体验还是相当不错的。他们喜欢这种地下交通，因为它便捷、安静，而且安全。

第三节　是成是败

看好中国

尽管在美国本土遭遇了重重阻力、质疑不断，但"无聊公司"还是硬着头皮开启了向世界推销之路。

2019年8月2日，马斯克的推特又"火"了一把。他高调宣布，将借8月29日至31日参加上海2019年世界人工智能大会的机会，启动"无聊公司"中国项目。

这条推文直译过来的意思就是：马斯克要来中国挖洞了。而且，这还不是普通的隧道，是时速达240公里的地下高速隧道！

"可能的话，带来的将是一整套地下运输系统的变革……"推文延续了马斯克行事张扬的风格，而且意犹未尽。

第四章 把高铁开到地下怎么样

消息一出,海内外网友瞬间炸了锅。

有人认为,马斯克说来中国挖洞,可能不只是说说而已。看看特斯拉在上海的所作所为便知一二。

以最敏锐的嗅觉、最低的成本、最快的速度去攻城略地,这确实是马斯克的行事风格。

毕竟,中国近年来不断加速的城市化进程,不断加剧的人口聚合,已经让北上广深等一些超级大城市成型成名,其规模和潜力,大有盖过欧美老牌超大城市的风头。

但同时,交通拥堵问题也成为中国城市、特别是超大城市管理者面临的难题。城市化进程,伴随着破坏与重建,也伴随着阵痛与新生。

也有人认为,依着马斯克的疯狂,中国有必要陪着他一起"疯"吗?他在中国市场会遇到哪些阻碍,是否会水土不服?"无聊公司"入华,中国本土建筑企业将何去何从?

议论纷纷,莫衷一是。那么,马斯克的这个洞,在中国真能挖的下去吗?

中国媒体的一篇报道,描绘了一种未来可能会发生在老百姓身边的情景:你订了早上10点钟的航班从北京飞往沈阳,去参加一个重要的会议。从家到机场大概30公里,开车需要1个小时左右,加上有可能堵车,因此你最迟要在7点出门,这样才能确保及时到达机场。但有了"超级隧道"后,这段行程你就不用起个大早,去凑早高峰的热

马斯克逻辑
——记录一位时代冒险家的传奇故事

闹了。你只需要提前 1 个多小时出门，用手机叫 1 辆特斯拉专车，然后赶到离家最近的"超级隧道"站口，利用这种地下轨道交通，连人带车把你送达机场。按照"超级隧道"的设计，你和车在地下能以每小时 240 公里的速度行进，到机场只需 9 分钟。剩下的时间足够你过安检、候机，甚至溜达一会儿。

"这件事或许听起来有点荒谬，但不久的将来或许就会出现在中国的大地上！"另一家中国媒体记者在其撰写的一篇新闻稿件的开头写道，兴奋、期待之情溢于言表。

尽管中国媒体的报道大多写得踌躇满志，对未来场景极尽想象之能事，但对于很多人而言，这种场景依然显得过于魔幻和遥远。

很多中国网友此前压根不知道"无聊公司"，对它们"挖隧道"的业务更是感到不解。毕竟，即便在私营经济十分发达的美国，这种涉及公共服务的基础设施建设，没有政府的许可是根本办不到的，而且公众也不会对其行为完全放心。

"一家国外私人公司，居然想在中国挖隧道？别闹了！"

他们认为，"无聊公司"来中国挖隧道，即便技术上是可行的，但在政策层面上也很难行得通。

中国网友"声讨"马斯克："你是打算在上海特斯拉工厂下面挖隧道，还是只是做给投资人看的，抛一个诱饵罢了？"

从 2019 年 8 月马斯克发布推文至今，关于"无聊公司"进入中国的消息还没有下文。

有分析人士指出，这很可能是马斯克放的一个烟雾弹，目的是在上海2019年世界人工智能大会期间，为"无聊公司"进一步造势。"'无聊公司'在美国之外还没有一个隧道工程，更不要说在亚洲国家获得立项了。"该分析人士笔锋一转，接着指出，"如果能在全球第二大经济体的中国设立一个前哨站，无疑具有非同寻常的意义"。

显而易见，"无聊公司"到中国挖隧道的消息，除了让中国老百姓知道了这家钻探公司和它的神奇隧道外，也让中国的城市管理者、建筑企业重新思考改变城市交通的更多可能性。

对于中国的城市管理者而言，无论是地下隧道，还是空中廊道，都只是改变出行方式的备选方案之一，关键还在于技术路线本身是否成熟、可靠以及适用。

中国目前的探索，主要集中在利用磁悬浮技术，这也是"超级高铁"在全球范围内得到较多认同的技术理念。和马斯克的方案不同，这种方案的真空管道架设在地面，而不是深入地下。

2017年9月，中国航天科工集团宣布了一项"高速飞行列车"方案，希望研发速度达1000公里每小时以上的"超级高铁"，并建设区域性城际飞行列车交通网。

这是第一步，后续还计划延伸建成2000公里每小时的超级城市群飞行列车交通网，以及4000公里每小时的"一带一路"飞行列车交通网。

马斯克逻辑
——记录一位时代冒险家的传奇故事

是不是一种"未来感"扑面而来？

最高时速 4000 公里，横跨半个中国差不多只需 30 分钟，比飞机速度快 4 倍！

北京到广州只需 30 分钟，北京到上海不到 20 分钟。

如果真是这样的话，"异地恋的苦恼""回不去家的悲哀"等难题，都将迎刃而解！

然而，真正实现这种超音速"近地飞行"，还有很多关键技术尚未攻克，中国想要打造这张新名片，绝非易事。

事实上，宣称开展 1000 公里每小时及更高速运输系统研究的并不只有中国企业。美国企业超级高铁交通技术公司（HTT）和超级高铁 1 号公司（Hyperloop One），都设想利用低真空环境和磁悬浮技术，实现超声速运行的运输系统。

这两家公司都是因为对马斯克的"超级高铁"方案感兴趣而迅速成立的。其中，HTT 是由 NASA 和波音公司员工组建的众筹公司，一直比较低调。

2018 年 7 月，HTT 与中国贵州铜仁市签约，计划共建一条不超过 10 公里的商业真空管道"超级高铁"线路，成为美国公司与中国签署的第一份"超级高铁"建设协议。

此前，HTT 高管频频到访中国，先后考察了上海、成都等地，希望将"超级高铁"技术应用到中国市场。因为中国国土面积大，非常适合率先尝试。

但铜仁经济不发达，地质地形条件也非常复杂，并不是"超级高铁"项目最理想的选址。基于种种原因，该计划至今仍处在研究论证阶段。

2021年1月，世界首条高温超导高速磁悬浮工程化样车及试验线在西南交通大学启用。验证线全长165米，可实现磁悬浮样车悬浮、导向、牵引、制动等基本功能以及整个系统联调联试。

样车采用全碳纤维轻量化车体、低阻力头型、大载重高温超导磁悬浮技术等新技术和新工艺，设计时速620公里，有望创造在大气环境下陆地交通的速度新纪录。

目前世界上磁悬浮列车大致可分为四类：以德国为代表的常导型磁悬浮列车，以日本为代表的超导型磁悬浮列车，以美国为代表的铝导型磁悬浮列车，以及以中国为代表的高温超导型磁悬浮列车。

在技术方面，中国高温超导磁悬浮列车不仅能够实现悬浮，还能将物体牢牢锁在特定的位置，有非常突出的稳定性。而且，列车在静止时仍可以保持悬浮。

中国超导领域的一位权威人士，曾对媒体记者开玩笑说，真空管道的确能够最大限度减少阻力，但感觉这不像"人的交通"，而像是"运货"，而且谁愿意钻到管子里去旅行？

然而这或许正是马斯克的用意，通过"胶囊列车"，给旅客创造一种"探险"般的经历。就像太空探险一样，你需要时刻保持紧张。

有中国学者认为，中国人口规模大、密度高，需要大运量的交通解决方案，而"超级高铁"运量有限，仅适合少数人，因此应用前景并不乐观。

尽管"超级高铁"离实际运用还很遥远，但并不妨碍世界各国在该领域内开展技术研发和应用探索，因为，解决交通出行的"未来答案"，是所有人都关心的。

下一座城池

进军中国市场没有了下文，"无聊公司"决定在其他方面寻求突破，首先是削减在加州等地的雄心勃勃的建设计划，将目光投向了得克萨斯、佛罗里达和其他监管障碍较少的州；其次是拓展产品及服务内容，打造更宽的隧道。

2021年6月，据媒体报道，"无聊公司"计划向一些潜在客户推销直径为6.4米的隧道，这要比直径为3.7米的拉斯维加斯会议中心环路隧道宽出近1倍，大概能并排放两个集装箱。

迄今为止，"无聊公司"一直致力于设计用于运输乘客的隧道系统，而打造更宽的隧道，无疑会让公司业务覆盖更广的范围。

为了展示货运隧道运输货物的方式，"无聊公司"公开了3张图

第四章　把高铁开到地下怎么样

片：一张图片显示的是一个 1.7 米高的标准集装箱，显然要大于其目前所建设的标准隧道；另一张图片展示了位于直径为 6.4 米的隧道中的同一个集装箱；最后一张图片展示两个集装箱并排放在隧道中，两者之间还有 0.3 米的间隔。

所有图片中，这些集装箱都被安置在标有"电池驱动货运车"字样的运输工具上。这种运输工具看起来是长长的矩形架子，几乎与集装箱等宽。

更宽的隧道意味着需要更大的钻孔机。2020 年 2 月，"无聊公司"全新设计的纯电动隧道掘进机 Prufrock 已经到位，速度比上一代 Godot 快 6 倍。

虽然这个速度仍然比花园蜗牛还慢，只有蜗牛速度的 1/5～1/4，但 Prufrock 正在迎头赶上，它的中期目标是超过人类步行速度的 1/10，即每天前进 7 英里（超过 11 公里）。

从工程角度看，货运隧道计划是完全可行的，波音公司等许多大公司的设施中都有类似的隧道，完全可以在隧道里运输货物。

主要的限制因素就是成本以及找到适合隧道运输（比公路运输高效）的环境。

关于建造成本，恰恰是"无聊公司"一直试图彰显的优势，也是马斯克所有创业公司最明显的标签——追求极低的成本和极高的效率。

但是，如果"无聊公司"将原有的隧道设计拓宽，成本上的优势

马斯克逻辑
——记录一位时代冒险家的传奇故事

可能会减弱。成本增加的一个主要方面是处理挖掘过程中产生的渣土，另一个方面是掘进机的维护。通常情况下，隧道掘进机完成一个项目后会被送到制造商那里"回炉重组"，为下一个项目做准备。而这个维护成本是巨大的。

不过，如果"无聊公司"能将隧道直径统一保持在标准的6.4米，而不是按照定制宽度建造隧道，可能有助于降低成本。

长期以来，通过地下隧道而不是通过堵塞的高速公路或地面铁路运输货物，一直是城市规划者的梦想，但由于涉及的费用过高和监管复杂，这一目标很难实现。

尽管如此，人们还是不断尝试，希望找到切实可行的办法。

在瑞士，获得投资的地下货运系统Cargo Sous Terrain正计划打造一个地下隧道网络，通过自动驾驶车辆运输集装箱，但该计划仍待政府审议批准。

亚马逊公司曾获得一项名为"专用网络交付系统"的专利，通过地下传送带和真空管来运输集装箱和包裹，但是否想要建这样一个系统仍未可知。

2021年2月，"无聊公司"与加州圣贝纳迪诺县就修建一条直径约21英尺（6.4米）、长约4英里（6.4公里）的隧道进行谈判，隧道将连接一个轻轨站和当地的安大略国际机场。"宽版"隧道（相比拉斯维加斯会议中心环路隧道的3.7米直径而言）的设计，引起了地方政府和民众的兴趣。

第四章 把高铁开到地下怎么样

毫无疑问,如果货运隧道项目能够顺利启动,将为"无聊公司"在世界各地的推销带来催化作用。毕竟,相比于费用高昂的私人定制客运,大宗商品的高效货运才是真正的刚需之一。

7月6日,劳德代尔堡市宣布与"无聊公司"达成初步合作意向,在其市中心和海滩之间建造一条2.2英里(约3.5公里)长的地下交通环路——拉斯奥拉斯环路(The Las Olas Loop)。

劳德代尔堡是佛罗里达州迈阿密都会区的一个城市,有着纵横交错的运河系统,素有"美国威尼斯"之称。

该市市长此前曾参观了拉斯维加斯会议中心环路隧道,被这种解决交通问题的隧道方案所吸引。随后,这位市长与"无聊公司"展开了密切接触。

"无聊公司"为该市量身定做了一套地下交通系统方案,方案获得了市政府的肯定,官方给出的评价是:"一种解决交通拥堵和交通需求的前所未有的创新方法。"

之前,为解决交通拥堵问题,劳德代尔堡市曾计划建造一座高55英尺(约16.7米)的桥梁,预算为4.45亿美元。相比之下,"无聊公司"的修建方案不仅能建造一条更宽更大的隧道,而成本仅在3000万~6000万美元之间。

据媒体报道,拉斯奥拉斯环路将是两条隧道,一条向东,一条向西。车站设在佛州高铁的光亮线车站(Brightline Station),位于市中心,然后一直通向海滩。

马斯克逻辑
——记录一位时代冒险家的传奇故事

"无聊公司"每天会以每人5~8美元的价格向数百人提供乘坐特斯拉汽车的服务，让他们避开交通拥堵。参照网约车公司优步的乘车收费标准，每次出行大约需要10美元，相比之下，隧道交通的价格优势非常明显。

尽管该项目依然存在争议，但当地政府坚信隧道将成为缓解海滩停车压力的一种有益的尝试。因为今后司机可以将汽车停在市中心的光亮线火车站，然后乘坐特斯拉汽车前往海滩，而不必再在地面上和行人争抢空间了。

按照州法律规定，劳德代尔堡市尚未公布建设地下隧道的详细计划，同时也在等待其他公司对该项目的投标，以确定最终选择哪种方案。

就当时双方接洽的情况看，"无聊公司"受瞩目的程度似乎更高一些，毕竟它的创新性和低成本的优势实在太明显了。

对于"无聊公司"来说，它也迫切需要一个新的项目来打破经营僵局。而"无聊公司"设在得州首府奥斯汀的新总部，已获批建设一个研发中心与试验场地，用以验证"无聊公司"的隧道施工技术。

虽然已经有拉斯维加斯会议中心环路隧道的示范效应，但还远远不够，光环终会褪去，人们也很容易遗忘。因此，无论是开发货运隧道，还是继续拓展交通出行的"汽车隧道"，马斯克都需要尽快地攻下一个城池，向外界展示实力和信心。

10月，劳德代尔堡市委员会以4比1的投票结果通过了"无聊公司"的拉斯奥拉斯环路提案。投票打破了僵局，使马斯克的商业隧道方案终于在第二座城市落地。

拉斯奥拉斯环路与拉斯维加斯会议中心环路隧道的区别之一，在于它是付费服务，这一点更像"无聊公司"仍在积极推进的"拉斯维加斯环路"（Vegas Loop）项目。

据"无聊公司"官网介绍，2021年10月20日，克拉克县正式批准了拉斯维加斯环路项目，计划在拉斯维加斯建设一个连接51个车站、长达29英里（约46.67公里）的隧道环路系统，预计每小时运送57000名乘客。

已经运营的拉斯维加斯会议中心环路隧道只是拉斯维加斯环路的一小部分，而拉斯维加斯环路的隧道网络及服务将覆盖拉斯维加斯大道的赌场、哈里里德国际机场（原麦卡伦国际机场）、忠诚体育场、拉斯维加斯市中心等地，最终抵达洛杉矶。

2022年初，"无聊公司"向佛罗里达州政府提交了一份计划书，计划在迈阿密建造约10公里的隧道，打造"迈阿密海滩环线"。

该工程将沿826号州道行进，于戈尔登格莱兹转运中心和阳光岛海滩之间设置7个站点，建设成本约为1.85亿～2.2亿美元，工期预计为36个月。

这条隧道将参照拉斯维加斯会议中心环路隧道，使用特斯拉车队运送乘客，预计每小时可运送超过7500人，未来还计划延长4.8公里，连接附近一个体育场和大学校区，使运输人数翻倍。目前，该项目也处于谈判和争取建设资金阶段。

马斯克逻辑
——记录一位时代冒险家的传奇故事

2022年1月，国际消费电子展（CES）在拉斯维加斯举办，不少观众选择体验一把拉斯维加斯会议中心环路隧道。但令人尴尬的是，这个号称"彻底解决堵车问题"的地下隧道居然也堵车了。

因为隧道道路太窄，而且没有应急车道，一旦有汽车出现故障，就很容易出现堵车的状况，而且存在较大的危险。

虽然遭遇短暂堵车，但拉斯维加斯会议中心环路隧道在展览期间的整体表现依然不俗：该隧道交通系统每天成功运送1.5万～1.7万人，几乎占参展人数的一半。

"无聊公司"则披露，会展期间3个车站的平均等待时间不到15秒，乘车平均用时不到2分钟，基本达到设计指标。即便在那次堵车事件中，整体通行时间也不过从之前的2分钟增加到3分钟。

"不堵车"的地下隧道堵车了，简直打脸啊！面对嘲讽，马斯克的铁杆粉丝一如既往地表示不屑，他们相信马斯克会继续创造奇迹，"马斯克在SpaceX和特斯拉取得的巨大历史性成功是无可争辩的。我们相信'无聊公司'也会如此，尽管它面临着与SpaceX和特斯拉类似的挑战……"

有人说："如果'无聊公司'在未来几年不能取得成功，我才会感到惊讶！"

天马行空的马斯克值得托付吗？不走寻常路的"无聊公司"还能够走多远？

看懂这一切，需要时间和一点耐心。

第五章

"我是一只单纯的羊"

马斯克逻辑
——记录一位时代冒险家的传奇故事

2021年1月，当全球还在新冠肺炎疫情的肆虐中惶惶终日时，马斯克悄悄更新了两条推特，还把最后一条同步在他的新浪微博中："真奇怪！""好了，回去工作吧！"

奇怪吗？谁能想到，一夜之间，稳定多年的全球富豪排行榜被一个疯狂的科技极客颠覆了！

就在马斯克发推文的前一刻，福布斯更新了全球富豪排行榜——埃隆·马斯克超过亚马逊老板贝佐斯，成为新晋全球首富！

把马斯克送上榜首的是特斯拉的股票。特斯拉的股价疯狂上涨。许多人在以100多美金买入特斯拉股票时，恐怕万万没想到有一天他们能够通过这只股票实现财务自由。美国当地时间2021年1月7日，特斯拉总市值超过7735亿美元，与此同时，马斯克的个人资产达到1885亿美元，挤掉了他的老对手贝佐斯顺利登顶。

上面那两条推文，就是马斯克在得知自己成为新晋全球首富之后所作出的回应，堪称史上最低调的首富回应。

奇怪吗？看看马斯克的财富登顶之路，的确不寻常。他的1885亿美元中有1400亿是在2020年一年之间极速增长的。在2020年初，

第五章 "我是一只单纯的羊"

马斯克的财富仅为 270 亿美元，和十大顶级大佬相比还是难以望其项背的。直到 2020 年 7 月，一路高歌猛进的特斯拉股票让马斯克的身价猛涨，先是超越了股神巴菲特（Warren Buffett）成为全球第七大富豪；仅仅过了一个月，他又如坐火箭般超过了路易威登的老板阿诺特（Bernard Arnault）晋级世界第四；又过了一个月，挤掉脸书创始人扎克伯格（Mark Zuckerberg）；11 月时，比尔·盖茨已经被他甩在身后；最终，在 2021 年 1 月，他的老对手贝佐斯让出了全球首富的宝座。

在如此短的时间内连续超越盘踞首富榜多年的大佬们，这就是马斯克创造的神话。那么，他凭什么成为地球上最有钱的人？

当然，你可以归因于他所缔造的一个个商业神话——颠覆了全球汽车市场的特斯拉给他带来无与伦比的荣耀和财富；撬动了人类航空航天工程的 SpaceX 完成了首次商业载人飞行的壮举……据说马斯克正在考虑将 SpaceX 的"星链计划"拆分上市，这是否意味着一个新的"特斯拉股票"诞生？这其中的想象空间是无比巨大的。

但是，这些都不足以回答这个问题。

真正重要的是，越来越多的人意识到马斯克正在改变人们的生活，改变人类的命运，改写地球的未来。特斯拉在未来将持续引领电动汽车革命，最大的受益人是人类和地球。马斯克的终极目标——"移民火星"的计划也在一步步实现，SpaceX 的可回收火箭、重型载人航天器和"星链计划"等，都是人类飞往火星的"诺亚方舟"。马斯克在 2021 年登顶全球首富，向世人证明了一个全新的时代已然降临——金融不能拯救人类，社交软件不能拯救人类，电商平台更不能拯救人类，只有人类永无止境的想象力与创造力才能拯救我们自己。

马斯克逻辑
——记录一位时代冒险家的传奇故事

这是世人对他的看法。那么他又是如何看待自己的呢？

马斯克曾经在他的推特上发过一句话："我是一只单纯的羊。"身高一米九、身材健美的马斯克说自己是一只羊，这并非随口说说而已。如果你真的了解他，就能穿过这位"硅谷钢铁侠"的盔甲，看见他羊羔一样柔软单纯的赤子之心。他是个疯狂的极客、冒险家，他是天才与魔鬼的集合体，他是偏执狂、完美主义者，但他骨子里永远是个仰望星空的诗人。

马斯克是如何一步步走到今天的？

除了大部分地球人都知道的特斯拉和SpaceX，马斯克的早期创业故事，至今依然在影响着我们的世界。

可以说，正是因为早期的创业经历，才使他能够拥有足够的勇气、金钱和经验，去鼓捣那些心心念念的科技项目，而且仿佛开挂了一般，搞一个成一个，让人艳羡不已。

这一切，还要从他的童年说起。

第一节　天赋异禀

"自闭"男孩

儿时的马斯克是一个沉默、敏感的孩子，他一开始并没有表现出天赋异禀，只是在不断与周围环境的摩擦与对抗中，找到了阅读的乐

第五章 "我是一只单纯的羊"

趣并早早学会独立思考,从而逐渐变得与众不同起来。

1971 年 6 月 28 日,马斯克出生在南非比勒陀利亚的一个上流社会家庭。

父亲埃罗尔·马斯克(Errol Musk)是英荷混血的南非人,经历复杂,曾做过飞行员、水手、工程师、房地产商,拥有赛马、游艇、多处房产以及一架赛斯纳飞机。

母亲梅耶(Maye)是加拿大人,同时是一位作家、营养师和模特。

马斯克的外祖父出生于美国明尼苏达州,后来移居到了他母亲的出生地——加拿大萨斯喀彻温省。

马斯克天生擅长工程学,可以说是他从父亲的基因那里得到的最大馈赠。除此以外,他其他方面的品格和特质,很大程度上受到母亲的影响。

母亲梅耶的教育及影响,是马斯克和他的弟弟、妹妹日后在各自的领域纷纷取得成就的重要原因。

8 岁之前,马斯克一家一直生活在南非。

父母平时工作忙,并没有太多时间照看马斯克。虽然有一名女管家承担了这份职责,但显然无法和一家人朝夕相伴的欢愉相比。

马斯克逻辑
——记录一位时代冒险家的传奇故事

南非的文化非常强调男性在家庭中的主导地位，马斯克的父亲就有典型的大男子主义倾向，对家人、仆人都很严厉。

于是，小马斯克很多时候就是在女管家的看护下，一个人在偌大的房间里待着，孤独地玩耍。

不妨想象一下，在一个寂静空旷又缺乏人气的城堡里，孤零零的小朋友会感到快乐吗？

提到城堡，很多人会想到美丽的童话、悠久的历史以及宏伟的建筑，但它也有另一面：诡异神秘的色彩和恐怖惊悚的气氛。

小马斯克经常会产生一种莫名的恐惧感。特别是当大厅外传来笃笃的脚步声，他立即像受惊的小狗一样竖起耳朵、身体僵硬。

马斯克其实是一个充满活力的孩子，他对很多事物都有着强烈的好奇心，同时又有着超出同龄人的理解力。

但令人困惑的是，他又不像其他男孩子那样活跃好动、叽叽喳喳的，而是经常表现出一副沉默、失神的样子。

说是发呆吧，当父母试图提醒他时，他却没有反应；说在思考吧，当你问他在想什么，他又说不清楚。

在马斯克两三岁的时候，这种情况变得越来越突出。母亲梅耶首先觉察到情况有些不对劲。

第五章 "我是一只单纯的羊"

"埃隆的听力不会有什么问题吧？"她担心地问丈夫。

于是，夫妇俩带着马斯克去了医院。经过全面检查，还做了一系列测试，医生诊断认为，马斯克存在听力减退的症状，不过还没有严重到聋的程度。

因为马斯克有在睡眠时打呼噜及张嘴呼吸的情况，医生很自然地想到，可能是由于扁桃体腺样体肥大引发中耳炎，进而影响到听力。于是建议给马斯克做扁桃体摘除的手术。

就这样，可怜的马斯克挨了人生中的第一刀，被割掉了扁桃体。

手术后情况并没有出现好转，马斯克的听力还是老样子。这让他的父母陷入深深的沮丧和内疚之中。他们愤怒地带着马斯克离开了医院，决定回家再观察一段时间。

"也许等他再长大些，情况就会变好呢？"

"或者不是听力的问题，而是埃隆的脑袋……"

失去了扁桃体的马斯克，仍然习惯于沉浸在"思考"之中，待在属于自己的世界里。

他不清楚自己到底有没有问题，即使小伙伴嘲笑他"像在梦游"，或者搞恶作剧对着他大喊大叫，他都置若罔闻。很多时候并不是他听不到或者听不清，而是他不知道如何回应。

马斯克逻辑
——记录一位时代冒险家的传奇故事

他习惯保持着这种在外人看来像是在思考的状态，无论其他人怎么看待他，比如性格古怪，或者不懂礼貌，他都不予反驳，顶多回一个白眼。

总之，这种与同龄人几乎格格不入的状态，成为马斯克童年的一个缩影。

直到成年后，已经成为"科技英雄"的马斯克，才坦露了他童年这种状态背后的真正原因。

那是在美国NBC电视台的一期《周六夜现场》（*Saturday Night Live*）节目中，马斯克在客串节目主持人时公开的一个秘密：他是一名阿斯伯格综合征（Asperger's syndrome，简称Asperger's）患者。

他称自己是"第一位患有阿斯伯格综合征的《周六夜现场》的主持人，或者至少是第一位承认这一点的主持人"。

观众不太确定他抛出来的这个"瓜"是真是假，但似乎又能从这个天才、狂人的过往经历中找到很多对症的点点滴滴。

阿斯伯格综合征，是自闭症中的一个分支，但又和自闭症不同。得了这种病的人，不像自闭症患者那样存在语言和智力障碍，或认知发展受到影响，相反，有的患者具有很高的智商。

也就是说，具有这种"孤僻的精神病态"的孩子，跟正常孩子一样聪明，甚至会更聪明。但他们也会因为社交和情感障碍，成为孤独少友的人。

第五章 "我是一只单纯的羊"

如果我们现在看看马斯克做过的那些事情，特别是留意一下他做事的风格，再结合他早年的一些经历或遭遇，或许会很认同这个诊断——他很可能得了那种"孤独症"。

其实，牛顿、梵高、丘吉尔等天才或伟人，都患有不同程度的精神障碍疾病。他们在与疾病长期抗争的过程中，反而激发出超出常人的智力和意志，因而创造了不平凡的事业及成就！

不过，这可能只是一种"美丽的谎言"，因为至今依然缺乏科学证据证实这样的观点。决定一个人能否成才、成功的因素很多，疾病在其中不仅不是决定性因素，反而是痛苦和焦虑的主要来源。

所以，别看马斯克现在看似轻松地谈论这种病，谁又能体会他曾经历的孤独和恐惧呢。

无论如何，孩童时的马斯克很可能患有这种疾病。没人能预测，这种病症在生活与社交中带来的种种不顺，将把他的人生推向何方。

嗜书入迷

或许是受到这一病症的影响，又或者是受家庭环境的影响，不知道从什么时候开始，马斯克迷恋上了阅读。一开始主要是看漫画，还有科幻小说，后来扩展到任何类别的书籍。

那时候，这个沉浸在漫画世界里的男孩，不仅让他的父母感到吃惊，更让周围的人啧啧称奇。因为在他那个年龄，能够几乎一整天都

马斯克逻辑
——记录一位时代冒险家的传奇故事

待在房间里读书，怎么看都令人觉得太不可思议了。

马斯克读遍了自己能找到的所有漫画书，从《蝙蝠侠》到《钢铁侠》，从《超人》到《绿灯侠》，等等。

他的收藏越来越丰富，包括一些很难收集全的漫画书。这些漫画大多是描写超级英雄、外星大战的故事。

闹书荒的时候，他经常跑到家附近的书店，坐在漫画书架边阅读，直到书店关门为止。

读书，已经成为马斯克的一种习惯。上四年级时，他每天读书就已经超过四五个小时。和其他孩子相比，似乎他的娱乐、游戏或者说排遣孤独的唯一方式就是读书。

下午2点放学后，他自己跑到书店去，一直待到下午6点才回家。到了周末，他多数情况下会把整天时间用于读书。他曾创造了一天读完两本科幻小说的纪录。

这个"小书虫"的糗事，现在说起来都让人忍俊不禁。

梅耶记得，一次她带几个孩子上街，一不留神，就发现马斯克不见了。

"埃隆！埃隆！"她急得呼喊着四处寻找，下意识地到书店去找。

等找到他时，那场景简直令她哭笑不得。马斯克果然又钻进了一

第五章 "我是一只单纯的羊"

家书店，坐在地上津津有味地翻看一本漫画书，完全沉浸在自己的世界里。

还有一次，梅耶带他去参加一个晚宴，他似乎预感到了那是大人们的"无聊聚会"，于是揣了一本儒勒·凡尔纳（Jules Verne）的书，找了个角落读起来，很是自得其乐。

他太喜欢那些描写冒险家和拯救世界的英雄的故事了。

儒勒·凡尔纳的书，他已经读过好几遍了，可是还不够，他完全被迷住了，因为书中所描写的潜水艇、太空飞船、太空旅行，远远领先于作者所处的时代。

还有那些讲得一手好故事的作品，如罗纳德·瑞尔·托尔金（Ronald Reuel Tolkien）的《指环王》，艾萨克·阿西莫夫（Isaac Asimov）的《基地》系列，以及罗伯特·海因莱因（Robert Heinlein）的《严厉的月亮》《异乡异客》，道格拉斯·亚当斯（Douglas Adams）的《银河系搭车客指南》等书，一个个走马灯般地进入少年马斯克的精神世界。

马斯克曾回忆，有一次，他把学校以及邻近图书馆的书都看完了，于是想都没想地跑到图书馆管理员面前，用稚嫩的声音向那个老头建议：我没有可看的书了，你们能帮我订更多的书吗？

老头确认了一下眼神，觉得这个小屁孩不像是拿他消遣，于是问了他的要求，敷衍着答应下来。

之后，不知道是不是受了那个图书管理员的忽悠，"饥不择食"的

马斯克逻辑
——记录一位时代冒险家的传奇故事

马斯克开始阅读《大英百科全书》。

不读不知道,一读吓一跳。马斯克恍然发现,"自己不知道的东西太多了,而所有的一切都在书里"。

书不离手的马斯克,找到了自己的精神世界。父母眼中的他,"在看书的时候最开心"。

阅读量爆表的马斯克,很快成了班级里最聪明的学生,功课成绩优异,而且什么奇奇怪怪的知识都知道。

他也一改往日的沉默寡言,变得非常愿意表达意见。

大人们惊叹他拥有神奇的天赋,却忽略了他特殊的成长环境带给他的影响。

其他孩子则羡慕有之、妒忌有之。

在一些小伙伴的眼中,他是一个身材瘦小、爱耍嘴皮子的人。马斯克因此得到了一个"麝鼠"(Muskrat,即Musk+rat)的绰号,可能是说他爱表现、话太多的意思。

弟弟金博尔回忆,再大一点的时候,哥哥大概每天阅读两本不同学科的书,从科幻小说、哲学和宗教书籍,到科学家、工程师和企业家的传记等,涉及的领域五花八门。

这种阅读方式,后来被称为"跨领域学习"——专家型通才成长

第五章 "我是一只单纯的羊"

的必经之路。

而对始于童年并延续至今的阅读习惯，马斯克自己的评价是："我是靠书本长大的。首先是书本抚养我长大成人，然后才是我的父母。"

灰色轨迹

我们常说命运多舛，用来形容马斯克的童年也十分贴切。马斯克9岁时，隐藏在他的原生家庭中的不和谐因子集中爆发了——他父母不幸的婚姻画上了句号。

马斯克兄妹三人面对这个巨大的噩耗时都不知所措。作为老大的马斯克，已经是一个懂事的孩子，内心敏感而又倔强，父母之间的"战争"印在他的心里，挥之不去。

他们兄妹常常因为父母的争吵以及暴力场面而惊恐、战栗，躲在角落哭泣。

马斯克在5岁时，就会在父亲对母亲施暴的时候，去打父亲的后腿弯，只为了尽快把母亲从拳脚下解救出来。

马斯克父母的婚姻，从一开始就埋下了极大的隐患。

当初马斯克的父亲看上了他的母亲梅耶，他们交往一段时间后分手了。但后来男方突然跑到女方家中登门提亲，礼数周到、态度恳切，居然得到了梅耶父母的同意……

马斯克逻辑
——记录一位时代冒险家的传奇故事

这桩婚事不仅没有征求梅耶的意见，而且搞成了骑虎难下的局面，梅耶最终只能认命。

婚后，马斯克父亲的不良品性逐渐显露出来，他的行为作风混合着过度自尊和叛逆的大男子主义，什么都想管，咄咄逼人，而且必须符合他的意志。

更糟糕的是，他在表达这种控制欲的时候，经常伴随着具有暴力倾向的行为。

梅耶后来在她的个人传记《人生由我》一书中回忆道，在长达十年的婚姻中，她持续遭受着语言及肢体暴力。她的一言一行都受到控制，甚至一度连和家人、朋友联系都受到限制。

直到有一天，丈夫在公众场合实施家暴行为，她被朋友从灾难现场解救出来，终于鼓足勇气提出离婚。

这段婚姻，成为她人生中最灰暗的一段时光，她像被监禁的囚徒。

那也是马斯克兄妹三人人生中的一段灰色轨迹，他们不得不在父母之间做出选择。

其实他们也没的可选，马斯克和弟弟最初跟随父亲生活，妹妹托斯卡则跟着母亲。他和弟弟周末会去妈妈那里过。

这样的情况维持了几年时间，一直到马斯克中学毕业。

第五章 "我是一只单纯的羊"

对马斯克兄弟来说，虽然那段和父亲单独生活的日子并不都是糟糕的记忆，因为父亲偶尔会带他们去旅游，诸如去奥地利滑雪，或者去香港和纽约这些国际大都市游玩。

但是马斯克后来很后悔跟着父亲生活。父亲留给他的最强烈的记忆，就是恐惧。

"一个恐怖的人……几乎你能想象的所有邪恶的事情，他都做过。"他回忆说。

如果你读过梅耶在《人生由我》那本自传中对于前夫的一些描述，就会理解马斯克所说的"邪恶"并不夸张，尤其是对他的母亲而言。

对于这个男人，成年后的马斯克不仅不愿意多说，甚至不屑于谈起。

他曾尝试过各种办法，希望改变他父亲古怪暴躁的脾气，但似乎毫无效果。

家庭变故，对于儿童成长的影响隐秘而绵长，对马斯克也不例外。

尽管表面上马斯克很快又恢复到往日那种我行我素的状态，但伤心的情绪被深埋进心底，他不得不把注意力和情感更多地转移到图书构建的那个世界中。

虽然梅耶后来终于获得马斯克兄弟的监护权，但却费尽周折，就像她当初摆脱那段婚姻一样艰难。

马斯克逻辑
——记录一位时代冒险家的传奇故事

当时的南非社会以及法律体系对保护女性权益十分漠视。离婚后的她没有从前夫那里得到任何财产，孩子也没有抚养费。她先后辗转3个国家，靠自己一边工作、一边上学，抚养马斯克兄妹。

那段日子过得非常拮据，单亲母亲要打几份工，才能勉强维持基本的生活。但他们过得充实而快乐，至少从摆脱了那个"恶魔"的控制、获得了久违的自由的角度来看是如此。

梅耶会给她的孩子们做花生酱三明治，煮豆子配米饭或面包。这些食物都不贵，制作也简单，而且很健康。

那大概是在20世纪80年代初期，梅耶的主业就是营养咨询师，她正好把自己的技能用在照顾家庭上。

当然，最直接的原因还是没钱。

他们必须在生活开支上尽可能节省。梅耶会自己给全家人理发，坚持在家吃饭、办公，除了要在下午一段时间外出而需要请保姆照看孩子外，基本上没有额外的开销。

她保持着全职工作的状态，这延续了她的父母当初对她的教育方式——不为了抚养子女而放弃工作。她把这个传统继承了下来。

于是，当她去参加模特T台表演时，马斯克兄妹偶尔也会被带到现场，坐在前排观看。

母亲梅耶在逆境中表现出来的坚强和乐观，对马斯克兄妹的成长产生了重要影响。她不仅培养出 3 个优秀的子女，还让自己的事业延续了下来。当很多青年把马斯克视为心目中的英雄偶像时，母亲则是马斯克心中的英雄。

她不仅是他的母亲、朋友、启蒙者，也是他此后创业活动的坚强后盾。

"我的成功都来自母亲的培养和影响。"马斯克回忆说。

展露天赋

从蹒跚学步开始，马斯克就听母亲讲述外祖父那些四处冒险的故事。马斯克的外祖父是一个冒险家，最大的梦想就是环游世界。

他曾驾驶着单引擎飞机，用 3 个月时间，仅凭借一张地图和一个指南针，带着全家人从非洲飞到了澳大利亚。

马斯克的父亲也经常带着他和弟弟去旅行探险，比如开着自家的赛斯纳私人飞机，带他们一起去了赞比亚的坦噶尼喀湖。赛斯纳飞机非常适合低空旅行，它的上单翼设计不会遮挡乘客欣赏美景的视线。

当然，驾机俯瞰条状的非洲第二大湖，细数大地上的群山水系、动物与炊烟，不仅令人陶醉，也十足刺激。

总之，在那个年代，马斯克一家的行事作风堪称大胆而另类。这种风气自然会传染给孩子们。那种对于新鲜事物的敏感和敢于尝试的

马斯克逻辑
——记录一位时代冒险家的传奇故事

精神，在那时已经浸入马斯克的血液中。

虽然马斯克的父母因为各自的事业并没有给予他太多的看顾和教育，说马斯克经历的是一个"缺爱"的童年也不为过，但他们却用"身教"赋予子女们一项特殊的能力——独立地满足好奇心的能力。

如何使家庭对于孩子产生积极的影响，秘诀或许就在这里。

回到 20 世纪 80 年代初，当时家用个人电脑刚刚兴起，还是一个新奇的事物，马斯克对它产生了兴趣，想报班学习如何使用。

正巧有机构要组织一系列讲座和授课活动，他央求父亲给他报名参加。父亲咨询了相关机构，得知这个课程邀请了来自英格兰以及其他国家的一些知名专家授课，质量很高，但只针对青年或者成年人。

马斯克当时只有 10 岁，还是个小学生，属于"恕不接待"的范畴。

马斯克知道结果后并不死心，还是坚持要去。父亲看到他这么执着，只能想别的办法。

他利用自己工程师的关系，花了 75 兰特为儿子在约翰内斯堡金山大学举行的计算机讲座上订了一个座位。在那时的南非，这是一笔不小的开支。

主办方虽然同意了，但同时特别提了一些出席礼仪方面的要求，比如必须坐在靠边的位置，必须保持安静，必须着正装，等等。

第五章 "我是一只单纯的羊"

就这样，稍作准备后，父亲带着马斯克兄弟进行了一次短途旅行。到了金山大学，爸爸带着弟弟去吃汉堡，马斯克自己去听讲座。

讲座持续了两个小时，当爸爸和弟弟已经在汉堡店里待得百无聊赖时，终于看到有人陆陆续续从那幢楼里走出来。他们又等了一会，人群散尽，还是没看到马斯克。

于是他们又进到大厅，找到了讲堂，进去一看，果然发现了目标。马斯克正在和一个大人说着什么。

两个人站在那里，马斯克的西装和领带已经脱掉，衬衫袖子卷起，正仰着小脑袋与那位专家"高谈阔论"。

马斯克父子走到跟前，做了自我介绍，那位略显傲慢的专家对马斯克父亲说：这孩子需要一台电脑进行上机操作！

于是，马斯克拥有了一台自己的电脑，那是Commodore公司1980年推出的一款VIC-20电脑，售价299美元。

VIC-20后来成为世界上首个销量超过100万台的电脑产品。

很多孩子买电脑是被它里面的游戏所吸引，马斯克也不例外。他也非常喜欢电子游戏，这成了他读书之外的第二大兴趣爱好。

但马斯克的特别之处在于，除了操作电脑、玩游戏，他还学会了编程技能。他对赶潮流的消费不感兴趣，真正吸引他的是那些技术。

293

马斯克逻辑
——记录一位时代冒险家的传奇故事

他曾在父亲面前"显摆"一个最新款的调制解调器。他父亲觉得这个闪着红灯的盒子很神奇,马斯克就给他演示,怎么通过它让电脑之间进行"对话"。父亲大感欣慰:这小子在这方面有天赋啊!

VIC-20配有5000字节内存,还赠送了一本教人如何编程的小册子,里面介绍的是BASIC编程语言。

对这种程序语言的学习,一般认为至少要花6个月时间才能完全掌握,但小马斯克的表现却出乎所有人的意料——他在阅读和理解知识方面的特殊能力得以充分展示!

拿到小册子,他几乎足不出户,一下子就陷入程序语言的世界。3天后,当他把那本编程书合上,重新为电脑开机,尝试输入一段指定的代码,他做到了。

他就这么学会了编程!

那年,马斯克参加了IBM的测试,并展示出极高的编程天赋。他还参加了几个计算机培训班,但他认为那些老师的水平还不如自己。

马斯克的童年,就是这么超凡脱俗!

12岁的时候,马斯克利用学到的编程知识做了一个以太空为背景,名为"宇宙爆炸"(Blaster)的小游戏。游戏设定,玩家必须摧毁外星人的太空舰队,因为它们携带了致命的氢弹和"状态光柱机"。

这是马斯克第一次公开展示他的太空幻想作品,不仅让人觉得非常了不起，还对他敢想敢干的态度印象深刻。

梅耶把这个小游戏拿去给她在模特学校的一些大学生看时，这些计算机专业大二或大三的学生惊呼道："他竟然知道编写代码的所有快捷方式！"

梅耶建议马斯克把这个游戏投稿给电脑杂志。马斯克就把它投到了《个人电脑》杂志，没想到杂志竟然接收了，并寄给他500兰特的稿酬。

这期杂志凑巧赶在马斯克13岁生日的时候出版，成为一件颇有意义的生日礼物。重点是，对方很可能并不知道这个游戏是出自一个十来岁的男孩之手。

因为还不到在银行开户的年龄，梅耶帮马斯克把这笔钱存入自己的账户。多年后的一天，马斯克突然想起这件事，问母亲那笔钱怎么样了。梅耶笑着说，那不重要，因为有比那更重要的事——"你把那款关于太空的电子游戏变成了现实"。

少年马斯克不仅展示了他在技术上的天赋，还显露出独特的商业才能——开始尝试像商人一样思考、行动，比如，如何靠游戏赚钱。

他甚至想在学校周围开一家游戏厅，觉得那一定会大受欢迎。

他和弟弟在学校附近张贴广告，还去联系了游戏机厂家，准备工作大体完成，只差向政府部门提交申请了。

但开游戏厅必须由成年人申请许可，他们一开始是瞒着父母的。到了申请审批的环节，他们不得不向父母求助。

父母毫不犹豫地阻止了他们的行动。

第二节　我行我素

少年的反击

父母离婚后，母亲回到家乡加拿大，马斯克兄弟跟着父亲一起生活。

没有女性的家庭，似乎比没有男性的家庭更容易对孩子造成不利影响，比如缺乏耐心、任性甚至狂妄。

那段时间，马斯克在他同学的眼中，大概上面几项都占齐了，就是特招人烦的那种。

马斯克从小就不爱运动，尽管学校很重视体育，但他似乎不受影响，他的注意力都放在了阅读上。

他一天到晚书不离手，现学现用，似乎无所不知，让班里的同学羡慕嫉妒恨。

为什么会恨他？大概是因为马斯克经常指出别人的错误，而且也

第五章 "我是一只单纯的羊"

不懂低调和含蓄,因此没少招来厌烦。

他不理解那些人的态度,只想做自己认为正确的事情,即使这样会让有些人感到受伤。"让他们追着我跑吧,这样他们才能进步!"他时常这么想。

那些"被伤害"或者看他不顺眼的人开始找碴儿,挑衅或者欺负他,因此大概有几年时间里,马斯克都生活在频频被霸凌的环境中。

他父亲为此头疼不已,对儿子的遭遇感到愤怒,有时候也因为儿子的怯懦而血压飙升。他只好不断为儿子转学,以此图个心安。在初中和高中期间,马斯克换了好几所学校。

其中一次转学,是在马斯克被袭击受了伤,在医院住了一周左右后做出的决定。那次袭击充满了恶意,而且差一点出人命。

一天,马斯克和弟弟坐在一段阶梯上吃东西,一个男孩突然从背后攻击了他。他被推下楼梯,然后遭到埋伏在下面的一群孩子的殴打。

马斯克觉得袭击他的是一个黑帮团伙,他不知道在哪里得罪了他们。

弟弟吓坏了,冲下楼梯想去救他,但无济于事。满头是血的马斯克已经晕了过去,然后被送进医院。

马斯克被这群混混纠缠了好几年,这对一个少年来说简直是一场噩梦。他们还变本加厉,骚扰马斯克的朋友,让他的朋友远离他。

马斯克逻辑
——记录一位时代冒险家的传奇故事

马斯克伤心极了。最令他难过的，不是被小混混欺负，而是来自朋友的"背叛"。

更可怜的是，即使这些无休止的纠缠把他折磨得狼狈不堪，他却无法从其他渠道获得庇护及安慰。特别是他的那个家，父亲的坏脾气一如既往，对他的遭遇迟钝而缺乏耐心，更无法在情感或策略上给予有效帮助。

每次，当马斯克为躲避校园暴力而逃回家时，同样感到冰冷和无助。少年马斯克觉得，学校和家都是地狱！

他甚至越发厌恶这个国家了——当时的南非社会特别混乱，暴力冲突泛滥，社会普遍缺乏安全感。

但另一方面，马斯克的学习并没有受到太大的影响。直到高中，他的学习成绩整体比较稳定，数学特别好，物理和计算机也是强项。

数学好到什么程度？引用梅耶的话来说就是："他的数学成绩跟他的年龄不匹配。"

当然，他也有成绩一般的科目。他不是追求成绩的尖子生，而是把大量的时间用在了个人兴趣方面，比如看书和写程序。

他甚至萌生过写一本类似《指环王》的科幻小说的想法。

在梅耶眼中，这个儿子好像从来都对学校的课程缺乏兴趣，但他又是那么优秀，而且记忆力惊人。

第五章 "我是一只单纯的羊"

马斯克依旧我行我素：只学感兴趣的东西，至于成绩，是最没意思的事情了，及格就行。

高中时代，总有两类人最容易受大家的瞩目：一类是学霸，以学习成绩优异为傲；另一类则是运动很棒的体育生，容易吸引异性的目光。

马斯克距离这两类人都比较远，相反，他似乎成了第三类"容易受到关注的人"——校园霸凌的对象。

马斯克也意识到自己正面临一场"生存危机"，是继续忍受这种欺负，还是想办法改变？

这个天赋异禀的少年，曾尝试从宗教和哲学书籍中寻找答案，但那些并不能解决眼前的现实问题。于是他决定放下书本进行体育锻炼，他还报名参加了空手道、柔道、摔跤等搏击项目的训练。

大概在十五六岁时，他迎来一个男孩"疯长"的阶段，身高一下子蹿到了一米八二，从一个纤弱少年一下子变成了一个高大的青年了。

反击的条件具备了。

马斯克开始还击，"他们怎么打我我就怎么打他们"。他和学校里那个常欺负他的大块头打了一架，一拳命中要害。

这是反守为攻的手段，也是震慑宵小的铁拳。果然，再没有混混敢找他的麻烦了。

马斯克逻辑
——记录一位时代冒险家的传奇故事

这也给他上了一课：面对不公平的遭遇要学会反击，要有强硬的表现，即使可能会被揍得更惨，但至少让对方不敢得寸进尺。

总之，他找到了终结麻烦最直接有效的办法，虽然这种办法是出于被迫的，而且并不是他想要的。

多年后，他在接受媒体采访时说："如果你有一个艰难的童年，你可以采取两种方法。一种是，我要回到现实生活中，像别人对我那样对别人，这显然不是好事。我采取了另一种。"

这是马斯克的反思。也就是说，以暴制暴的方法虽然有效，但后遗症也很明显，他不想变成一个像他父亲那样崇尚暴力的人。所以他必须选择另一种生活方式，非暴力的，积极的，同样能够展示力量的方式。

对于这个一直保持强烈上进心的少年来说，他奇迹般地将遭遇的厄运、不公和痛苦，转化为成长的动力。他要变得更强大、更理智，做真正有意义的事情，绝不把生命虚度。

他获取力量最主要的途径就是阅读。他不放过所能获得的每一本书，并从中汲取营养。诸如《怪物手册》之类的科幻小说，几乎被他翻烂了。他忘却了烦恼，只为那令人憧憬的未来。

逃离南非

1988年，17岁的马斯克高中毕业，面临服兵役的选择。

第五章 "我是一只单纯的羊"

当时,这个国家的年轻人普遍对政府充满厌恶情绪,更不要说去军队服役了。马斯克就是这样的人,他意识到这可能是自己逃出南非的最后机会。

马斯克一直憧憬美国社会在技术创新上的自由氛围,感觉要想在技术方面有一番作为就必须去那里发展。

"美国是最容易实现梦想的地方,虽然这个说法有些陈词滥调。"他说。

但高中刚毕业的他,直接去美国并不容易。正好母亲拥有加拿大国籍,在那里还有一些亲戚。于是,他想先去加拿大看看,"找机会做点技术上的大事"。

马斯克征求父亲的意见,但遭到了父亲的强烈反对。据马斯克后来讲,他父亲当时在南非工程领域已经小有名气,因而不想到一个陌生国度重新开始。

父亲一开始以各种理由拒绝,后来索性跟马斯克说,如果移民加拿大,就别再指望得到经济支持。"我觉得他预计我钱用完了,肯定会自己乖乖回来。"马斯克回忆说。

他不得不求助母亲。梅耶倒是很支持儿子的想法——尽快离开那个令人生厌的环境,而且她可以帮子女申请加拿大国籍。

梅耶为此准备了好长一段时间,包括给马斯克办理各种手续。终于,在马斯克计划出发的前三周,各种手续都准备妥当了。

马斯克逻辑
——记录一位时代冒险家的传奇故事

她给了马斯克一本地址簿和一张两千美元的旅行支票。这笔钱是她年轻时参加选美比赛时赢得的奖金。她把这笔奖金投入股市,直到很多年后才想起它们的存在,而且还意外获得了收益。

梅耶当时刚被开普敦大学录取,即将攻读博士学位。她虽然也想过带女儿托斯卡返回故乡加拿大,和马斯克一起生活,但学业让她犹豫不决。

托斯卡很期待和哥哥在加拿大重聚,不断劝梅耶搬家。梅耶拗不过女儿的纠缠,于是决定先去加拿大看看。

在她去加拿大那几天,托斯卡来了一个"神仙操作":把她们住的房子和里面的家当都卖了,然后找了一处临时住所。

果真是马斯克家的人啊!行事果断!

梅耶返回后,发现房子没了,无家可归,甚至要流浪街头,不得不接受现实,决定搬家。

而老二金博尔则继续留在南非,直到完成学业后再去与他们会合。

按照母亲的安排,马斯克只带着一个背包和一箱子书,就毫不犹豫地离开了南非。说走就走,少年马斯克已经显示出大胆而独立的一面。

当飞机抵达加拿大蒙特利尔机场后,马斯克给在当地的舅爷爷打电话,结果电话无人接听。这下可把他整懵了,他还以为母亲已经跟

第五章 "我是一只单纯的羊"

这位舅爷爷打过招呼了呢。

他赶紧打了一个对方付费电话给母亲,母亲告诉他一个坏消息:这位舅爷爷已经移居美国明尼苏达了。

马斯克不得不暂时去当地的基督教青年会住下。然后,他又去多伦多找另一位叔叔。遗憾的是,这位叔叔也搬家了。

马斯克拿出100美元,买了一张可以在加拿大境内随意搭乘公共交通的通票,开始挨个寻找散居各地的其他远房亲戚。

那是一段"搏命"之旅,必须找到终点,开弓没有回头箭。他在长途车上待了好几天,辗转了几个城市,终于找到了一个居住在萨斯喀彻温省的远房亲戚。

风尘仆仆的马斯克,来到亲戚家门口,整理了一下衣服及情绪,摁响了门铃。

"嗨,我是梅耶的儿子。"他自我介绍说。

屋里的人一脸懵……

最终,他们收留了这个不速之客。流浪汉终于找到了栖身之所。

当时,马斯克不仅囊中羞涩,对未来的出路也很迷茫:既没有工作经历,也还没上大学,找一份正式工作不容易。万一找工作不顺利,那就得好好计划一下,每一分钱都得掰开了花。

303

马斯克逻辑
——记录一位时代冒险家的传奇故事

他开始试着每天只花 1 美元度日。这当然不是长久之计，于是他到亲戚家在萨斯喀彻温省的农场和温哥华的一家木材厂打工，从种菜、伐木到清洗锅炉，尝试了很多种工作。

这一年，马斯克还做了一件重要的事情，就是申请进入加拿大的大学。以他的才学，几乎可以轻松进入这里的任何一所学校，获得奖学金和学生贷款，并选择喜欢的专业。

尽管这样，他还是希望到每所大学看一看，只有经过实地考察才能让人放心。

很快，马斯克的入学申请获得了反馈，安大略省的皇后大学（后更名为女王大学）和滑铁卢大学都向他发出了邀请。

两所大学均为加拿大排名前十的高校。皇后大学拥有近两百年的学术积累及广博的校友人脉网络，在北美享有极高的声誉；滑铁卢大学的工科能排到全球前五十，非常符合马斯克的兴趣方向。

这是一个令人纠结的选择，但当马斯克到两所学校参观了一番后，他立即就做出决定——去皇后大学上学。

皇后大学校报《校友评论》在 2013 年第 1 期中刊登了一篇对马斯克的专访。马斯克在访谈中回忆了自己精彩的大学生活，并自愿为母校做了一次招生广告。

"在滑铁卢大学，放眼望去，我没看到一个女生。接着，我去参观了皇后大学。那里有好多漂亮女生，就这儿了，我当时就下定了决心，我可不希望和一大群男生一起度过我的本科生活。"

这就是他选择皇后大学的动机，纯粹而又可爱。

大学恋曲

顺利进入大学后，马斯克确定了三个目标：学知识、交朋友、找女朋友。

对于马斯克这样的天才而言，大学课程虽然是全新的领域，但并不是多大的挑战。他不属于刻苦学习的那类学生，但他的学习效率极高。

他的舍友"近乎虔诚地上每一堂课"，而他则尽可能地逃课。

但当他学习的时候，就会投入所有的专注力。尤其是读书，有时也包括玩游戏，他能够数小时沉浸其中、心无旁骛。

凭借超常的记忆和理解力以及庞杂的知识积累，他总能在各种考试或竞赛中一鸣惊人。

马斯克和同学"发明"了一种考试竞猜的小游戏。每当考试过后，大家会相互对笔记，预测一下考试结果，等分数出来后看谁考得最好，从而证明谁更聪明、更会学习。

马斯克就曾在一次经济学考试中，证明了自己高人一筹的地

马斯克逻辑
——记录一位时代冒险家的传奇故事

方——"会考试"。大家猜测，他不怎么上课却能取得好成绩，要么是个天才，要么就是有什么秘诀。

其实他的秘诀就在于有着超强的自学能力。他对课本内容的理解，比大多数同学都透彻。

和同学比较考试成绩，马斯克开始表现出好强、较真、强硬的一面，这些性格特征在他后来的创业活动中体现得淋漓尽致。

闲暇时，马斯克会积极参加各种演讲比赛、舞会和酒会，以便结识新的朋友以及找到期待中心仪的女孩。

这两项恰恰是他当时最需要的，他有意识地想要克服自己的社交障碍。

因为不善交友，他一直没什么朋友，习惯了独来独往。进入新环境后，他对于交友充满了期待。

父母感情不睦的经历并没有打消他对于爱情的向往，他希望能收获一场浪漫而刻骨铭心的爱情。

如他所愿，后来关于他大学期间的那段历史，大多数记录者都被他的那段恋情吸引，反倒对他在其他方面的努力关注较少。

他业余时间的另一项主要活动，则是做一些小打小闹的生意，以维持日常开支和偿还学生贷款。

第五章 "我是一只单纯的羊"

那时候,因为马斯克在计算机方面的优势,不少人来找他组装电脑,有人电脑出了故障,也来找他帮忙维修,他总能及时修好。

他甚至自诩"能解决任何问题"。这个牛皮吹得很"马斯克",但谁让他有吹牛的资本呢!

马斯克一直没有停止打工挣钱,他大学期间的学费和其他费用,基本上都是靠自己想办法赚钱支付的。即使这样,他毕业后还背着10万美元的贷款。

总之,大学时代的马斯克,雄心勃勃地计划着如何放飞自我,而且很快就让周围的人见识了他标志性的、延续至今的专注力和竞争力。

在一边独来独往、一边又热衷参加各种校园活动的矛盾状态下,马斯克终于在一次舞会上遇到了心仪的对象,也是他后来的第一任妻子贾斯汀·威尔逊(Justine Wilson)。

一开始,高一届的马斯克几乎没有机会。

他虽然已是一米九的大高个,长相也算帅气,但书生气太重,而且还是个穷小子。而贾斯汀则是皇后大学的校花,秀发飘逸、身材高挑,美丽且有气质,追求者络绎不绝。

在追求者的队伍中,马斯克可能是那个排在末尾的人,但这更激起了他迎接挑战的雄心。

追女孩,意味着要增加开销,马斯克想到了"啃老"。他向父亲

马斯克逻辑
——记录一位时代冒险家的传奇故事

求援，理由当然是生活费涨了。

父亲见他已经在加拿大上大学，而且经济上确实紧张，于是给他提供了经济上的帮助，缓解了马斯克的生活负担。

经济上暂时不成问题，然而在追女孩子这件事上，马斯克毫无经验可言，只能采取最常规的套路：不停地嘘寒问暖，送鲜花和礼物……

一天，马斯克跑到女生宿舍，在楼梯间里直接拦住了贾斯汀，想邀请她几天后一起去玩。

贾斯汀对这个男孩的大胆和直爽产生了好感，于是答应了他的邀请。但当她回到宿舍后又后悔起来，觉得答应得太过随意了。

到了约会那天，她在宿舍大门上贴了一张字条，告诉马斯克她临时有事不能赴约了。马斯克看到字条后不甘心，四处打听，得知贾斯汀去图书馆学习了。

他买了女孩爱吃的巧克力冰激凌甜筒跑去图书馆。贾斯汀果然在热气氤氲的大厅里的一个角落，而且正被枯燥晦涩的西班牙语课文折磨得昏昏欲睡。马斯克的出现仿佛帮她解脱出来。

冰激凌有些融化，似乎已经滴淌在手上，马斯克没有在意，只是轻咳了一声，引起了贾斯汀的注意后，就只冲着她憨笑。

场面有些滑稽，贾斯汀感觉有点上头，这人真"虎"啊，躲都躲

第五章 "我是一只单纯的羊"

不及……"女神"尽管腹诽着，然而眼神中也夹杂了一丝甜蜜。

他们开始正式交往了。随着交流的增多，贾斯汀惊喜地发现马斯克居然是一个古早科幻迷。她读过的和没有读过的科幻小说，马斯克几乎都知道。这对同样热爱科幻小说，甚至期待着未来能够成为一名科幻作家的贾斯汀来说，无异于上帝赐予她的礼物。这个共同爱好，成为突破关系的一把利器。

马斯克滔滔不绝地分享他喜欢的科幻故事和科技畅想，贾斯汀则饶有兴致地观察这个男孩，了解他的内心世界。两个科幻迷都产生了相见恨晚的感觉。

一次，他们一起去逛书店。贾斯汀指着书架上一排畅销书自言自语道："真希望有一天我的书也会摆在这个架子上。""你的灵魂中有一团烈焰，我在你身上看到了我自己的影子。"马斯克转头凝视着女孩，深情地说。这句有感而发的话，让贾斯汀大为感动。原来，这触动了她心底的一段痛苦回忆。

贾斯汀并不是第一次跟朋友畅想她的科幻作家梦，但只有马斯克的回应如此契合她心灵。

这个南非男人对于她的理想的赞美以及对她富有竞争性的性格的欣赏，让她感动得一塌糊涂。

就这样，两人进入热恋阶段，直到步入婚姻殿堂。

有人说，爱是一场博弈，势均力敌才好相依相守；婚姻就像协作，

309

马斯克逻辑
——记录一位时代冒险家的传奇故事

不能同进退，就很容易分道扬镳。他们的婚姻，像极了这句话。

八年后，因为事业、家庭的矛盾，以及性格、处事方式的不同，这段婚姻画上了句号。曾经的爱人劳燕分飞、渐行渐远，令人唏嘘。

1992年，在皇后大学待了两年之后，马斯克获得奖学金并转学到美国宾夕法尼亚大学。那两年，这个年轻人像一块海绵，疯狂地吸收各种知识和技能。

马斯克后来提到那段时间学到的一项特别技能，就是"如何与聪明的人合作，并利用苏格拉底的方法来实现共同目标"。所谓苏格拉底的方法，就是通过巧妙的沟通，而不是机械灌输，来达到观点统一或者得出正确的结论。

去美国是马斯克一直以来的梦想，因为"当有很酷的技术或事情发生时，它们好像都在美国"。显然，在美国常青藤联盟大学完成学业，更有利于未来在美国工业界谋得一份工作，让职业前景变得一片光明。

接纳他的宾夕法尼亚大学位于费城，是著名的八所常青藤盟校之一，美国前任总统特朗普、股神巴菲特等都曾在此就读。

马斯克希望这所常青藤名校可以帮他打开更多的机会之门，于是他主修了双学位——首先是沃顿商学院的经济学学位，然后是物理学学位。

在宾大，他一边学习经济学知识，一边钻研物理问题，并结交了许多物理系的"书呆子"朋友。他主要研究太阳能和革新能源存储的超级电容技术。

他的毕业论文质量相当高，因此获得了斯坦福大学的研究生奖学金。

当然，他依然会疯玩电脑游戏，想办法赚钱，我行我素以及憧憬未来。那时候的他虽然认为发明东西或创造东西很酷，但还没有创办企业的冲动。

而且，没人能够相信，他那些旨在"改变世界"的奇奇怪怪的想法，后来会纷纷变为现实。至少在他最想涉足的几个领域——互联网、再生能源、太空，那些想法都变成了现实。

第三节　一鸣惊人

理想与现实

马斯克在读高中的时候，物理和计算机科学这两门课学得非常优秀，他偶然接触到粒子加速器方面的知识，并一下子被这种大科学装置的强大功能所吸引，觉得以后如果能做粒子加速器方面的物理研究，会是一个很棒的职业。

粒子加速器是一种利用电磁场将带电粒子加速至高能量的仪器设备，也叫作带电粒子加速器。粒子加速器在加速带电粒子的同时，还

马斯克逻辑
——记录一位时代冒险家的传奇故事

要保证粒子束的束流品质。

世界上正运行的最大粒子加速器为欧洲核子研究中心（CERN）的大型强子对撞机（LHC），坐落于瑞士日内瓦近郊。其他大型加速器包括：日本高能加速器研究机构（KEK）的超级B介子工厂正负电子对撞机（SuperKEKB），美国纽约布鲁克海文国家实验室（BNL）的相对论重离子对撞机（RHIC）、费米国家加速器实验室（以下简称费米实验室，FNAL）的Tevatron正负质子对撞机，以及中国中科院高能物理研究所北京正负电子对撞机、中科院近代物理研究所兰州重离子加速器等。

这对于马斯克来说无疑是一个不错的职业选择，因为他本来就对宇宙充满好奇，对科学研究也很感兴趣。

他曾在"特斯拉第三行"（*Third Row Tesla*）播客节目中说："我想弄清楚宇宙的本质是什么，所以我会试着和别人一同研究粒子这东西，看看它到底是怎么一回事。"

这个想法一直伴随他，来到宾大后，他跟着他的导师——当时美国费米实验室的一位负责人，从事粒子加速器方面的研究工作。费米实验室是美国最重要的物理研究中心之一，主要探索领域为高能物理学。

建造超导超级对撞机的构想源于1988年，选址在得克萨斯州，其规模计划为欧洲的强子对撞机的3倍。假如这个"巨无霸"如期落成，十几年后发现希格斯玻色子的辉煌成就很可能属于美国科学家了。

第五章 "我是一只单纯的羊"

但到了 1993 年，情况突然发生了改变。美国国会因为资金问题，骤然叫停了建设中的超导超级对撞机。

这不仅令物理学家感到万分沮丧，也让马斯克恍然意识到：如果自己在这样一个项目上花费了数年的时间和精力，却因为种种原因而不得不终止，那将是多么糟心的结果啊！他可不愿意这种事发生在自己的身上。

于是，1995 年从斯坦福大学毕业后，马斯克就不再从事粒子加速器方面的研究工作了。但他与粒子加速器的"缘分"并没有消逝，不过两者"再续前缘"已经是 20 多年之后了。

2019 年初，欧洲核子研究中心正在研究一种圆形对撞机（FCC），该装置是大型强子对撞机（LHC）的 4 倍，仅隧道建设就需要耗资约 57 亿美元。

他们找到马斯克，探讨建造粒子加速器隧道的想法。这个想法仿佛把马斯克又带回到大学时代。

马斯克激动地告诉他们，"无聊公司"能够为未来最大的粒子对撞机挖隧道，可以节省数十亿欧元。但由于缺乏实际案例，他的说法遭到了质疑，不过这对他来说早已习以为常了。

再把时间拉回到 20 世纪 90 年代。当马斯克搬到朝思暮想的硅谷，前往斯坦福大学读研究生时，他看到了一则消息：网景公司上市当天股价翻了 5 倍。这家电脑服务公司以创建了第一个网络浏览器——Netscape Navigator 而闻名。

马斯克逻辑
——记录一位时代冒险家的传奇故事

网景公司有多厉害？对当时的大多数人来说，它给人们的生活带来了有互联网和没有互联网的差别，而且那里聚集了一批天才程序员。

马斯克在大学期间就断定，互联网会以一种重大方式改变世界，他想成为其中的一员。

但当时他的想法很简单，就是在这家公司找份工作。

于是他申请了网景公司的工作，但没有得到任何回复。

或许，这个南非青年的学习经历还难以打动网景公司的HR。"我没有计算机科学学位，也没有在软件公司工作过几年的经历。"他不免沮丧地想道。

抱着一丝希望，他决定到网景公司去看看，兴许会有奇迹发生呢！

马斯克来到网景公司，再次递交了简历，然后在休息室里走来走去，看着进进出出的人，感受着互联网公司的特有氛围，越看心情越复杂。

他害羞而矜持，不敢冒失地找陌生人攀谈，而是期待有人能主动和他搭话。

这是一次意料之中的无聊经历，更像是他对自己的心愿做了一个了结。他乘兴而来，败兴而归。

第五章 "我是一只单纯的羊"

返回途中,马斯克反而变得轻松了许多,失落感渐渐退去,但不服气的感觉则越来越强烈。他突然冒出来一个想法,既然进不了网景公司,干脆就自己开公司。

人不气盛枉少年。他决定做自己梦想的圆梦者。

第一桶金

让我们将时钟拨回 1995 年,那时马斯克刚获得斯坦福大学材料学硕博连读的资格,主要研究方向就是找出提高电动汽车能量密度的方法,比如找到有可能替代电池的电容器。

当时互联网还属于起步阶段,但已经是技术天才和商业才俊们热衷的领域,马斯克也发现了互联网隐藏的巨大机会。

是继续研究成功几率不大的电容器技术,还是投身互联网事业?显然,互联网创业的前景对于他来说更具有诱惑力。

其实,大学期间,他就和一个同学合伙做生意。他们在校外租了有七八个房间的建筑,周末在里面办 party,然后向参加活动的人每人收取 5 美元。几次活动办下来,他们就把后面的房租都搞定了。

这次,马斯克的想法是开发一个专门针对媒体的软件,使那些媒体能够在网上被大家看到,相当于报纸的网页版,后来延伸到帮助企业实现业务从线下到线上的转化。

马斯克逻辑
——记录一位时代冒险家的传奇故事

当时，大家对互联网的认识都比较模糊，对于"互联网化"几乎没有概念，绝大多数企业还没有实现"上网"，这让马斯克看到了机遇。

很快，他和弟弟金博尔成立了一家名叫 Global Link 的公司，同时也以此作为网站的名称。

成立公司当然需要启动资金，兄弟俩拿出积蓄，又东拼西凑，还是差很多，于是不得不向父亲求助。父亲支持两个儿子的大胆决定，很快提供了 28000 美元的赞助。

启动资金的问题解决后，马斯克还得处理另一个棘手问题——他在斯坦福大学的学业。

那年夏天，斯坦福大学的新学期刚开始，马斯克不得不在创业和休学之间做出选择。一种通行的做法是向学校申请学习延期，也就是休学，这样即使创业失败了，还可以回来继续就读。

他打电话给系主任，谈了他想休学创业的想法。他跟校方"承诺"，说自己大概需要 6 个月时间，之后希望能重返校园上课。

这位系主任显然对这种情况很有经验，他同意了马斯克的申请，并对他说，可以肯定，但凡出去创业的人，再回来的就很少了。后来的确如此，马斯克再没有见过这位系主任。

总之，新学期开学没几天，一节课还没上的马斯克就休学了。

第五章 "我是一只单纯的羊"

金博尔当时还在加拿大，马斯克告诉他自己打算开一家网络公司，想让他过来一起干。于是金博尔也来到美国硅谷。

兄弟俩租了一套公寓，既生活又办公——他们没钱再去租办公室。当时他们只有一台电脑可供使用，白天做服务器，晚上用于写代码。

马斯克负责写代码，金博尔负责向企业推销 Global Link 网站。他们的想法是为媒体公司和当地电子商务商家提供互联网平台解决方案，帮助全国的网络媒体与地方商家进行合作。

但是，对于当时的企业来说，到网站上花钱做广告依然是一件无法理解的事情，互联网是"他们听说过的最愚蠢的东西"，更何况对方是这么一个刚刚创立的网站。所以，尽管他们挨家挨户地推销，但很难找到买单的企业。

经营不顺，他们的日子也过得异常艰辛。

他们的公寓放着几张床垫，周围经常被外卖盒堆满，既当沙发又当床。洗澡就去基督教青年会的健身房蹭，吃饭基本都靠快餐解决。

那时候，马斯克已经表现出了令人惊讶的自我驱动力。他每周工作七八十个小时，除了睡觉就是工作。即使是去朋友家过圣诞节，大家都在拆礼物，只有他仍在做着和工作有关的事情。

后来有了办公室，马斯克每周有两三天都会睡在办公室里，地上铺着工业地毯，没有枕头，没有睡袋，但他照睡不误。他会提醒同事，早上到办公室后把他踢醒，以免睡过了头。

马斯克逻辑
——记录一位时代冒险家的传奇故事

他觉得,睡眠不是努力工作的回报,而是妨碍他工作的因素。

1996 年,Global Link 举步维艰,资金不足的问题也接踵而来。他们需要寻找新的资金来源。

这时,一家投资公司向他们伸出了橄榄枝。当时这家公司正在寻找一家适合投资的互联网公司,而马斯克不要命的工作态度和对互联网广告市场的敏锐洞察打动了对方。

马斯克对这家投资公司的负责人莫尔·达维多夫(Mohr Davidow)表示,自己是一个有着武士道精神的人,"宁愿切腹,也不要失败"。

投资人觉得,这么有为(工作起来不要命)的年轻人,定有前途,于是决定注资 300 万美元。

获得新投资的 Global Link 公司更名为 Zip2。马斯克后来回想起这笔投资,依然觉得非常疯狂。投资人居然把这么一笔巨款投给了他和弟弟以及几个招募的实习生组成的小公司。

Zip 有"快速结合"的意思,2 则借用了谐音单词"To"的意思,寓意是将企业和消费者快速连接起来。

之前,Global Link 网站主要由马斯克负责搭建开发,但他的编程知识大多数是自学而来,而且缺乏团队协作和公司运作经验,因此代码的逻辑性和可持续开发性明显不足。

公司为此雇了更多的软件工程师,采用模块化的软件架构重新编

第五章 "我是一只单纯的羊"

写了代码,并对营销策略做出较大调整。这些改动,尤其是看到自己写的代码被"肆意篡改",让马斯克极为不爽。

而马斯克"拼命三郎"的做派也让人大感头痛:他要求一项任务在一个小时内完成时,但在别人眼里可能需要一两天时间;他要求一件事在一天内完成,实际可能需要一两周。

就这样,因为新股东的介入,马斯克失去了对公司的绝对控制权,由CEO退而担任CTO一职。

经过一系列调整,Zip2终于进入稳健的市场增长期,并和几家重要的报业公司达成合作,为他们开发分类广告,从而转变为一个ToB公司。

公司业务的迅速拓展,让投资人有了更进一步的想法。他们锁定了竞争对手CitySearch——一家专门提供城市名录和娱乐信息的公司,想通过不断并购进而占据市场主导,而马斯克则希望稳扎稳打,侧重于服务能力的提升,特别是开发更多面向消费者的服务。

1998年4月,收购计划已经展开,却传来CitySearch的经营和财务状况开始恶化的消息,而且两家公司在未来人事安排上的分歧一直没能很好解决。

归根到底,还是两家公司在技术、产品战略和商业模式上存在差异,从而导致收购无法继续进行下去。后来,CitySearch与网络公司TicketMaster Online合并。

马斯克逻辑
——记录一位时代冒险家的传奇故事

这件被舆论关注的收购案的意外夭折，使 Zip2 的声誉及业务受到影响，负面消息滚雪球般一个接一个到来，公司财务状况再次开始变得糟糕。

这让马斯克初尝创业缺钱、公司易手的痛苦。这毕竟是他白手起家的第一家公司，就像他的第一个孩子，有着舐犊之情。

经过一番身心疲惫的思考之后，马斯克决定卖掉它，及时止损。

好巧不巧，正在这个时候，康柏（Compaq）公司表达了对于 Zip2 的极大兴趣，愿意以 3.07 亿美元外加 3400 万美元的股票期权收购 Zip2。

彼时的 Zip2 已经成为专门为媒体公司开发、托管网站和维护消费者的公司，支持近 200 个网站，服务对象包括《纽约时报》的本地目录网站 New York Today、赫斯特集团（美国出版及传媒巨头）的报纸、时报-镜报公司和普利策出版连锁店的报纸。它还帮助媒体公司及其本地商户开发针对目标消费者的在线服务。

康柏同时收购了门户网站 AltaVista 作为其全资子公司，而 Zip2 将作为 AltaVista 的运营部门继续存在。

这个突如其来的好消息让投资人和马斯克都感到如释重负。马斯克不敢相信有人愿意出巨款来买他们的小公司。

1999 年 2 月，Zip2 董事会欣然接受了收购条款。通过此次收购，马斯克获得了他创业人生的第一桶金，2200 万美元。

第五章 "我是一只单纯的羊"

当时他才27岁。

马斯克的第一次创业,以一种亦喜亦忧的结果收场,喜的是赢得了金钱,忧的是失去了公司以及最初的梦想。

"意外"得到这笔巨额财富的马斯克,首先想到的是挥霍一下,享受享受生活。那几年,他过得的确不容易,没房没车,没日没夜,没生活没自我。

他选择了一辆奢华的迈凯伦F1跑车,美国当年仅进口了7辆。还买了一套公寓和一架小型螺旋桨飞机。这特别符合马斯克家族酷爱赛车、私人飞机的传统。

但没过多长时间,乐极生悲的事就来了。他和后来的PayPal创始人彼得·泰尔,开着这辆超跑去见投资人。途中,彼得问他:你这车能干啥?马斯克:干啥都行,干啥有啥。彼得:不吹牛会死?马斯克:让你见识一下。然后他猛踩油门,突然加速,急速变道,车辆像风一样呼啸而过。但由于加速太猛,车的后轮胎忽然爆了,接着整个车翻转着撞上路堤,然后弹向空中……

两个人吓坏了,随着车像飞盘一样在空中漂移,几秒钟后回到地面,就像电影里演的一样。

他们从变形的车里爬了出来,赶紧摸了摸自己的胳膊、腿,还好,没什么大毛病,只是有点皮外伤。

马斯克愧疚地跟彼得解释:真刺激,是不是?

彼得：咱们是去拉投资，不是去投胎……

这之后，马斯克专门去上了迈凯伦的驾驶课程，因为那种车很难开。他后来再也不那样开车了，而是成了一名非常谨慎的驾驶者。

一切皆可能

1999年卖掉Zip2之后，马斯克做了一段时间的花花公子，豪宅、跑车、私人飞机，毫不掩饰年少得志的任性和奢华。

他还透过CNN向公众炫耀他那辆跑车，而把车撞烂则被视为一场公众秀。

"我可以退休，买一个可以冲浪的小岛，但那太无聊了。"他想。

毫无疑问，他会继续创业，需要考虑的只是下一个方向在哪儿的问题。很快，他就全情投入到另一次创业中了。

离开Zip2之前，马斯克已经决定进军网络金融领域。在银行的实习经历，让他发现金融系统资金流动频繁却效率低下。更重要的是，这个传统领域依然和互联网分属两个世界。

虽然不可思议，但也预示着存在极大的创业空间。

"钞票在数据库里仅仅是一条条记录，而且带宽有限，看起来有创新的机会。"马斯克分析道。

第五章 "我是一只单纯的羊"

那时候，金融交易过程仍然笨拙而低效，人们必须互相发送邮件反复确认，才能完成一笔交易，而这往往要花几周时间。也就是说，尽管借助了一些互联网技术，但金融行业依然有很多痛点！

于是，马斯克给自己留下 400 万美元生活费，把其余 1200 万美元全部投了进去。1999 年 3 月，新公司 X.com 成立，致力于实现电子现金交易。

公司办公地点位于帕洛阿图市大学路 394 号，它的邻居就是康菲尼迪（Confinity）公司，一家同样知名的正在拓展互联网支付业务的科技公司，其标志性支付产品就是后期的"PayPal"。

两家竞争对手紧挨着，而且共享公共空间，颇有不是冤家不聚头的意思。

X 代表未知，意味着一切皆有可能，也显露了马斯克对自己第二次创业所寄予的期待。

X.com 试图进军金融全领域，做一家网上银行、保险公司和经纪公司，其提出的"网上银行"这一全新概念，简直是对传统金融模式的彻底颠覆。

很多人认为这个年轻人大概被财富冲昏了头脑，居然拿自己的钱去投资这个领域。但马斯克不这么认为，相反，他坚信自己的商业判断。

为了推广自己的理念，他尝试推出一系列补贴优惠措施，但这种

马斯克逻辑
——记录一位时代冒险家的传奇故事

营销手段并没有获得预期的效果。到了 1999 年 10 月，康菲尼迪的 PayPal 最先发布了自己的邮件支付系统，一个月后，X.com 同样上线了邮件支付产品。

大家几乎不约而同地意识到电子支付具有划时代的意义，纷纷涌入这个新赛道，使得竞争趋于白热化。

马斯克最初对于电子支付产品的推动并不太积极，因为他的目标是建立网上银行，而实现在线支付只是其中的一个技术问题。

但令他没想到的是，他们推出的通过电子邮箱地址向他人快速转账的服务突然火了，几个月时间就吸引了 20 万用户。在商业世界中，这种无心插柳而诞生的伟大产品，并不少见。

彼时的竞争态势已经呈现出梯队化：PayPal 和 X.com 领衔在线支付市场，PayMe、雅虎、Billpoint 居中，PayPlace、gMoney 等一系列初创公司紧随其后。

不同的公司及其提供的解决方案也各有特色。PayMe 首创了支付账单和团体支付，雅虎的直接支付则背靠当时全球第一大门户网站 Yahoo!，Billpoint 拥有全球第一大在线拍卖平台 eBay。

其中，PayPal 具有先发优势，首先获得了 eBay 上很多卖家的认可和支持；X.com 则通过继续推行更大的补贴政策和富有特色的金融服务，不断稳固市场份额。

随着在线支付领域的竞争日益剧烈，以 PayPal 为代表的头部品牌

第五章 "我是一只单纯的羊"

的用户数呈指数级增长，但同时获客成本及营销支出也不断攀升，特别是欺诈、黑客攻击的剧增，给烧钱的互联网公司带来极大的挑战。

那段时间，马斯克已经真正认识到在线支付的巨大商机，进而放弃了建立网上银行的想法。他知道，PayPal目前遇到的挑战同样也是X.com的主要问题，甚至在某些方面，X.com遭遇的压力可能更大一些。

他对技术、金融以及互联网发展存在的泡沫保持警惕，他相信他的竞争对手们肯定也有这样的担忧。那么，下一步要如何走，才能最大程度规避风险，赢得竞争？

马斯克做出了明智的选择——说到底，X.com和PayPal真正的竞争对手是eBay，他们完全有理由强强联合，共同对抗eBay的Billpoint系统。

2000年3月，X.com和康菲尼迪合并，两家公司各占股50%。合并后的公司名仍为X.com，品牌则改为X-PayPal。马斯克任董事长，原X.com公司CEO比尔·哈里斯（Bill Harris）升任新公司CEO。

新公司的目标不仅是建立点对点的支付平台，更致力于改变整个金融业。

两家头部公司的业务合并，不仅给在线支付市场带来巨大影响，也因强强联手而更有利于应对赛道上的其他竞争者，从而一跃成为在线支付领域的龙头企业。

马斯克逻辑
——记录一位时代冒险家的传奇故事

然而，合并后的 X-PayPal 一路坎坷，不仅要面对不可小觑的外部竞争，还要处理内部管理层的诸多分歧与不和。

因为理念、性格、做事传统的不同，两家公司的团队，从上至下，一直没有真正成为"一家人"。

比如对于技术路线的选择，两个团队的看法就截然不同。文无第一，武无第二。这种技术流派之争，简直不可调和，没道理可讲，不干倒对方誓不罢休。

热闹的是，作为新公司高层的 PayPal 创始人彼得·泰尔、X.com 公司的创始人马斯克、CEO 比尔·哈里斯，也撸胳膊上阵了。

三人之间的分歧和矛盾开始显现。随着矛盾加剧，先是"三驾马车"之一的彼得递交辞呈，马斯克召开了紧急董事会，对董事会成员做出调整，留住了彼得。随后，在马斯克和妻子贾斯汀在非洲度蜜月期间，公司发起一项针对 PayPal 和 X.com 的品牌调查，并借由这个调查发起了对他的弹劾。

马斯克一生最恨背叛，因为第一次创业时他已经经历过"被架空"的惨痛教训。

收到"线报"的他，立即组织反击。他匆忙赶回硅谷，采取手段想要扭转局势，然而还是慢了一步，大局已定。他不得不再次接受被"架空"的结局——辞职并转任董事会顾问。

这些都像极了曾在 Zip2 发生过的事情，电影剧本都不敢这么写。

第五章 "我是一只单纯的羊"

事实上，对于这场突如其来的"政变"，他并非没有一点防范措施。此前，他不断向 PayPal 注资，进而成为其最大股东，就是为了防止将来有人要谋权篡位。

但他还是大意了，对一些细微的苗头疏于防范，从而再饮苦酒。

有意思的是那个针对 PayPal 和 X.com 的品牌调查。调查显示，用户对于前者的认可度要高于后者，因为后者的品牌名称让人容易联想到色情网站。

但这个理由在马斯克看来是完全不可理喻的。如果 X.com 有色情意味，那么《X战警》《X特工队》等漫威电影还会大行其道吗？

众所周知，他对有着"未知""神秘"意味的"X"是多么情有独钟。这就像是他的个人标签和信仰的符号。

他恨不得把他所有的品牌、公司都以"X"来命名，比如合并后的在线支付被命名为 X-PayPal，以及后来他在太空探索和电动汽车研发方面的命名。

很多年后，当他花 500 万美元重新买回 X.com 域名时，他第一时间在推特上表达了激动之情："谢谢 Paypal 让我买回 X.com 域名！暂时对它还没什么计划，但是对我来说有非常大的感情意义。"

没有马斯克的新公司再次聚焦支付业务，放弃了 X.com 品牌，重新使用 PayPal 品牌名称，并在数月后将公司改名为"PayPal"。

327

马斯克逻辑
——记录一位时代冒险家的传奇故事

在新董事会的领导下，PayPal业绩实现突破性增长，并于2002年2月成功上市。

上市5个月后，eBay不得不承认PayPal已经成为全球最好的支付系统，并宣布以15亿美元收购PayPal。

马斯克是这场交易的促成者之一，亦是最大受益者之一。这个年仅30岁的"政变倒台者"，以最大个人股东的身份套现1.8亿美元，仅用3年时间就从千万富翁跻身亿万富豪之列。

在硅谷风起云涌的创业者中，马斯克成为最靓的仔。

而立之年的马斯克，在经历过生死考验（在非洲度蜜月期间染上疟疾，差点死掉）和"背叛"（因PayPal"政变"出局）之后，一度对自己的创造力产生了怀疑，但这种质疑很快就被时光流逝、时不我待的紧迫感所取代。

他一直不以获取财富作为人生的唯一目标，甚至不是主要目标，他发现真正令他兴奋的，是不断投入新的冒险的过程，特别是当这些冒险还和人类命运有关时。

回首过去的创业经历，无论Zip2还是X.com，对人类的影响似乎都有些微不足道。"它们是我从小到大的梦想吗？"他不禁问自己。

退出PayPal后，他虽然自嘲终于告别了煎熬的岁月，而他真正的内心独白却是："成为墓地中最有钱的死人对我毫无意义，我在乎的是，每晚入睡前，告诉自己我在做超酷的事。"

第五章 "我是一只单纯的羊"

"我可以买下一群岛屿,但我还是不感兴趣。"马斯克后来回忆道。小岛不是他的兴趣所在,他真正的梦想在太空。

这个疯狂的梦想家,已在酝酿新的激情,准备再次雄心勃勃地踏上新的征程。他不仅仅是一个梦想家,更是一个问题解决者和务实的未来主义者。

关于马斯克再后来的故事,正如本书前述章节所描述的,大多广为人知:投资SolarCity新能源领域,研制特斯拉电动汽车,开创私人太空探索时代,推动脑机接口以应对人工智能的威胁,以及对于人类交通的革命……

马斯克的不凡之处在于,他一再证明自己能够把这些伟大的想法变成伟大产品。

思想有多远,脚下才能走多远。

第六章

冒险才是人生原本的样子

马斯克逻辑
——记录一位时代冒险家的传奇故事

在基本了解马斯克的成长以及他迄今在技术和商业世界的非凡探险之后,那些隐藏在他连篇妙想和惊人行动背后的认知、逻辑与思维也逐渐浮现出来。他的成就犹如他的成长经历,独一无二、无法复制,但他创造性的逻辑判断以及思维能力却有可能被模仿,给所有热爱冒险、有志于造福社会的人带来启迪、借鉴。

下面是问答环节,集纳了他公开表达的一些重要思想和观点,以及本书作者对他的专访,以期向读者分享他对于事业、生活、世界以及人类未来的独特思考。

第一节 让冒险成为一种生活方式

问:从Zip2到PayPal,你都以"赢得金钱、失去企业"而告终。早期的创业经历,对你而言有哪些经验及教训?

答:打个比方,那时候其他人每周工作40小时,我就工作80到100个小时,我不能显得温文尔雅,那对创业者来说是致命的。我后来意识到当市场还是一片蓝海的时候,最关键的突围手段是创新而不是彼此消耗,那非常不明智,所以我选择了另一种方式——形成合力。

第六章　冒险才是人生原本的样子

当你提供新的科技产品时，难免会有错误的地方，重要的是认识到那些问题，承认问题并采取行动。一个公司能否成功，很大程度上要看它解决问题有多快，而不是看它是否会犯错，或者是否承认错误。一个成功的公司和一个失败的公司，两者都会犯错，成功的那个会非常迅速地发现并纠正错误，而不成功的那个则试图拒绝存在的问题。

有人认为我喜欢失败，谁会喜欢失败呢？失败似乎很可怕，但是，如果你只做肯定能成功的事，那你只能做十分平常的事。我发现自己为了实现目标学会了所有需要学习的东西，我想实际上大多数人都能够做到这一点，但是他们往往自我限制，其实人们的能力比他们想象的要强。我发现，如果你读很多书，并且与人交流，你几乎可以学会任何事情。

问：当其他车企都把L3级别自动驾驶作为未来发展目标时，特斯拉却选择直接跳跃到L5级别（完全无人驾驶），背后的商业逻辑是什么（技术跳跃式发展→形成领先而实惠的产品→赢得超额市场和利润）？

答：自动驾驶是一件极其困难的事情，比我想象的还要困难。要让车辆自动驾驶的基础就是重现人类的驾驶方式——人类眼睛感知并用神经网络处理信息，最终完成驾驶行为。而特斯拉的FSD软件就是这样设计的，基本上是利用视觉算法和神经网络做到自动驾驶。因此，为了部署FSD，我们需要将视觉算法和神经网络以数字的形式重建起来，摄像头要有性能上的提升，同时在芯片之中植入神经网络。很明显，这种方式能够实现完全自动驾驶。并且，这是唯一的解决方案，我不相信还有其他解决方案。

最困难的应该是建立一个准确的向量空间，因为需要太多的软件以及大量的代码。摄像头感知图像之后形成数字信号，需要将数字信号映射到向量空间中，最终可以识别汽车、人、车道线、曲线和红绿灯等。一旦建立起了准确的向量空间，控制车辆就会变得像玩游戏一样简单。建立准确的向量空间虽然很难，但并不是不可逾越的。

就像别的车企都在燃油车市场拼杀的时候，特斯拉已经开始研发纯电动汽车一样，与其说商业逻辑，不如说是特斯拉的一贯作风——颠覆性科技是特斯拉持之以恒的追求。目前特斯拉已经用纯电动汽车引领了整个汽车市场的发展方向，未来特斯拉势必用L5级别（完全无人驾驶）再次颠覆汽车行业。特斯拉坚信，只要产品足够优秀，就可以赢得消费者的青睐。至于你说的跳跃，那将成为特斯拉的新常态。我认为自动驾驶目前看上去非常有可能会在2022年实现。

问：也就是说，外界不必在意你的那些超前的预言，因为它们只是应对舆论和投资人的一种手段？只求结果，不问过程？

答：这是一个人性的弱点，社会往往习惯于不看过程，只看结果。但这不是我所希望的，因为它忽视了过程中的付出，包括体力、智力与情感，这是对人性缺乏关心与尊重的表现。我不会这样要求别人，也不希望大家这样武断地认识世界。

我是从概率的角度看待未来的。未来就好像是不断在分岔路上做选择，有些行为是我们可以做的，能够改变可能性，比如加快或减慢一件事情。我可以在这个可能性的洪流中引入新的东西。比如我认为可再生能源的利用一定是大势所趋，没有特斯拉，也会有其他企业出现来引领这件事。经济规律会引导我们朝着可再生能源的方向发展。像特斯拉这样的企业的根本价值在于，一定程

第六章　冒险才是人生原本的样子

度上加速可再生能源时代的到来。特斯拉如果能够推动这个进程提前十年或者再多一些，那将是非常好的事情。这是我所考虑的特斯拉公司最核心的雄心壮志。

问：如何看待特斯拉发展中出现的问题？比如因技术和产品缺陷带来的信誉、责任、信心方面的危机？

答：特斯拉作为当前世界汽车行业的先行者，在获得大量关注的同时难免会出现各种负面的声音。特斯拉第一位的想法，是保持大家对特斯拉关注和了解的"欲望"，以及对汽车行业更多伟大创新的期待。事物发展的方向终将使更多的特斯拉爱好者、车主受益。

我喜欢看到人们购买我们的汽车，去体验其中的快乐。我记得有人说，当他觉得悲伤的时候就去车库里看看这辆车，它让他感到快乐。我觉得那确实很酷。我想，人们之所以能从中得到快乐，可能是因为它很美，是一款漂亮的车，同时，它让人们在使用能源时不再有罪恶感。当你走近这辆车时，它会做几件事：感应到你走近，它的门把手就会竖起来，准备迎接你。它就像一个宠物。当然这是从消费者的视角看。如果从我的角度来看，我觉得它的一切还不够好，我总在找它的毛病，目的是将这款车变得更好。我总在思考，非常苛刻地思考，所以我看到这辆车的时候，我觉得进入我眼里的都是应该改进的地方。所以，我可能不像别人那样有很大的期待感，或者说我只看到了它的缺点。这是一个很难调节的事，如果你想让一样东西变得更好，就必须分析它的缺陷，同时那就会让你无法拥有享受的感觉。这是两难的事情。

问：如何看待越来越多的具有"挑衅性"的竞争对手？传统车企要想

马斯克逻辑
——记录一位时代冒险家的传奇故事

"赶超"特斯拉，关键在技术、商业模式还是思维方式？

答：特斯拉的存在意义之一，就在于改变人们对电动汽车的刻板印象，或者证明电动汽车是汽车行业的未来。现在，基本上每个汽车厂商都有自己的电动汽车计划，但是各自对待这个计划的认真程度不一样。有一些非常坚定，要全面电动化；有一些仅仅是试水看看；还有一些仍然坚持化石燃料，我觉得他们长久不了。对于那些想要发展电动汽车的企业来说，关键还是技术。这是一个软件定义汽车的时代，意味着软件将深度参与到整个汽车的定义过程、开发过程、验证过程、销售以及服务的过程。

硬件定义汽车的时代，发动机、变速箱是核心竞争力；软件定义汽车的时代，整车企业的定位以及汽车的内容都发生了变化。所有的汽车制造企业应该思考：软件定义汽车之后，企业到底该掌握什么，不该掌握什么？软件定义汽车需要企业判断现在及未来的核心技术是什么。

特斯拉既是一家软件公司，也是一家硬件公司，你可以把特斯拉想象成世界上最大的机器人公司，或者"半感知"机器人公司，汽车就像有4个轮子的机器人。

至于对手，特斯拉尚未与大家见面时就有很多的对手，但我们仍然义无反顾地走到了今天，而且总体上还可以。要说赶超特斯拉，技术、商业模式、思维方式，都算得上是关键，但最关键的还是要更多地了解特斯拉、懂得特斯拉。

问：特斯拉发布的人形机器人让人感到难以置信，未来它会成为人类的伴侣吗？

答：这并不完全符合特斯拉加速可持续能源发展的主要任务方向，但

第六章　冒险才是人生原本的样子

制造人形机器人，是我们可以为这个世界做的一件非常有趣的事情，能够以很多形式为世界带来帮助。

有很多工作，如果没有报酬，人们就不会去做，比如说洗碗，你整天都在洗碗的话，就会很烦躁，就算你真的很喜欢洗碗，你愿意每天洗8个小时吗？再比如说那些危险的工作，这些工作既危险又无聊，还存在重复性压力伤害。这些工作就是人形机器人能够发挥最大价值的地方，我们的目标就是让机器人去做一些人类不愿意做的工作。

我们用神经网络解决汽车导航的问题，而汽车又有点像有4个轮子的机器人，如果把它延伸到一个有手有脚的机器人中，比较困难的是既要让机器人足够智能，又要让其以一种明智的方式和环境交互。要达成这一切，让人形机器人工作，意味着开发与汽车不同的定制电机和传感器，这需要符合现实世界的人工智能和精妙的制造。这些特斯拉正好都有。

我认为人形机器人最终会成为一个非常好的伴侣。它可以个性化发展，随着时间的发展，它可能会发展出一种独特的个性，而不是和其他机器人一个样。而这种个性可能会变得和拥有者相匹配，或者成为人类的同伴、另一半，就像R2D2、C-3PO（《星球大战》电影中的两个机器人，R2D2是一个矮墩墩的技工机器人，C-3PO是一个金闪闪的话痨式的礼仪机器人）那样。它们有很多缺陷和不完美的地方，会为了愚蠢的事情互相争论，这只是让人们对它们的可爱产生共鸣。所以我认为特斯拉机器人也可能会发生这样的事。

我们有信心把它们制造出来，可能会在2022年底拥有一个原型。

马斯克逻辑
——记录一位时代冒险家的传奇故事

问：SpaceX的运载火箭能够实现快速迭代，客观上既有来自NASA的任务支持，也有你对商业太空的不懈追求和登陆火星的强烈愿望。但这是否也说明，所谓的"技术鸿沟""市场风险"等因素经常被过度放大，反而阻碍了创新和产业发展（至少在工程技术层面）？

答："技术鸿沟""市场风险"等因素经常被过度放大，可以这么说。不过，从另一个视角来理解，被过度放大，也就是风险被放大、不确定性被放大，那么，自然需要勇敢者、先行者，这就是我们。对于真正的勇敢者、先行者来说，创新和产业发展是不可能被阻碍的，会不断被突破，一次又一次，人类就是这样一步一步地前进的。

问：航空航天可能是最具风险（以及危险）的人类活动领域之一，但你和你的团队迄今的表现，却是风险越大，越敢于冒险、愿意冒险。你做任何事，都不害怕担风险吗？冒险，是你寻找生命意义的方式吗？

答：一开始你没有孩子，但随着年龄增长，你的责任也在增加，一旦你有了家庭，你就不仅要对你自己负责，也要对你的家庭负责，这时开始冒险做一些没把握成功的事情会变得更加困难。所以，你应该在这些义务到来之前就这样做——去冒险，大胆地做一些事情，你不会后悔的。现在是冒险的时候了。

有时候当有人告诉我这个想法很疯狂，我也会非常害怕。你能抑制恐惧，但还是会害怕，这一点很烦人。但当这件事足够重要，重要到让你相信即使恐惧你也会这么做，你就会克服恐惧。而不是好吧，我很害怕，我不该做。试着接受可能失败的概率，就可以减少恐惧，然后会逐渐驾驭或超越恐惧。意愿大于恐惧，它取

第六章　冒险才是人生原本的样子

决于是否相信未来会比过去更好。

我不觉得我胆子更大，完全是自然而然地去做的，我注重的更多的是长期规划而非短期利益——最后总得有人来做这件事。如果有人做我就去帮忙，但如果没有，我就自己来做。

作为SpaceX的首席工程师，我在所有的工程设计项目上都签了字，因此如果任何设备有任何问题，本质上都是我的错，所以我实际上脑子里想的都是工程设计。

当我看到火箭时，我脑海里会想到那些可能会出错的因素和能够提升的部分。也就是说我看到"龙"飞船的时候也是如此。所以一般人看到火箭可能会说："这个航天器或火箭看起来很酷！"但我就会像一个读数机一样，一直在说有哪些风险、哪些问题。

常识而言，为了获得丰厚的回报，就必须承担很大的风险，小风险大回报的情况是极其罕见的，所以你要控制回报和风险的比例。但如果目标很重要，比如我认为拥有最佳太空技术的目标越来越重要，那么它就不是冒险了。

你可以拥有一辆很便宜但是性能很稳定的汽车，同样这个规则也适用于火箭。我希望自己能死在火星上，当然，不是在进入火星大气层时就摔死。冒险，应当成为每个人的一种生活习惯、生活方式。或者说，冒险精神是一种生存法则，逃跑、躺平也是一种生存法则，看你选择哪一个。

问：星舰登陆火星的日子似乎不远了。这对于人类的未来有着极其重大的意义，对你来说也意义非凡——意味着你想象一个可能存在的世界，然后证明它的确存在（宇宙是有答案的），是吗？

答：人类显然有很多问题，人类有时会做坏事，但我爱这个群体。我认为我们应该确保我们所做的一切，能够让我们可以有一个美好的未来，一个令人兴奋的未来。我有义务努力探索更多，去最大化人类的幸福。

人类的未来依赖于我们对其他星球的探索，否则我们将永远被困在地球上。宇宙已有将近140亿年的历史，而人类出现在地球上的历史很短，所以之前那么长时间足够其他文明兴起。从统计学角度看，在如此漫长的时间内，很有可能存在其他文明，而且他们还找到了非常可信的模拟（simulation）方法。这种情况一旦存在，那么他们建立自己的虚拟多重空间就只是一个时间问题了。我们也许活在模拟中，人类文明很可能与游戏一样，是许多模拟文明中的一部分。我们不要尝试加快文明进化的速度，否则可能会让界限变得模糊，让文明走向终结。

登陆火星，将成为人类扩大意识的范围和规模的重大一步，将有助于我们获得宇宙的答案。

SpaceX会让星舰运转起来，这只是一个时间问题。我们要花多长时间来做这件事？需要多少次发射试验，让它达到全面迅速的重复使用？这些试验我可以用物理学计算。我对成功充满信心，计算结果都在预测成功区间内。SpaceX有一支天才团队，他们夜以继日地工作，就是为了让愿景成为现实——实现航天革命和帮助人类成就星际文明。做到这些的关键，必须要有一个完全和快速可重复使用的轨道火箭。

问：关于星链（Starlink），公众能想到的是它将提供不同于地面网络的通信效率和体验，那么，还有哪些无法想象的应用，比如未来的星际通信？

第六章　冒险才是人生原本的样子

答：星际通信，一定会继续吸引更多的人入局，这是我们的责任和使命，或者说是"宿命"，一种遏制不住的激情在作怪。

问：作为特斯拉能源革命的重要拼图的SolarCity，近年来麻烦不断。这是否会影响到你构想的"星链+SolarCity+特斯拉"的新能源产业链闭环的形成？

答：我期待旗下的产业在一个恰当的时机产生化学反应，这也正是我决定实现那些"天马行空"的想法时的初衷。为什么特斯拉能够成为资本追逐的目标？因为特斯拉有新能源、智能化两个基因，这两个基因是传统车企所没有的，这也是特斯拉能够颠覆传统汽车产业的因素之一。也正是因为有了这两个基因，才有源源不断的资本和客户看好特斯拉，坚信特斯拉能够创造奇迹。如果哪一天资本对特斯拉或者SolarCity等项目失去兴致，那将是非常可惜的。但即使这样，"星链＋SolarCity＋特斯拉"的新能源产业链，或者"星链-特斯拉-脑机"全球互联的通信产业链，都完成了对传统产业的全新拓展与构建，它们都是极具前瞻性的冒险精神的产物，形成产业闭环的概率将取决于我们创造未来的决心。

问：对于脑机接口技术的发展，你有没有类似"登陆火星"一样的个人愿景（情结）？

答：不仅这两个方面，我还有更多的愿景，或者情结。想办法连接大脑很重要，现在我们的大脑和外界的交互太局限了（大脑的能力没有很好地输出），我们大脑的能力是超过电子邮件、电脑、手机或APP的，我们本来就是超人。

我们希望在未来开发出具有普及性的人机连接设备，最终实现外部操纵功能，到那时实现真正的虚拟现实游戏将不再是梦想。脑机接口的最终目标将可能会改造人类的思想意识，从而创造出一个完全不同于现在的未来世界。

问：你一直认为人工智能是"人类生存的最大威胁"，这是你选择站在脑机接口技术这一边的主要原因吗？脑机接口和人工智能，某种程度代表着永生和死亡，也象征着人类命运的选择吗？

答：人工智能不一定要很邪恶才能毁灭人类。如果人工智能有了目标，而人类只是恰巧挡在路上，那么人工智能就会毫不犹豫地摧毁人类。人类命运的选择，向来出乎所有人的预料。威胁也有可能转变成利好，就像是谬误和真理的相关转换。我们能想到的最不恐惧的未来，就是我们民主化人工智能的那一天。

我曾经开玩笑说，Neuralink公司的口号是：如果你不能打败他们，就加入他们。从长远来看，我们不可能打败计算机的智能，但也许我们可以达成一种愉快的共生关系。限制人类智力发展的其实是"输入输出"的能力，即人只能接受或发出有限数量的信息，而"解药"只有一种，即一种被称为"神经蕾丝"的大脑植入物，它能通过连接人脑和电脑来提高我们的智力。在这个过程中，我们也可以治愈很多由大脑损伤引起的疾病，无论是先天的，还是后天的。所以，如果有人患了中风、癫痫、临床抑郁症或类似的疾病，都可以通过脑机接口设备得到改善。

Neuralink最基础的用途在未来许多年里将只是解决医疗问题——严重的大脑或脊柱问题。Neuralink的第一个应用是帮助四肢瘫痪的人，让他们用意念就能轻松地使用电脑或手机。随着设备越来越先进，从长远来看，我们可以在概念上彼此之间实现心灵感应。

第六章 冒险才是人生原本的样子

问：未来，如果发生了人类和机器大战，实现"人机融合"的人类，能战胜具备超级智能的机器吗？

答：计算机已经在很多方面比人更聪明了，而且我们的目标还在变得更高。比如，过去下棋是聪明人才会的，现在智能手机就可以打败世界棋王。以前大家觉得下围棋人类比电脑强，但是李世石被AlphaGo以4∶1的比分打败，AlphaGo Zero则以100∶0的战绩打败了AlphaGo。人类和计算机下围棋就像人类和宙斯斗争一样，几乎没有希望赢，我们相差太远了。人类的智力在越来越少的方面胜过计算机，并且以后会越来越多地被计算机超越，这是肯定的。

谁知道未来的世界是不是还由人类打造，所以，以人和机器结合的方式去打败机器，这是可能的选择之一。未来，或许数亿人会通过连接人工智能来拓展能力，这种方式会让每个人都成为"超智人类"。

问：对于你所构想的立体隧道网络（或立体轨道交通系统，尽管有人不承认这种交通系统），你认为最可能最先在哪里、何时变为现实？

答：这已经在我的脑子里实现了，不是吗？剩下的就是两个字——行动！

问：外界认为，"无聊公司"真正的颠覆性不在于更快捷、经济地运人（或车），而在于更快捷、经济地挖隧道。你怎么看这个问题？

答：两者都行，看你更在意什么。

马斯克逻辑
——记录一位时代冒险家的传奇故事

问：那些"最能影响人类未来的问题"，也意味着是"最赚钱的方式"吗？技术和商业需要怎样融合，才能成为推动社会进步的强大动力？

答：我们的世界有很多未破解的难题，它们就是将来技术突破与应用突破的方向。在未来，无论哪个人、哪个企业或哪个国家率先解决了这些问题，找到技术浪漫主义与现实实用主义衔接的途径，实现技术与市场的突破，就有可能成为未来世界发展的引领者。这种趋势不会因技术或市场的起伏而改变，关键在于敏锐判断新技术爆发的时机以及强大的创新动力。

问："为什么世界上不会出现第二个埃隆·马斯克？"对于网友的这个问题，你的回答是："如果你需要鼓励的话，就不要去创业了。"这个回答的意思是，创业对你来说也是一项巨大的挑战和并不愉快的过程？

答：创业，会带给你最大的乐趣，但必然伴随着数不清的痛苦，这也是创业获得乐趣的必然前提。许多时候，人们认为创立一个公司是一件很有趣的事情，但其实并没有看上去那么有意思。可能有一些时候很快乐，可事实上也有许多很糟糕的时候。尤其是当你成立了一家公司，你要选出公司里最头疼的几个问题，花时间在不会出错的事情上是没有意义的，所以你应该只关注会出错的事情。

你在公司里需要一个可以筛选出最糟糕问题的过滤器。你应该处理那些公司需要你处理的问题，而不是那些你自己想解决的问题。弄清这一点，需要花费很长一段时间。

在创办公司方面，就像爱迪生说的，需要百分之一的灵感和百分之九十九的勤奋，可见创办公司大部分在于执行。就像你开始实

第六章 冒险才是人生原本的样子

现一个想法，而这个想法基本上是错误的，那你就需要改进这个想法，不断完善它。你需要听取批评，有些批评可以置之不理，但要听取正确的批评然后不断地改善它。你需要超级勤奋地工作，这一点非常重要。接下来，你就要不断地反复地问自己：我所做的对别人有用吗？因为那是一家公司该做的事情。公司就是一群人聚集在一起去生产某个产品或提供某个服务。只有在它的产品或服务真的对客户有用时，一家公司才得以生存。公司的成功取决于团队的人才和工作努力程度，以及他们在一个好的方向上凝聚的程度。

问：你也抱怨过每周工作超过100个小时很痛苦，但是没有选择。现在还是这种状态吗？如果再让你选择，你还会选这种生活方式吗？

答：我曾经测量过我每天所需要的睡眠时间，平均是5.5个小时。当然那其实是我的苹果手机上一个可以测量睡眠的应用测的结果。我的工作量很大，以前每周工作100多个小时，现在大概80～90个小时，这些都能够提高成功的几率。把"痛苦"变成一种生活方式，没有更好的选择，也是我唯一的选择。否则，这一切就不会出现。调节压力的方法就是：忍受痛苦，并确保我所做的工作是我真正在乎的。

给自己充分的动力，否则你的奋斗之路将苦不堪言。

问：曾经有人问："我怎样才能成为比尔·盖茨、史蒂夫·乔布斯、埃隆·马斯克这样伟大的人物？"

答：我从未想过成为一位伟人。我小的时候不知道自己长大了会做什么，我只是希望能从事尖端的工作，或者做影响世界未来的事情,但我根本没想过去做什么伟大的事情。

我喜欢只做创新工作和工程工作,但总体而言,人的一生都要面临选择,要想在任何事上都取得成功,你就得既选择困难或无聊的部分,更要做不无聊的事,如果你不做出选择,坏事就会发生。如果他们(工程师们)不做不喜欢的事,公司就会有麻烦。就好像做饭比洗碗更有乐趣一样,但作为公司的管理者,你可能既要做饭又要洗碗,你要兼顾。

问:你吸引顶尖的科技人才、商业精英,共同去挑战一个全新的领域,主要靠什么?你现在看人(包括挑选人才),最看重才能还是人品?

答:才能。在SpaceX成立早期,我会搜罗美国最好的大学航天专业最顶级学生的名单,然后一个一个给对方打电话、发邮件,讲述自己的梦想,邀请对方加盟。他们最后全都来了。当然,人品,决定了他们能否走得更远。

关键是确保你的激励结构,这样创新就能够得到回报,缺乏创新会受到惩罚。必须有一根萝卜和一根棍子:如果有人在创新并不断进步,那就尽快提升他们;有人无法完成创新(当然,并不是每个角色都需要创新),那就不提升他或者让他退出。

第二节 活要绚烂,死要安然

问:"硅谷钢铁侠""连续创业家""科技大亨"等称谓,你更喜欢哪一个?为什么?

第六章 冒险才是人生原本的样子

答：我更喜欢这个——特斯拉的共同缔造者。当然，如果选择身份，我还是会选工程师，我从小就想当工程师。我感兴趣的是改变世界或影响未来，我想这个描述是最准确的，类似于开发新技术来解决问题。当你看到奇妙的新技术时，感叹"哇哦！这怎么可能发生呢"，这是最激动人心的。科学是伟大的，它是发现宇宙中已经存在的事物，而工程则是创造从未存在过的事物。我想通过科技让生活更美好、更有趣，创造一些新的东西，比如宇宙中从未存在过的东西。

问：外界对于你当选美国国家工程院院士大多持积极肯定的态度，认为你获得这项工程师的最高专业荣誉是实至名归，但围绕你的学历以及创新贡献的讨论同样热烈。你怎么看待这项荣誉？

答：非常感谢——院士这个荣誉对我来说绝不仅是多了一重身份而已。我想我是工程师，这个身份和所有工程师都一样，如果说区别，那就是对待创新的思考和实践程度或许不同。

问：你有崇拜的对象吗？你的精神生活是怎样的？

答：我不崇拜任何东西，但我确实致力于使用技术让人类获得进步。我也不会祈祷，当我得疟疾差点死掉时都没有祈祷。至于说精神生活，这在某种程度上取决于你认为精神意味着什么。我们不了解宇宙，我不太相信有某种超意识在监视我们的一举一动，并根据我们所知道的一些标准对这些行为进行评估，然后决定我们死后是否要去一个地方或另一个地方。这不太可能，但这确实提出了一个问题：是否存在某种超意识？超意识是从哪里来的？我认为最有可能的解释是从简单性演变而来的复杂性。随着时间的推移，简单的元素结合起来变得日益复杂，并最终成为我们的

马斯克逻辑
——记录一位时代冒险家的传奇故事

样子。

宇宙的本质让我敬畏。

问：你的一些观点经常会颠覆传统认知，你迄今创办的"颠覆传统"的企业也在不断重构所在的产业格局和社会运行方式。改变、重构这个世界，是只有天才（超人）才想做的吧？

答：不论是航空还是能源，都是失败率远大于成功率的冷门行业，但当你相信你做的是对的时，你就不愿意浪费一分一秒，哪怕这要你赌上一切，要将其他人不舍得放弃的东西都拿出来投入其中。你至少要有不畏惧被视为疯子的勇气。

对新事物持怀疑态度是正常的表现。我并不指望所有人都相信我，但如果回过头来看看我以前的预测，你会发现它们大多是正确的，我们谈论的也就是未来5年左右内的事情。

我希望我们能把这个世界变得更好，帮助全人类活得更好、更加健康，这就是世界的本质所在。我们要为全人类意识长久的存在而奋斗！

问：同时管理那么多公司，面对那么多陌生领域，还要从外行变成内行，你是如何进行时间管理的？又是如何突破知识壁垒的？

答：我认为技术和创新可以让一个新企业迅速跨越赛道，攻陷别人的主场。如果你能把不同领域的知识结合在一起，就有机会创造出超常成果。我建议，在有兴趣的前提下，大家可以学习各个领域的基础知识，然后思考一下如何将不同领域的知识融会贯通。至于突破知识壁垒，那你首先得开始学习，从真正学习一门知识开始。如果把这个问题简化，特别是就我个人的经验而言，最重要

第六章 冒险才是人生原本的样子

的一条就是读书。

CEO（对我而言）只是个虚构头衔，没有任何意义，我会对任务进行分类，每周都不一样，试着做最有用或者最需要我做的事情。经常有人问我如何分配对SpaceX和特斯拉的管理时间，我在两家的工作时间差不多均等，如果说有差别，那主要取决于当时的危机类型。

问：让别人追赶，而不是容忍别人、等待别人的脚步，之所以形成了这样的处事方式，是因为你一直想做超酷的事情？

答：我追求极致效率，我经常用"特种部队"来形容我的员工们。他们需要有极高的工作主动性、韧性和容忍度，因为我们做的工作会产生难以置信的影响。而这，一定会很酷。看看那么多人喜爱特斯拉，你就明白了。

问：你经常会冒出一些天马行空的想法，比如你在推特上公开的种种计划和奇思妙想……这种"想做什么就做什么，而且要做到最好"的性格，除了带给我们很多惊喜和巨大改变之外，有时候是否也会给你造成一定困扰，比如在日常生活中？

答：我喜欢在推特上直接发表观点和信息，与公众直接交流，我喜欢将事情做到"天花板"的程度，达到极致。在生活中，我会从理性的角度去分析事情。

问：你正在朝着自己设定的拯救人类的"超级英雄"的角色不断靠近。作为一个"超级英雄"，你希望始终保持怎样的形象或影响力？你认为"超级英雄"面对的"反派势力"是谁？

答：我希望自己始终能够去追求那些对于未来真正重要和有价值的技术，将其变成现实，并惠及人类。

我认为，人类目前所有的痛苦，都源于自身。而拯救人类，也取决于人类自身。"反派势力"不是别人，就是我自己、我们自己。我们每个人身上的缺点，就是人类自身短板所在。这不是具体的哪一个人，而是所有人。我之所以与众不同，是因为我比其他人更早地意识到了这一点。

问：你"宁愿切腹自杀也不愿失败"，是不允许失败，还是完全不考虑最终失败的可能性？就像腓特烈大帝，都是理性的疯子（孤注一掷的赌徒性格）？

答：即使在最困难的时候，我也没想过失败。困难在于身处那样的情境，你对雇员和投资者都负有如此多的责任，如果我不能履行责任，帮助公司生存下去，那我确实会感到极度失望。

我印象中，从未真正面临神经崩溃的边缘，我也不认为我是那种会神经崩溃的人，那是特殊的人才会有的事。我记得2008年圣诞节前，那个周日早上我醒来后想着：该死，这是我最后一线希望了。当时希望非常渺茫。那时猎鹰火箭的发射虽然成功了，但是我们的钱也花光了，因为我们失败了三次，只成功一次是不够的。特斯拉的融资即将结束，我们大概只有两三天时间，否则便要在圣诞节前关闭它。当时我就觉得在年终岁末，自己的所有公司都面临倒闭，那是我人生中最煎熬的时刻，我难以入眠。直到我接到NASA打来的电话，告诉我他们决定把一个订单给我们。我以为当时他们都放假了，不会打电话过来，但他们居然打来了。然后我（在电话中）对对方说："我爱你！"

第六章 冒险才是人生原本的样子

我的意思是，创业就是要一边咀嚼玻璃，一边凝视深渊。考虑失败的可能性，如何从败局中汲取经验，让自己变得更强，这十分重要。你想要最好的，就要经历最痛的。我们在做别人认为不可能完成的任务，以理性的标准看，我们的目标都是极其疯狂的。

一个人的一生，如果没有经历几次失败，就会错过挑战自我极限的机会。既然我们选择了创新，就不能畏惧失败，而是从每次的失败中去咀嚼事物的本质。

就我而言，我永远不会放弃。接受失败，但不接受放弃。你的目标很重要，我们需要考虑的是，人活着到底是为了什么？人活着的意义是什么？我们正在做的事情，是不是在扩张人类的智慧版图？

你之所以还没成功，是因为失败得还不够多。比如在星舰的研发制造过程中，高生产率能够解决许多弊端。只有源源不断地制造，锲而不舍地试错、优化，拿出越挫越勇的干劲，才能一步步逼近成功、赢得成功。

问：你从哪里获得力量来让你坚持下去？

答：这不是我思考问题的方式。我思考的方式是：这是一件非常重要、必须完成的事，那我们就应该坚持做下去。我不需要一个力量来源。"放弃"不存在于我的本性中，我也不在乎什么乐观主义、悲观主义，去他的，我们会搞定它的。

好吧，如果非要强调"动力"，我的动力就是我希望能够展望未来，并且满怀希望。所以，我们正在尽我们所能去拥有更好的未来。从可能发生的事情中获得灵感，并期待明天的到来。我的动力就是试图去弄清楚我们如何确保事情发展得更好。这也是特斯

马斯克逻辑
——记录一位时代冒险家的传奇故事

拉和 SpaceX 背后唯一的准则。

问：你变卖房产、积累财富，是为了实现移民火星等更远大的目标，不想被财富、物质等世俗生活所束缚吗？

答：事实上，除了公司的股票，我几乎没有任何具有货币价值的财产。所以，如果工作很紧张，我就睡在工厂或办公室里。如果我的孩子们和我在一块儿，那我就租个地方什么的。而且很多时候只有我一个人住，所以我不需要大房子。

有时我也在想，我为什么要持有股票？为什么我有这些东西？回到我之前所说的，我认为人类成为多星球物种并发展太空文明是很重要的。在火星上建造一座城市需要很多资源。我希望能够为火星上的城市做出尽可能多的贡献。这意味着需要大量资金。

占有物质会让我觉得沉重，我只是想为人类留下痕迹，我相信会有更多人跟随我的步伐。

问：坚持非常重要，永远不要放弃，除非迫不得已。对于很多人来说，坚持+喜爱，就能带来财富或其他价值吗？

答：目标清晰明确很重要，而且要有敢为人先的勇气。坚持和兴趣都很重要，但是想要实现追求，还需要有在逆境中持续奋斗的强大意志。对我个人来说，活要绚烂，死要安然。

问：你曾说："人们可以选择不平凡。"对于不甘于平淡无味生活的年轻人，你有什么人生建议？

答：对于自己的梦想和信念，我的想法是：不放弃。要朝障碍最大的路径走，创业就是一个走"窄门"的过程。每位创业者都有着一颗经受过千锤百炼的钢铁之心。你想要最好的生活，生活就一定会给你最强的伤害，除了坚持，没有更好的选择。

我觉得如果有人在做一些能让社会受益的事情，这件事总体上应该都是有价值的。不一定需要"改变世界"，只要为人们创造了价值，哪怕是一个游戏或者帮人们更好地分享照片，如果能惠及足够多的人，哪怕只是微小的进步，我觉得都是有价值的。

尝试做一些有用的事，做对你同胞、对世界有用的事情。随时思考你贡献的比你消耗的多吗？要努力为社会做出积极的贡献，我认为这就是目标。

不要为了成为领导者或者其他什么而试图成为领导者，很多时候，成为领导者的人往往是不想成为领导者的人。

如果你过着有用的生活，那就是美好的生活、值得过的生活。就像我说的，我会鼓励人们使用物理和心理工具，并将它们运用到生活中，这是最好的工具。

我鼓励人们阅读大量书籍，尽可能多地吸收信息。你至少对知识领域有一个大致的了解，尝试了解很多东西，因为你可能不知道自己感兴趣的是什么。广泛的探索，和不同的人交谈，了解各行各业，喜欢什么职业就去做。

尽可能多学习，寻找意义。多阅读和尝试，找到和你的才能相匹配的事情，然后去做。

问：面对新的竞技场，怎么才能减少恐惧，少走弯路？

答：足够的勇气和坚持会让人绝处逢生，设置明确清晰的目标，能起到事半功倍的效果。如果有些事对你来说非常重要，即使所有人都反对你，你也应该坚持下去。

马斯克逻辑
——记录一位时代冒险家的传奇故事

人生中遇到的最大挑战之一，是确保你能有纠正反馈循环，并继续保持这个循环，即便是别人不敢对你说逆耳的真话时。

问：很多时候，提出问题比解决问题更重要，是吗？

答：提出问题不会影响问题本身的价值，只是解决问题的一个铺垫过程，但在创新方面，提出问题很重要，化繁为简，才能探究事物根源的本质问题。

不要随大流，就像我常讲的，从物理学第一性原理出发，你应当将事物归结到最根本的真理上。从根本出发进行推理，能让你很好地判断某个想法是否真的行得通，而不只是听信别人的观点。如果我试图解决一个问题，并且我认为我已经找到了一些接近于解决问题的元素，我会花上几个小时去思考它。

你不能什么事情都这样考虑，这需要很多精力。但在创新的时候，这无疑是最好的思维方式、最强有力的方法。

问：商业世界的每一刻都不会重演。你觉得，创业者向你学习的最好方式是什么？

答：我知道我是独特的，全世界都知道这一点。但是，我需要强调的是：不需要向我学习，或者说不要只是向我学习。我们需要的是彼此相互学习。独立思考并专注于目标实现的能力十分重要。努力工作，专注于让自己的产品变得更好，持续地自我思考，从根源出发，深度思考。要专注于信号而不是噪声。敢于冒险的勇气也很重要。对处于初创期的企业而言，资源尤其稀缺，缺人、缺钱、缺资源、缺管理能力，所有的资源都无法跟上公司发展的需求，这时候更需要我们做减法，聚焦、聚焦、再聚焦，集中力量在一个点上，形成突破，打开局面。比如在特斯拉，我们从来没有在广告上花过钱，而是把所有钱都投到研发、制造和设计中，试图让汽车尽可能的好。我认为这是我们要走的路。

必须专注于打造客户喜欢的产品。买到的产品恰好是自己喜欢的，这种情况一般很罕见，符合这一标准的产品其实很少。如果你能生产出这样的产品，能取悦客户的产品，你的企业就一定会成功，你的客户也会希望你成功。

一直以来，我的首要目标就是打造客户喜欢的伟大产品，无论选择哪个方向、哪种合作关系，都是为这一目标服务的。总体来说，我并不会从所谓的战略角度考虑问题，我其实只有一个想法，那就是尽我所能提升用户体验，仅此而已。

问：你思考问题的方式，核心就是你所谓的"第一性原理"吗？

答： 物理学是基础，其他都是建议。我见过很多违反法律的人，但还没有见过可以违反物理学的人。如果是技术问题，你只需要确保自己没有违反物理学。物理学是一种很好的思考框架，也就是第一性原理思维。它把一切都归结于事物的基本本质，并由此开始推理，而不是采用类比推理。我认为这种思维方法几乎可以应用于生活中所出现的任何事情。物理学有些基础知识，比如说能量守恒定律，如果你违反了物理学，这件事就不可能完成。还有一个方法是在极限中思考问题。比如把你正在思考的那件事情扩展到一个非常大或一个非常小的范畴，事情会发生什么变化？

常见的思考方式其实是一种惯性，人们倾向于使用他们熟悉的工具和方法，导致做出的东西不太可能是完美产品。另一种思考方式是尝试想象完美产品或技术，不管它是什么。然后想：原子怎样才能完美地排列？让我们试着弄清如何研发这种形状的产品。

要从以下两个方向来考虑问题：第一，可以用我们的工具建造什么？第二，理论上的完美产品是什么样的？因为你学习得越多，对完美产品的定义也会改变。在此之前，你实际上不知道完美的产品会是什么样的，但你可以制造一个近似于完美的产品。具备了以上两个思考方向，你会想：现在我们需要创造什么工具、方法、材料才能让原子完美地排列？

问：除了第一性原理，大数据是否可以帮助我们找到新的思维方法？

答：大数据可以预测市场的需要，将很多东西数据化，让我们的决策更科学、更快速，高效预测、高效创新、高效决策。但大数据也有潜在的公共安全风险，监管者应该留意谁拥有这些数据。每个人都应该有自己私密的数据，不应该被某些网站的某些条款所欺骗，导致个人数据被读取。大数据潜在的隐患比核弹更危险。我们应该意识到这一点，不能让不法之徒有可乘之机。

问：除了工作上感到"时间不够"，你在生活中也是如此。那么，要如何兼顾家人和家庭？

答：工作上，为了保持高强度工作下的专注力，我喜欢喝咖啡和健怡可乐，每天得消灭8罐健怡可乐和好几个大杯的咖啡，现在办公室开始补充一些无咖啡因的可乐。生活里，我会陪伴孩子，在周末陪孩子看电影，到迪士尼坐过山车，尝鲜奶油做的啤酒，或是一起打游戏……没有什么事比当他们的父亲，更让我感觉快乐的了。

第六章　冒险才是人生原本的样子

问：你有6个小孩，你也非常喜欢小孩，你希望他们将来成为什么样的人？或者，你希望做一个怎样的父亲？

答：我不确定6个孩子是不是足够多了，从技术上讲，我可以有更多。是的，我喜欢孩子。我想做个好榜样。我是一位普通的父亲。我希望我的孩子用自己喜欢的方式去表达，希望他们自由，慢慢找到最想做的事情。我也希望他们能心地善良、自我驱动力强大、想象力非凡，这也是我创办的火星小学（Ad Astra School）的教育信条。

Ad Astra来自拉丁谚语Per aspera ad astra，意思是"历经艰辛，终达星星"。火星小学不同于其他大部分学校的地方是，它完全没有年级的概念，所有孩子在同一时间同一地点上课，大家各有各的喜好，教师因材施教，让教育更加符合孩子们的资质和能力。另一个原则是教学生怎么解决问题，或是教他们认识问题本身，而不仅仅是教他们使用工具，这一点很重要。教学应该是教孩子如何去面对问题，然后寻找解决的工具。就像你要教人们机器是如何运转的，用传统的教学方式的话，我们就会光讲解螺丝刀和扳手使用的注意事项。更好的方法是什么呢？打个比方，就好像这里有一台发动机，我们把它拆开，怎么拆开呢？你需要一把螺丝刀，那就是螺丝刀的用途；你需要一把扳手，那就是扳手的用途，接下来很重要的事情就发生了——工具的正确用途变得显而易见。大部分传统教学所做的无非就是让人遵守原则，他们希望孩子们坚持那些原则，我却想看看我自己能对此做些什么，或许创办一所学校会更好。现在，我已经从学校事务中脱离出来。学校更名为Astra Nova School，它的这种教育模式正在被推广到更多家庭中去。

马斯克逻辑
——记录一位时代冒险家的传奇故事

第三节　我的思想早已到达火星

问：你曾说："希望自己能想到未来，并觉得未来很不错"，并把它称作驱动自己前进的力量。想象未来，然后创造未来，是你的人生信条吗？

答：改变地球碳排放值、实现人类的火星梦、加速世界向利用可持续能源转变，这些话不是口号，我一直在为此努力，即便我要付出一生作为代价。我知道先行者是孤独的。不过，我更相信，肯定会有更多的同行者。

一直以来，美和激励人心的价值被大大低估了。我不想成为谁的救世主，我只是想要想象未来，希望不要对未来失望。如果说（我的人生）希望遵循的规则，我希望做一个有用的人，在回顾过去时可以说，我的行为对世界有好的影响。

问：你的火星之旅，外界有很多猜测，比如在太空中结婚、在火星生子，等等。你自己对于未来火星生活有什么设想？会为"火星基地如何保持自给自足"做些什么吗？

答：我一直试图利用科技来使未来美好的可能性最大化。而且，从根本上讲，这样才能确保我们拥有未来。这就是为什么可持续能源对地球的未来如此重要的原因。然后，人类成为跨星球物种并发展太空文明对于地球的未来很重要，以确保在最坏的情况下，如果发生第三次世界大战或全球热核战争，或者争类似的事情，也许地球上的所有文明都被摧毁，至少它会继续存在于其他地方。而且，火星上的文明最终可能会对地球产生持续的影响。但是，从根本上说，如果我们是一个多行星物种，作为一个太空文明，那么我们的持续生存时间将大大提升。就像我们知道的意识和生命一样，为了理解生命的意义，我们应该扩大意识的范围，扩展到太阳系外。

登月是我们曾经达到的水平，但现在已经过去了50多年，我们还没有进行过第二次登月。这是否意味着我们的技术在50年前就已达到顶峰？所以我认为我们必须再次登陆月球，在那里建立一个科学基地，就像南极和世界其他地方的科学基地一样。在那里，我们能了解到更多关于宇宙本质的东西。

我认为这一切都是相关联的，所以这就是我认为的下一件大事——建造一个月球基地，然后把人类送上火星，建立火星文明。合理的下一步是在月球上建立永久基地，并最终在火星上建立城市。在火星上建立一个自给自足的城市，至少需要发射 1000 枚火箭。地球与火星的会合周期大约为两年，即每两年才有一次发射机会。因此，把建设一个自给自足的火星基地所需的一百万吨货物运输过去，至少将花 20 年时间。所以，我们已经拥有了最珍贵的东西——时间，那就即刻开始吧。

问：你不认为金字塔是外星人造访地球的证据，"如果是外星人建造了金字塔，他们还会留下电脑之类的东西"，但后来又表达了截然相反的观点。这是玩笑话，还是你真的改变了主意？

答：在这一点上我就像孩子一样，小孩子的观点，就是不断变化的。因为小孩子会不断获取更多更新的信息，不断纠正自己的认知。我每天都会表达无数个观点，其中大部分是与人类有关的。但是，你也得允许我偶尔像个普通人一样。我们每个人都会遇到一些事情，也会因为获取信息的不同，不断调整自己的观点。如果一个观点恒定不变，我想那或许是因为没有开展更多的探索。

马斯克逻辑
——记录一位时代冒险家的传奇故事

问：你对外星人的态度也与此类似，以至于外界也经常跟你开这样的玩笑，称你为"外星人"。你曾说："我不是外星人，但我以前是外星人。"这样的观点，你真正想表达什么？

答：我想表达的观点已经很清晰了：我不是外星人，这是大家都可以确定的事情；但我以前是外星人，是因为我的思想早已到达了火星，到达了宇宙。

问：你曾说，火星探索会死很多人，不是富人逃生通道！这解释了外界对于太空之旅的一种"误解"。你是想告诫大家对于太空（火星）之旅不要盲目乐观吗？但外界的这些乐观想法和你对移居火星的大胆想象，似乎同样疯狂？

答：人类的每一次探索都充满了未知，而人类也的确会因为未知产生各种想法。但是探索发现的事实、探索结束之后我们分析出的事实，其本身是确定的，不会发生改变的。我们总是做最好的准备，做最坏的打算。这是符合第一性原理的最基本、最正常的思维方式。我只是将事实说了出来。至于说其他人怎样理解这个事实，那其实是其他人的问题。事实就是事实，并不会因为不同人的观点有什么改变。有的人的观点与我相同，或者采纳了我的观点，有的人的观点与我不同，或者不认同我的观点，都不能改变事实。这就是第一性原理。

当然，每当我开始变得有些疯狂的时候，你们会提醒我的，对吧？

问：在月球建基地，然后在火星建造城市，你更宏大的目标是缔造一个太空文明，让人类成为一个多行星物种。关于这个"太空文明"，你还有哪些大胆的构想？

第六章 冒险才是人生原本的样子

答：地球上的碳基生命从海洋走向陆地，进化出了肺；从陆地走向太空，运用脑力进行造物。那么，太阳系中某颗行星上的碳基生物熟练掌握飞出大气层的能力，真正走向太空，开始生物新阶段，就需要进行更多的宇宙探索和能源发掘。在这一点上，我们正在努力探索中。

只有走出地球探索其他星球，才能让人类的种族和意识不断传递。地球已经存在45亿年的时间了，现在第一次出现了这样一个机会，生命可以走出地球。

人类文明的多星球化是重要的，这并不意味着逃离地球，相反我们99%的努力应该集中在地球上，但我也真的认为我们值得拿出1%的精力去努力，飞往火星，在那里建立一个城市，让人类成为多星球的物种。首先，地球总有可能会发生一些可怕的事情，这是我们无法预测的，比如根据化石记录我们知道过去5亿年发生了5次物种大灭绝的事实，这是一种防御性的观点。还有一种激励性的观点，就是在火星上建一座城市，这将是一个不可思议的冒险。人生中要有让人激动和鼓舞的事情，这样在你早上醒来的时候就可以说：真高兴我还活着。移民火星对我来说就是这样的伟大的冒险。

移民火星，并不是说未来我们将全部移居火星而放弃地球，我们还将在地球上延续下去，同时我们也要拥有火星，我们的文明要成为跨星际的文明，我们成为多星球的物种。在外太空可能还有别的宜居的星球，比起未来受限于地球，直到最终面临灭绝，那（创造跨星际文明）是一个更激动人心的未来。

一旦我们成功了，我们就可以在太阳系中各星球间自由来去了。那个时候，我们就需要大量的企业家了，因为那个时候我们需要建立人类文明的整个产业链基础，而且在火星或者月球上建这样的基础要困难得多。我觉得一开始没多少人想去，但是对于一些冒险家也许这是一个好的挑战。他们需要先建立最基础的设施，例如充电站，用于种植庄稼的大棚，等等，有了这些，人类才有可能生存。那里也会有很多的创业机会，火星上什么都需要，从铸铁厂到比萨店，还应该有个好的酒吧……

火星文明应该建立直接民主制度，人们可以直接对事情投票，法律必须足够简短，方便人们理解。此外，法律还需要不断更新，并且具备"法律回收"的规定，可以随时废除一些陈旧的规则和制度。火星还要有本地化的货币，比如狗狗币（戏语）。

问：未来多久，SpaceX 会把人类送上火星？

答：最早是 5 年后，最晚是 10 年后，根本上还是取决于星舰，例如星舰的规模等类似的因素吧。制造星舰的成本昂贵，我们要的是一艘可以重复使用、随时往返的星舰，同时记录这些人前往火星的旅程。星舰的基本优化是最大限度地减少每吨的入轨成本，以及登陆火星表面的成本。现在去火星的往返成本大约是 1 万亿美元，但有再多的钱也买不到去火星的船票。其实现在要把人送上火星也不是不可能，但我们想要的不是和登陆月球一样，登陆火星，在上面树立旗帜留下脚印，然后半个世纪都不回去一次。我们想在火星定居，长久地生存在那儿，人类需要成为一个在多星球定居的物种。

火箭技术真正的梦想，是建立一个完全和快速可重复使用的轨道系统。猎鹰 9 号并没有什么辉煌的突破，然而，造这么一个可以完全重复使用的火箭就已经是一个极其困难的工程问题了。猎鹰 9 号是唯一可重复使用的火箭，但是我们没有成功回收上半段。上半段火箭的成本至少达 1000 万美元，这意味着我们在建造上半段火箭时要尽量把成本控制到最低。目前猎鹰9号的重复使用程度还达不到我们所希望的水平。猎鹰9号每次的发射成本不包含在我们最低的边际成本中，火箭单次的发射成本在1500万—2000万美元。所以我们一直致力于推进火箭的迅速复用，希望把火箭的每吨入轨成本降低100倍。

试想一下，如果你每次开车都要买一辆新车，那会很贵。但如果你给汽车加油或充电就能重复使用，这样就把你的出行成本降低了1000倍，这个道理在火箭领域也一样适用。所以星舰也可以计算每次发射的成本，理想成本在100万～200万美元之间，并且每次发射可以运载超过100吨的补给。虽然现在看有些疯狂。

问：关于人类（地球）文明的延续和前进，你总体持乐观还是悲观的态度？对于这个系统（人类文明）存在的缺点或问题，你更希望以何种方式去面对？

答：人类文明约有7000年历史，而且从文明角度来看高低起伏非常厉害。我不是个天然的乐观或者悲观的人，但未来科技发展将会超越我们理解它的能力。我觉得我们需要更进一步了解宇宙的本质，以确保我们能够进入不同的行星生活。

这并不是因为我觉得地球没有希望了，但毕竟存在这种可能，每个世纪都有1%的可能会让一个文明终结。我们应该把人类在多星球居住看作给生命买保险一样。我们是"管家"，是地球生命的守护者，我们有必要把其他地球生物送上火星，给这个星球注入生命，让它成为太阳系第二个有生命存在的星球。

成为一个多行星物种，对人类的长期生存很重要，我认为其背后最激动人心的部分，是它创造了一种冒险感，它让人类对未来感

马斯克逻辑
——记录一位时代冒险家的传奇故事

到兴奋。有多少你真正喜欢的东西,真的给你带来快乐?它们是如此稀有如此罕见,我希望有更多(真正带给我们快乐)的东西。这就是我们正在做的事情——只是让人们更加喜欢宇宙,因为我们知道宇宙最终会消散,成为一团寒冷的虚无的细雾。我不想事情听起来太黑暗,因为你可能是一个对未来持乐观态度的人,希望做些什么来使未来变得更美好而不是更悲观。我认为我们成为太空物种、往返群星之间的未来,是非常令人兴奋的,这让我期待未来,让我想要那个未来。需要一些东西来让你期待。你早上醒来,期待这一天,期待第二个版本,期待令人难以置信的、兴奋和鼓舞的未来。生活不能只是解决问题,否则有什么意义?人们会发现鼓舞人心的事情让生活值得!

人类社会的经济基础是劳动或者劳动力,其中一个关键问题是如何优化单位劳动的毛利,而提高毛利的最根本的限制是没有足够的人。我认为地球文明面临的最大风险之一是迅速下降的出生率。很多人都认为世界上的人太多了、人口增长已经失控。完全相反,看看那些数字,如果人们没有更多的孩子,文明将会崩溃。记住我的话。

问:你曾预测,未来人们将更多地生活在虚拟现实世界中,比如超现实视频游戏的诞生。人类未来的归宿会是虚拟世界吗?

答:40年前,我们只能玩一款叫《Pong》的游戏,现在看来很傻,就是两个方块加一个圆点。40年过去了,我们有了仿真图形、3D模拟,每天都有上百万玩家沉浸其中,而且这些技术每年都在进步。很快,我们还将迎来虚拟现实、增强现实。

考虑到技术改良的速度,这些游戏很快将变得与现实难以区分。哪怕把现在的技术发展速度放慢一千倍,一万年后的发展水平也

第六章　冒险才是人生原本的样子

将是难以想象的，你知道，一万年对进化史来说根本不是事儿。

鉴于能混淆虚拟与现实的游戏不可避免地一定会出现，而且这些游戏将可以在任何平台上运行，比如机顶盒、个人电脑等，到时候这些设备的数量将达到十亿级，所以对于我们每个人来说，活在真实世界的概率只有十亿分之一。

生活在虚拟世界中也并不一定是一件坏事，比如当人类文明因为某些原因被毁灭时，或许可以被重启。

就两个选项，要么人类停止进步，要么人类最终会创造无法与现实区分的虚拟世界。

现在大家都在谈Web3、元宇宙，目前看来，Web3概念更像是流行语营销，而不是什么现实。至于元宇宙，我现在并没有看到一些能够令人信服的元宇宙建设情况。你可以把电视放在你的鼻子上，但我并不觉得这样就叫作"进入元宇宙"。我不觉得有人真的会把一块屏幕成天绑在自己脸上，这让人十分难受。人们不会想永远离开现实世界，这种事情也不会发生。

相比之下，复杂的脑机接口装置可以让你完全沉浸在虚拟现实中。另外，我们还可通过在人体内接入两个脑机接口装置，一个用来连接人体的运动神经和躯体感觉神经，另一个连接人体发生损害的部位，然后在两者之间进行信号传输，帮助无法正常行动的人享受正常的生活。

我认为这是一件十分重要的事情，因为在未来可以帮助很多人。

问：我们正在进入一个先进技术爆发的新阶段，你担心对这些技术的控制问题。那么，可以采取什么样的行动，才能保证有美好的未来？

马斯克逻辑
——记录一位时代冒险家的传奇故事

答：有一个误区，比如太空技术的进步，1969年我们就能够把人送上月球，后来我们又有了航天飞机，却只能把人送入低轨。再后来航天飞机退休了，美国就没办法把人送入轨道了，这是一个退化的趋势。人们有时候会错误地理解技术进步，技术并不会自动改进，只有当很多人投入大量精力努力去改善的时候，（技术提升）才有可能。

如果需要采取什么行动来保证美好的未来，我认为你需要认真地理解我曾经说过的那句话：我相信人民（I trust the people）。以人为本是非常重要的因素，除此之外，其他都是细枝末节。我希望你也相信人民。只有相信人民的时候，你才能保证有美好的未来。

什么东西对未来的人类影响最大？我觉得还是人工智能，人工智能是我们在较近的未来需要认真对待的东西。让人工智能发挥正面作用是未来至关重要的事。关于人工智能可能的危害我们已经谈论过太多次，现在我们需要真的"make it right"（"使它正确地工作"）了。所以，从事人工智能工作并确认它"正确地工作"是未来第一重要的事情。

问：你一直强调思考未来的重要性，你也一直保持强大而敏锐的技术前瞻性。那么，你能否预测一下20年后将可能发生什么？

答：未来，交通电气化领域有很多机会，比如电动飞机；基因学领域的技术发展虽然争议较多，但能够解决一些棘手的疾病；还有，在神经元层面加入人机界面，实现智力增强而非人工智能……这些都是有很大潜力值得发掘的。我希望那个时候我们的社会是一个可持续的社会，二氧化碳的威胁以及海平面的上升问题可以被减缓。我们在月球和火星有人类基地，那里有人类文明，而且去这些星球的价格会很便宜，任何想去的人都能去。人工智能将赋予人类最大的自由。当然，我们也非常想将人类智慧与数字智慧结合起来。

问：中国已成功发射了神舟十二号、神舟十三号、神舟十四号飞船，首次将航天员送入了自己的太空站。你对此有何评价？是否有与中国在商业航天领域开展合作的设想？

答：中国近年在航天事业上取得了伟大的成就，这也将为全人类带来实实在在的好处。外层空间是全世界人民的共同财富，探索宇宙是全人类共同的事业。中国对于在空间站开展交流合作保持积极欢迎的态度，让国际合作伙伴可以加入其中。中国空间站将成为国际太空合作的重要平台。

中国的商业航天起步比较晚，但也受到政府鼓励取得了快速发展，具有独特的灵活性和效率。中国未来将成为我们的最大市场，我希望我们能在包括航天、新能源在内的很多领域展开合作。

后　记

想写马斯克其实是不久之前的事情。

马斯克干的事情很难不让人瞩目。何况我从2011年起就担任中国科学报社的社长兼总编辑，无论是工作原因，还是个人好奇心驱使，都无法不去关注他的所作所为。不过或许是我自己的个性使然吧，我不是很喜欢太张扬跋扈、爱表现自己的人。这也往往是中国人在很多地方很难理解西方人的原因之一吧。以我的个性，通常会如此操作，你牛你的，我站在远远的地方看你表演。

有很长一段时间，我的确如此。有一次出席某个大型科技产业峰会，当视频连线的嘉宾出现在大屏幕上时，引起一阵躁动。掌声、惊讶，夹杂着一些调侃和哄笑。准备演讲的嘉宾是马斯克。他穿着随意，头发看似打理过，发梢却夸张地翘向一侧，一副嬉皮、怠懒、略略不修边幅的样子。台下不少观众在发笑，我猜大家可

后 记

能既笑这位商界大咖"不庄重"的形象，也笑他曾经展示给外界的某些草率的举动。

相比那些通过社交平台了解他的人，我对他的"理解"或许更深、更全面一些。作为一个资深的媒体人，我能够了解到一些通常难以获取的关于他的经历和故事；作为一个曾经在国家重要机关干过七八年新闻发言人的人，我更知道他即将使用的"套路"会是什么，他将用什么手法来吸引大家的眼球。我笃定，他这种表面的随意后面，将有更多精心的安排和层出不穷的高潮，用来渲染和强化他的表达。果不其然，很快，他的"表演"似乎打动了在场的所有人。不一会儿，观众不再在意他穿了什么，也不再关心他的种种传闻，而是被他口中的超重型火箭、星舰飞船、星链卫星、脑机芯片所吸引。一件件正被他证明的技术创新和产品，以及经历了无数次试错与失败的工程实践，把大家弄得瞠目结舌。以前的那些过于遥远的故事，因眼前他活灵活现的讲述和特有的节奏与感染力而变得生动多彩。他又一次成功地驾驭了整个会场，引导着人们的欢呼和兴奋。可惜我没有。我还是觉得，论科技发明与创新，他是厉害的，至于演讲与个人才华展示嘛，就那么回事了。我的感觉就如同慕名去某个剧院看了一场不错的魔术表演。

后来，我一直关注他在他的"推特自媒体"上发的各种信息。他还是一如既往地让这些信息无一例外成为媒体追逐的新闻。但我还只是观察，并没有动过专门写他的念头。直到有一天，我的生活中多了两个朋友。

一个是米格尔·尼科莱利斯，脑机接口领域的知名科学家，被人誉为"脑机接口之父"。当我和他讨论马斯克及其 Monkey MindPong （猴子通过意念玩电子乒乓球）实验时，他对此有着与许多人不尽相同的评价。作为一名职业科学家，往往会对跨界的一方提出自己专业领域的质疑，更何况是脑机接口这么前沿的科学。后来与米格尔聊多了以后，又意识到这位基础研究领域的"老大"和马斯克这位应用领域

马斯克逻辑
——记录一位时代冒险家的传奇故事

的创新引导者的见解居然有如此大的不同，这是个有趣的现象，我很好奇。

另一个是陶琳，特斯拉公司 25 名高管中唯一的华人。因为某个原因，我一个师妹把她介绍给我。陶琳也曾经是记者，在中央电视台工作过。也许是这个原因吧，我俩有了许多共同的语言。在后来的一段时间，特斯拉在郑州、上海引发了风波。我近距离观察了陶琳和她的团队是如何解决这些问题的。我也认真地问陶琳，马斯克是如何看待这些事情并打算如何解决的。陶琳都一五一十地告诉了我。说实话，他们的做法很"特斯拉"，让我觉得新奇。

作为我们这个时代最具影响力的人之一，马斯克受到我们周围如此多的人的关注、议论，他的行为是如此多元、多面，相互碰撞所形成的力量又是如此持久和有力，的确值得研究。我希望通过对他的观察和分析，能认真地梳理马斯克身上内在的一些文化肌理，从而有效地呈现他独特的思想。

正是因为有了这样的认识，我把马斯克的成长经历捋了捋，把那些跌宕起伏的故事背后的逻辑线索整理了一下，看看这位天马行空的"工程师"、特立独行的"硅谷钢铁侠"，是如何与这个世界相处的。因为时间和能力、视野等原因，也仅仅只能从现在的角度去写出目前的文字了。希望本书将来能有再版的机会，那时可以增加更多马斯克带给我们的造福人类的惊喜，可以讲述更多我与他的交往，可以写更多精彩的故事。

特别感谢陶琳、特斯拉中国公司以及本书采写过程中给我提供过帮助的朋友、同事。

感谢浙江教育出版社责任编辑付出的辛勤劳动。感谢我的兄弟、北京浩洲航空的赵鑫鑫先生在本书出版过程中给予的帮助。

作者
2022 年 6 月 28 日